U0733759

愿孩子好过你的世界

朱学东　朱佩玮　著

人民日报出版社

北京

图书在版编目（CIP）数据

愿孩子好过你的世界 / 朱学东 , 朱佩玮著 . —— 北京：
人民日报出版社 , 2020.11

ISBN 978-7-5115-6590-7

Ⅰ . ①愿… Ⅱ . ①朱… ②朱… Ⅲ . ①随笔 — 作品集
— 中国 — 当代 Ⅳ . ① I267.1

中国版本图书馆 CIP 数据核字 (2020) 第 195635 号

书　　　名：愿孩子好过你的世界
　　　　　　YUAN HAIZI HAOGUO NIDE SHIJIE
作　　　者：朱学东　　朱佩玮

出 版 人：刘华新
选题策划：鹿柴文化
特约编辑：王晓彩
责任编辑：张炜煜　　贾若莹
封面设计：水　沐

出版发行：人民日报出版社
社　　址：北京金台西路 2 号
邮政编码：100733
发行热线：（010）65369509　65369512　65363531　65363528
邮购热线：（010）65369530　65363527
编辑热线：（010）65369509　65369514
网　　址：www.peopledailypress.com
经　　销：新华书店
印　　刷：三河市华润印刷有限公司
法律顾问：北京科宇律师事务所　010-83622312

开　　本：880mm×1230mm　1/32
字　　数：200 千
印　　张：9.5
版次印次：2020 年 11 月第 1 版　2020 年 11 月第 1 次印刷

书　　号：ISBN 978-7-5115-6590-7
定　　价：49.80 元

目录

序言1：因为爱，所以奋斗 / 1

序言2：因为爱，勉为其难作序 / 7

第一部分　童年·父亲的独白 / 1

我如何给孩子取名字 / 3

那一阵刺我心肺的咳嗽声…… / 6

人生的新旅程由此展开 / 8

失眠的小女孩 / 10

哭泣的小女孩 / 12

女儿的控诉：爸爸在家时间太短了 / 14

丫头5岁了 / 17

我忘了有一只小鸟儿在慢慢长大 / 19

上小学第一天 / 21

朱佩玮的新世界 / 23

致朱佩玮 / 25

佩佩，16岁生日快乐 / 28

第二部分 童年·成长的烦恼 / 33

《狮子王》的力量与传播的价值观 / 35

小姑娘的脾气 / 38

断章 / 40

听爸爸讲故事 / 45

为什么要捐款? / 47

现场教育 / 49

一元钱 / 51

丫头的逻辑 / 53

男人都这样吗 / 58

如果我中了1万元奖…… / 60

行止（一）/ 62

我报警 / 66

卖茶叶有什么不好的 / 68

父女间的战争 / 70

拼智商 / 72

小丫头的博弈术 / 74

葛朗台 / 76

行止（二）/ 78

我才不愿意做那样的小老鼠呢 / 80

丫头的困惑 / 82

丫头总是对的 / 87

小间谍 / 89

第三部分 少年·新知 / 91

丫头的权利课 / 93

反抗的代价 / 96

给我爱的人以自由 —— 致女儿书 / 98

女儿手机里的父亲 / 101

是佩佩姐，不是大姐大 / 103

开学寄语：胆大心细多尝试 / 105

学会观察周边环境 / 107

古诗词要朗读 / 109

标配·规则·个性 / 111

标配与观念平等 / 113

电脑·动手能力 / 114

英语·文明 / 116

麦田守望者·成长·叛逆 / 118

学会管理时间 / 121

反对要有理由 / 124

从小事细节做起 / 126

流水账 / 128

数学有什么用 / 131

学习方法 / 133

遇事沉着不慌 / 135

一个汉堡就要 118 元呢 / 137

有一种冷叫妈妈觉得你冷 / 139

格局与文化 / 141

永远不能感谢伤害你的人 / 143

从百草园到三味书屋 / 145

遇到校园暴力怎么办 / 147

学会优雅表达 / 149

看世界 / 151

什么才是伟大的科学家 / 153

爸爸的歉意 / 156

补刀 vs 求同情 / 158

父女订约 / 160

您是怎样成为今天这样的人的 / 163

从胡适到庚款 / 167

电报？还用电报？不是胡适那个时候才用电报吗 / 170

今天高考的孩子怎样选择专业 / 172

饮食，日常生活，世界观与富养 / 175

与姑娘谈季鹰思归及其他 / 178

学着管理情绪是成长的一部分 / 181

如何和同学交往 / 184

考前夜话 / 188

提前交卷，真爽 / 192

第四部分 青年·父亲与价值观 / 195

今天，我们这样做父亲 / 197

一个父亲的纠结 / 200

我们今天如何做父亲 / 210

小升初，一个父亲的纠结 / 215

《教师月刊》访谈：找到抗衡人性之恶的力量 / 220

人性良善，阅读之基 / 228

我靠什么来清除传统四大名著的遗毒 / 233

"陪写作业陪出心梗"，到底哪儿出了问题 / 237

我们那个年代怎么给老师干活 / 241

我这样跟女儿谈阅读 / 246

与女儿谈怎么写作文 / 251

爸爸，您的钢笔字是怎么练成的 / 254

我这是为生活所迫 / 257

天时·地利·人和 / 259

你们都没管过我，我考成这样，也算不错了 / 262

和姑娘谈个人爱好 / 264

让孩子自己选择未来渴望的样子 / 267

托克托古尔湖畔的家书 / 272

第五部分　女儿眼中的生活与世界 / 275

旅行 / 277

我的"坚持"/ 279

手机里的爸爸 / 280

烤鸭 / 282

航班取消 / 283

兴趣爱好 / 285

咳嗽 / 287

序言1：因为爱，所以奋斗

"昨晚姑娘交了3篇作业，谈为什么不愿跟爸爸出去旅行，谈她的坚持，谈手机里的爸爸。文章不长，也没什么花团锦簇，但非常好，天然，原生态，带着童真，没有这个时代装腔作势的成人化毛病。我决定每篇给她发500元稿费。"

2019年8月6日，我在微信朋友圈发了这样一条消息。

读完姑娘交的作业，我很高兴。

我很少读姑娘写的东西，早些年我读过她写的一篇读书笔记，觉得按她当时的年龄来看，很不错。我知道她还写周记、记手账，已经坚持了几年，但我一篇也没看过。就在前两天，女儿还哭丧着脸跟我抱怨，不知道该怎么给我写文章。

6月21日，我跟出版社签署这本《愿孩子好过你的世界》的出版合同时，未与女儿商议，便自作主张在著作权人和作者署名一栏，写下了我和女儿的名字。事后我这个专制的父亲，告诉女儿，我已经跟出版社签过合同了，所以她必须给这本《愿孩子好过你的世界》写篇序，提供近十篇文章，否则，我就要承担违约责任。

这话里透着"威胁"——女儿知道我现在是无业游民，而且遭遇困厄，断了收入来源，只好答应暑假给我写。此前，一直有出版界的朋友通过社交媒体看我的父女谈记录，希望汇编出版，我也一直期待姑娘能给这本《愿孩子好过你的世界》写个序，结果，一等就是好几年，直到今年她才给面子答应，这也是一种成长——过去她曾跟她妈妈说，不喜欢自己的事公开出书，所以一直拖着。

虽然拖了几年，但我们父女间的冲突对话，一直存在。时间也没有白白流逝：一来女儿长大了，有了更多独立的想法和追求；二来这些年我又信手记录了若干篇父女谈话，以及个人对孩子成长教育的感悟。

我之所以记录女儿成长的那些凌乱散淡的文字，源自早年职场生活的奔波忙碌——在女儿3岁时，我随即南下广州工作数年——无暇照顾成长中的那只小鸟。这种陪伴的缺位，真的无法弥补，正像女儿所写的那样："爸爸在我小时候就总在外面出差，和我待在一起的时间实在是少，我也就不想和他一起出去了……"（朱佩玮：《旅行》）

歉疚之心常在，而记录跟女儿难得在一起时的欢愉、冲突，以及成长，就成了我试图弥补她童年、少年缺憾的一种动力。我内心的私念，就是希望她长大后读到这些文字时，会给她爸爸以理解和宽容。

及至女儿上学，我更是主动寻找机会，多与女儿交流，并把这种交流逐渐扩展到培养她健全的人格、开阔的视野和书本外的知识上。

于我个人而言，这种交流，实在是我与社会和学校"争夺"自己孩子的过程。我希望女儿在学校里能够受到正常的教育，不仅有考试、分数，还有真正的知识积累；不仅有知识，还有健全人格和是非观念的培养。但是，学校的教育，更侧重考试和政治方面。

所以，在她成长的过程中，我努力用自己的方式，给她补上那些我认为她应该具备和知晓的东西，学会爱，学会关怀，学会尊重，学会同情，学会勇敢，学会一个人应该具有的品格，懂得如何有尊严地去面对挑战和苦难等。这就是鲁迅说的，为人父母者应该肩起的重负，扛起的闸门。

一直以来，我仿佛生活在乌托邦里，只把自己的价值观，用自以为合适的方法（比如，我用"违约"来"要挟"女儿）传授——或者说强加给孩子，而没有对考试成绩和培训班的追求。后来在各种公开或私下场合，我也不断向朋友们传播自己的"谬论"。也许，最初的时候，喋喋不休的我，就像周星驰那部著名电影里说死人不偿命的唐僧，而女儿，则像希望自由自在的大圣。

但是，我做对了。

"我渐渐感受到了一些乐趣，听他讲故事确实能够了解到新鲜的东西。"（朱佩玮：《旅行》）女儿在文章里这样写道。我相信以她的个性，这句话绝非为了迎合我，而是她内心情感的真实流露，这是我希望看到的。"念念不忘，必有回响。"信然。

我还把父女之间的这些交流，通过社交媒体与朋友分享，得到了许多父母的共鸣。毕竟，我们面临的挑战是相似的，只是，许多人不敢像我这样尝试——不知道在中国，有几个像我们这样读书出来身无长物的家长，敢公然跟自己的孩子讲，考得上考不上高中、大学，都无所谓。

我是一个传统的父亲，信奉"养不教，父之过"，也信奉"棍棒教育"，因此女儿在成长过程中，没少挨揍，以至于她在很小的时候，就声言"要报警"——如果在美国，我可能早就被剥夺监护权了。朋友们也曾多次严厉谴责我教育孩子的野蛮（当然，我也早已改邪归正）。但是，我的严厉态度，从来不是针对她的学习，而是在她做人做事方面。我打她，是因为我知道世道残酷，我们做父母的不可能永远护佑她，她也不可能事事顺利，做错事挨打，也是

3

一种挫折教育。但是，我不会允许其他人打她，父亲打孩子，是最古老的天赋权利，是一种"自然的不义"。在当今时代，这种权利，已经过时，可以不用，但不可让渡。今年女儿16岁，带她去换身份证时，我们俩也交流过她小时候挨揍的话题，我有向姑娘致歉之意，姑娘也原谅了我这个父亲过去的"野蛮"。

我对孩子的教育，不仅有传统父权的专制野蛮，当然也有现代文明的光辉。毕竟，我也是接受了现代教育的。再说，结婚十年才要孩子，我怎会不疼她、爱她！就在女儿11岁时，我原本已下定决心，接受南京大学的教职，但在接她放学时，她淡淡地说了句"爸爸，以后你去南京我就住校呗"，一句话让我理性的天平瞬间倾斜，我知道别离的痛苦——她3岁时我到广州工作，父女俩两地分居的痛苦，我至今记忆犹新。当晚即跟她妈妈讨论，为孩子放弃南大的教职，留在北京。

此次整理这些文字，重新翻看过去那些并不完全的记录（有一些冲动后冷静下来写给女儿的信件，因为各种原因，散佚了，殊为可惜），我想，我更多还是负责任的慈父形象，内心柔软脆弱，柔情似水。这是我强悍表象下真实的另一面。

"和天下所有的父母一样，我们希望你成长的世界，好过我们今天的世界。"扎克伯格在给自己女儿的信里写道，这也是我这些年一直念念不忘的。

这些年，当许多朋友劝我知天命的时候，我都会想到女儿。我把她带到这个世界上，她有权利生活得更美好。而让世界更美好，是做父亲的责任。我不希望她过我这样的日子，她应该有更好的生活，不用像父辈一样，担惊受怕，为了生活、为了权利而挣扎，或者想着逃离父母之邦。我害怕有一天，女儿会这样问我，我却无言以对："你为什么带我来到这么糟糕的世界？你为改变这个糟糕的世界努力过没有？"

希望女儿未来生活的世界好过我们的世界，这也是我今天依然像过去一样，用自己的笔去努力关怀社会的动力之源。尽管看起来似乎很自私也很狭隘，但自从有了女儿，这就是我的宿命。我希望她将来成人后，读到父亲写下的那些真实诚恳的文字——不仅仅是这本《愿孩子好过你的世界》中的——知道父亲不曾丢人，曾经以自己的方式努力过，奋斗过，承担了自己能够承担的、应该承担的责任，尽管一无所成，但也足以引以为豪。她如今已经渐渐明白，就像她明白我遭遇的困厄并非我的过失。

关怀社会，也是关心自己。这个世界上尽管有很多残酷黑暗的地方，但依然值得去拥抱。"要热爱生活，好好生活。"我一直跟女儿这样说。

兰斯顿·休斯有首诗，我曾经在女儿 11 岁生日时抄给她：

> 有时在黑暗中摸索前进
>
> 四处一片漆黑
>
> 所以，孩子，你不要回头
>
> 也不要坐在阶梯上
>
> 就只因为你发现很难走下去
>
> 你不能一蹶不振
>
> 因为亲爱的，我还要继续走下去
>
> 我还要往上爬
>
> 生命对我而言
>
> 从来就不是一座水晶的阶梯……

　　我想，父母亲人对女儿的爱，她经历过的人生，以及我给她留下的那些藏书、那些文字，就是我们所能给予她的全部，它们会在未来的人生路上，以微弱的光，继续陪伴她，温暖她，照耀她的前路，同时为她抵挡黑暗来袭。

　　对于我的女儿朱佩玮来说，她走向独立的人生才刚刚开始，未来的道路漫长且充满不确定性。最终她会成为什么样的人，尽管我心里有个大概的预期，但也不敢确定。我希望她成为一个有自己的生活方式的快乐普通人，而不用像她父亲那样执着。我们父女两代人，终归会各行其道。无论有没有我们陪伴，我都愿意再次把这句话送给我生命中最爱的人，我的女儿朱佩玮：

　　"永远要维持自尊和诚实。"

朱学东

2019 年 10 月

序言 2：因为爱，勉为其难作序

好像在很久以前，爸爸就一直想让我给他记录的《愿孩子好过你的世界》写一个序，这也是他跟出版社谈的条件。但我一直都没答应，直到今年，虽然答应时也还不是很情愿，因为实在不知道要写些什么。

这本书叫《愿孩子好过你的世界》，是讲我和爸爸之间的一些谈话和故事。爸爸在我小的时候就经常在外地工作或是出差，所以我觉得我们两个人之间的交流并不多。但在爸爸的《愿孩子好过你的世界》里，竟然有那么多我小时候和他聊天的记录，妈妈也有，如果不是爸爸要出这本书，我都忘了。

但自觉缺失了一段很长时间父女交流的我，已经不知道长大后该怎么去和爸爸交流。不过爸爸总是利用一切可能的时间试图和我说些什么，所以我也渐渐地开始和爸爸进行交流。不同于很多家长，爸妈对我的要求好像从小就没那么严格（也许是另一种严格），要求大概是考试及格就好，而且几乎从来没有问过我的任何成绩。爸爸甚至跟我说，即使考不上高中、考不上大学也没关系，虽然我并不觉得他现在还是这种想法（我觉得这可能不是他的真实想法，而是想让我放松些，放下学习的包袱），但爸妈教给我的东西和学校教的确实很不同。

"女儿要富养"，我家的富养不是物质上的富养而是精神上的富养。比如看书，我以前很讨厌看书，后来被爸爸强制着看了那本

《格兰特船长的儿女》，之后就好像打开了新世界的大门。我发现自己能在看书时变得安静，有些很喜欢的书更是能让我静下心来。前段时间回初中看望老师，提到我的语文成绩有所提高，老师说我读的那些书总算是帮到了我（后来想起，我爸也曾经自大地跟我说过，把他书房里的书读完三分之一，他就对我的人生放心了）。说来惭愧，我看的书其实不多，也不知道是不是对我的语文成绩有了帮助，但确实对我有好处。现在读书也是一件会让我欢喜并且情愿去做的事情了，这也得感谢爸爸当时的"逼迫"。

我和爸爸虽然交流不多，但矛盾却不少。一年级的时候爸爸就因为"出"字到底是上面大还是下面大而翻遍了家里所有的字典、词典，最后以我哭着给妈妈打电话结束。后来大小矛盾不断，我挨过的打也不少。但等我大了点——可能是我的力气变大了，也可能是我爸意识到该换一种方式了——我们俩之间，就变成了只动口不动手的解决方法。

我爸在他的序言结尾愿我"永远要维持自尊和诚实"，那我就希望自己"天天开心，努力做自己"。

朱佩玮

2019 年 10 月

第一部分

童年·父亲的独白

我如何给孩子取名字

（2003年6月18日，在结婚10年后，我们有了自己的孩子——女儿，跟我一样，属羊，我给她取名朱佩玮。我最初为她准备名字的时候尚不知是男孩还是女孩，所以，当时准备了两个同音不同义的名字，若是男孩，取名佩韦；若是女孩，则用佩玮。"朱佩玮"这个名字，重名很少。后来许多育龄夫妇朋友问我怎么给孩子起名字，我写了这样一篇文章回应朋友们的吁求。名字是随着孩子的降生而起的，所以，在与孩子成长有关的文字里，我选择把这篇作为正文的开篇，也可说是名正言顺。）

现在很多年轻夫妇给孩子取名时总是颇费周折。

在太座（我对太太的尊称）2002年怀孕后，我也曾经为这个问题困惑苦恼过：要考虑是否让孩子跟家族里的其他孩子排名，到我这代早就不讲字辈顺序了，尤其我受新式教育后不愿纠缠这个，不想孩子的名字还给别人控制；要考虑孩子上学后名字不会被同学取笑，我上小学时就曾饱受姓朱的困扰，在中文中，"朱""猪"同音，我小时候乡村顽童相骂，通常只要喊我的姓就算骂人了；要考虑孩子的名字是否显得有学问，毕竟在别人眼中我现在算半个读书人；要考虑老人是否能够接受，老人对小孩的名字很讲究；要考虑是否犯忌讳，我曾经看到不少人听了巫婆神棍的言语，认为小孩命中缺什么，就把名字改掉，或加水，或添火，或镀金等，荒唐可笑之至；要考虑是否需要具备时代特色，不要和人重名，我的名字"学东"

一看就是"文革"的产物，"学习毛泽东"，全国重名的没几百万也得有几十万吧，恐怕还不止；等等，不一而足。也有朋友曾给我建议，干脆请个起名公司或请人帮着起个名得了。我的名字就是村里的老师帮忙起的。但这建议连太座都接受不了，更别说还关系着我的颜面呢。"朱学东读了那么多书干吗呢？"

也是，读了那么多书，连自家的孩子起名都要假借他人之手，不是白活了吗？

于是，我决定了起名的原则：第一，不考虑跟家族里的孩子排名，虽然弟弟的孩子也是个女孩；第二，既然姓朱，被人取笑是免不了的，而且现在文明了，也许学生们不会再拿姓名来取笑了呢，因此，不考虑是否会被取笑；第三，姓名是否显得有学问，应该没问题吧，否则书不是白读了吗；第四，老人的问题不用多考虑，毕竟是我的孩子，他们也都是通情达理之人；第五，巫婆神棍的话坚决不听不信，谁让我是个无神论者呢；第六，不让名字带有明显的时代特征，像我这样的名字，朱学东，一看就知道是什么年代的产物；第七，尽可能取别人不易想到的名字，但又不孤僻难认。

在考虑过程中，我突然想到一个问题，孩子该不会和我们一样是急脾气吧？我和太座都是急脾气，尤其是我，脾气暴躁，容易惹是生非。希望孩子不要像父母一样脾气急躁。对，就从这个角度入手给孩子起名字吧。

我搜肠刮肚，哎，有了。古代也有很多急脾气之人，比如西门豹。《韩非子·观行》中记载"西门豹之性急，故佩韦以自缓；董安于之心缓，故佩弦以自急。故以有余补不足，以长续短之谓明主"。后来，很多急性子的古人都用"佩韦"作字——如明人张溥的名作《五人墓碑记》中奋起反抗的颜佩韦；慢性子的人则用"佩弦"作字——如现代著名学者朱自清即字佩弦。虽然"佩韦"作字在古代性子急躁的男人中很流行，但现在知道这个意思的人大概也不是很多了（除了专业人士），更不用说取名字了。所以，我斗胆决定用这两个字作为未来孩子的名字。

然而，"佩韦"这个名字在古代是男人用的，万一是个女孩呢？男人的名字用在女孩身上显然不合适。另外，女孩子即便性急，也不能拿根皮带勒住她的脾气啊？

于是我决定，如果是个儿子，就用佩韦；如果是个女儿，就用佩玮——贵族家的孩子是口衔银匙出身，我家孩子虽然不是生在大户人家，戴块玉总做得到吧？而且像我这样老来得子，自家金贵些也没什么。

2003年6月18日，孩子出生，是个女孩，跟她爸一个属相，属羊；血型也一样，A型；长相像极了——可不难看哦，很漂亮的小姑娘，大名就叫朱佩玮。这个季节水草丰美，出生的羊一辈子也不会挨饿。

就在她满月那天，我的一个大学学妹从美国回来，听说我们有了小宝贝，就去买了一个饰物，巧了，就是个玉佩。也算是机缘巧合吧。

2006-01

那一阵刺我心肺的咳嗽声……

女儿两岁半，元旦时得了感冒，现在还未痊愈，夜咳得厉害。

我也在发烧，不敢靠近她。说来也怪，元旦女儿感冒时我就感冒了，这次女儿感冒复发，恰好我又在发烧。我一个人待在书房的电脑前，百无聊赖地与不知名的对手下着围棋，耳听的却全是女儿房中一阵阵剧烈的咳嗽声，以及"爸爸妈妈，我咳不出来"的哭喊声。妻子细语安慰着，我虽近在咫尺，却仿佛远在天涯，无能为力，只感到心中一阵阵的绞痛。我双手交叉紧握，默默祈祷，希望女儿的咳嗽早日停歇，全然忘了正在网上跟人捉对厮杀。

两年半来，托庇双方父母的照顾，女儿小小年纪就聪明伶俐，能说会道，更为重要的是她身心健康，很少得病，小小年纪已懂得照顾人——每天起床后，都会跑到我的卧室，把我搁在外面的手用被子盖好，嘱咐我"爸爸小心着凉"，很难想象这是一个两岁半孩子的表现。这让我特别开心，当然也是让我特别心痛的地方——因为我陪伴她的时间实在太少了。所有认识我的朋友，都感觉我这两年像变了一个人，浑身充满了张力。毫不夸张地说，我的一切变化，全是女儿带来的——她使我对未来充满了信心，充满了奋斗的欲望。使女儿未来生活在一个更美好的世界，这就是我的责任。

我不知道在现有的医疗条件下，为什么小孩感冒都难以治愈（我在同样年纪的时候，得了病都是农村的赤脚医生给看的）。从元旦女儿感冒开始，我们带她到宣武医院儿科看了两回，每一次医生不同，治疗方案不一样，甚至开的药也不尽相同 —— 可怕的是还有矛盾之处。这令我们这些"医盲"家长很惶然，有点不知所措。我无奈，只能打电话向认识的退休儿科大夫求助，告知女儿的病症，求证不同的药方和药品，也许这就是"医盲"的无奈选择吧。

20余天了，女儿的感冒已经过去，但夜咳依然，这让为人父母的我们很担心。宽街中医院的一位大夫看了孩子的病症后，觉得问题不严重，吩咐不要让孩子吃得太饱，注意不要受凉就是。

虽然我喜欢鲁迅先生的《我们现在怎样做父亲》，但做父亲的面对疾病却无能为力，那不是我们所能肩起的"黑暗的闸门"，父亲们所能做的就是找到一位良医，有仁者之心的真正专业的医生，而非庸医。

我不敢想，只能在寻找中听凭女儿的夜咳一次次刺伤自己的心肺……

救救孩子，原来离我们还是那么近。

2006-01-24

人生的新旅程由此展开

（按：幼儿园是一个孩子从血缘构建的社会关系中走出来，成为真正意义上的社会人的第一个脚印。）

昨天，3月1日，是我女儿朱佩玮人生中非常重要的一天，我希望她能够记住。为了这一天，妈妈给她买了很多新衣服，并在衣服上绣上她的大名。我曾经也想给她买个礼物，但最终没买，我决定写篇文章来纪念这一天。即使在未来很长的岁月里，她无法理解这篇文章的内涵，但我希望将来她读到这篇文章时，能够理解父母的期望。这也是我写这篇日记的初衷。

这一天是女儿上幼儿园的第一天，她母亲特意请了假送她去幼儿园。

离开熟悉的环境走进陌生的世界，对一个刚刚2岁8个月的孩子来讲，并不会像她父亲那样有新奇感，有挑战环境的激情，因此，哭，自然是免不了的。正如她的第一声啼哭宣告一个新生命的诞生，宣告给予她生命的父母社会角色发生了变化一样，这一天的啼哭，也宣示着有一个生命要走向社会了。

哭是暂时的，今天晚上在与女儿的沟通中，我发现她已经喜欢上了幼儿园。

虽然仅仅是上个幼儿园，但对一个孩子而言，这是割断由血缘关系构成的社会精神脐带的开始。这是人生走向社会最为重要的第一个脚印，是漫长的在社会中挣扎奋斗的起点。

　　从此，她不再仅仅是父母的好女儿，爷爷奶奶的好孙女，哥哥姐姐漂亮的小妹妹，她的生活圈子中开始出现全新的词汇："老师""同学"。这是一个个体融入集体和社会的起点。在这里，她将开始学习适应社会需要的基本常识，这些常识已经不是仅由父母、亲友教导，而是通过专业的途径来获取。对于朱佩玮而言，应该说这是一件非常幸运的事——有多少同龄人甚至比她年长的人渴望进入这样的环境但却无法实现啊。即使是她的父亲，我，从小在农村长大，也从不知道上幼儿园是什么滋味。我是在8岁的那一年，直接拎着板凳走进小学，上了一年级，而在此前，我的幼儿园就在家里，带弟弟、割草、烧饭……

　　作为父母，对女儿未来3年的幼儿园经历，我们并无奢求。只盼望在这3年中，她能够健康快乐地成长，成为一个善良、勇敢、礼貌的孩子。

　　这是我们的期望。

2006-03-02

失眠的小女孩

今天晚上9点30分，刚过3岁生日一周的女儿躺在床上翻来覆去地打滚。这个时间她本应进入梦乡了。太座问她怎么了，她竟然回答："我睡不着，我想爸爸。"

想爸爸，想和爸爸在一起，对别人家而言，也许是平常事，但对我们家来说，却有些特别。

尽管我一直向那些跟我一样很晚还没有要孩子的人宣扬孩子对于生活的意义，但在实际中，我却把孩子托付给了太太、母亲和岳母，自己基本上全身心投入工作中了（我曾经在一篇文章中写过这像革命者一样）——因为我认为自己从事的工作专业性较强，而我恰恰是非专业人士从事专业的工作，所以为了理想也好，爱惜羽毛也罢，总之，我付出了很大的代价，当然也包括时间和天伦之乐。所谓笨鸟先飞，我想我是个很好的践行者，但我对女儿和家庭的歉疚感却越来越深。

2004年11月辞去公职的一段时间，是我心中最快乐的日子，因为那段日子我一直陪在孩子身边。后来重新投入工作，职业习惯又使我的生活回到了最初的轨道：女儿与我若即若离，因为我经常不在她身边。当然，每天早上我都有一段快乐时光，因为女儿每天上幼儿园之前都会来到我床边，跟我说再见。

3岁的女儿早慧，已经能够明白很多甚至与她年龄不符的东西。这些天我一直在跟太太探讨双城生活的可行性，此时我已接到出任

《南风窗》杂志总编辑的邀约，还未最后做出决定。7月底，我可能会告别妻女，南下广州赴任。也许，偶尔的几句话影响了孩子的心理？而这两天母亲要回老家，我说要送母亲，女儿也知道——平常女儿都是老太太带，包括吃饭、睡觉。也许，离别的情绪也在孩子幼小的心灵中发酵了？

其实女儿行为的反常以前也有过，她2岁时老太太回老家后，我们好长时间不敢提"奶奶"两个字，即便老太太打电话来，原本很黏老太太的女儿也不肯接电话……而这次情绪似乎不是针对老太太，她跟老太太说的是怕爸爸不回来！

女儿睡觉前曾和我玩了一会儿，她教我唱一首"热热闹闹的大街上，高楼立两旁"的歌，还让我扭动着肥胖的躯体伴舞，虽然可笑，却让我特别高兴。我到房间里和女儿顶着脑袋——这是我们父女俩表示亲热的一个标志性动作，一只手帮女儿揉着肚子，一边跟她轻声细语，说过两天爸爸就回来……

然而，女儿未能熟睡。我把她抱起来，轻拍着她的背，问她在幼儿园得了几朵小红花，她说有5朵了，正好生日后在幼儿园满一周。我说爸爸过几天就回来，希望能看到又多了好多小红花，这样爸爸就可以再带你到王府井儿童天地玩了。女儿低声答应了，听起来有些勉强。我抱着她在房间里晃悠，拍着她的小背，用五音不全的嗓子哼起了那首我经常哼给她听而她不怎么喜欢的印度尼西亚民歌："宝贝，你爸爸正在过着动荡的生活……"

哼唱中，小女孩抱紧我脖子的双手慢慢松了下来，脑袋也趴在了我的肩膀上。

然而，我的心却很疼很疼……

2006-06-25

哭泣的小女孩

出租车停在了小区门口。我把女儿放在地上，女儿很安静，这不是她的性格——我的一个朋友评价说我们家佩佩太爱闹。从出门开始，女儿让我抱着，她喝着一瓶饮料，在只剩下一点的时候，她没吭声，却把剩下的一点倒在了我的衣服上，我没有像往常似的批评她——我想她大概是想引起我的注意。

早上去幼儿园前她到床边和我说再见，我说了一句"爸爸要送奶奶回老家"，她回身问："爸爸还回来吗？"我赶紧说："爸爸把奶奶送回家就回来，你好好上幼儿园，爸爸给你带个好礼物。"

晚上她从幼儿园回家时我已经在家，这是比较少见的，而她以更少见的热情跑来找我，并在出门送我们时让我抱。

我把行李放在后备箱，母亲正在跟岳父母和孩子告别，女儿一声不吭。太太和岳父母劝孩子跟奶奶、爸爸告别，我分明看到小丫头的嘴已经抿紧了，眼圈发红，隐含泪光，但还是没有吭声。直到我们关上车门摇下车窗，丫头仍然一声未吭，也始终未举起小手说再见。

车开了，我回头默默看着远去的家人，向他们挥着手，这是我第一次真正有离别的感受，即使20多年前我第一次离开父母远走北京时，记忆中也是走向一片新天地的激动兴奋。

我和母亲坐在车里一声未吭。司机说孩子好像舍不得，要哭啊。我只是点了点头。我也怕触动心底那最柔软处，让自己更加难受。

上火车后，女儿的电话来了，她哭着说"我想奶奶"。母亲接过电话，她没吭声，只在电话里哭。母亲的眼圈红了。我把电话接过来不停安慰，她还是哭，只听得太座在旁边说："我们明天买张票去追爸爸、奶奶，记得给我们佩佩买个礼物啊。"

我打开电脑，想把心里的感受记录下来。电脑屏保是女儿2周岁左右拍的一张照片，戴着吸管做的眼镜架，双手托着腮，紧抿着嘴唇，眼睛盯着镜头，神态显得与其年龄如此不相称——我的许多朋友看了这张照片都很惊讶，不相信这是一个才2岁的孩子。

我曾听一个传媒界的朋友讲述过与女儿的生离死别，那种抱着女儿看着她脆弱的生命渐渐从父亲的指缝间流逝的残酷故事。而我永远不敢想象生命中没有女儿的日子。

北岛说女儿是漂泊的锚，哪怕今后真的过起了漂泊的日子，女儿也是牵留住我的锚。而给女儿一个快乐的童年，至少也要让她少染上与年龄不相称的离愁，这是为人父母者的天职。

2006-06-26

女儿的控诉：爸爸在家时间太短了

太座在MSN（微信之前的主要聊天工具）上告诉我，佩佩在我走后跟我岳母说："爸爸这次在家时间太短了。"我的心一酸。

原本这次不想回北京，想在广州休整一下，顺便拜访些故旧，来广州这么长时间了，一直没有去拜码头，实在有点说不过去。而且这段时间杂志社的领导层要么出差在外，要么因病休假，我担心离不开。

恰好龙源期刊网搞论坛，一再邀请，希望我也能去讲讲。我一想，这次已经一个月没回家了，广州的冬天也来了，而我连秋衣也没准备，更别说寒衣了。也罢，回家一趟算了。跟同事商量后，我开完选题会就匆匆赶回北京。

到家时，女儿正好在午休——国庆节病后，她一直只去幼儿园半天。我爱怜地站在她床前，看着她熟睡的模样——脸蛋瘦了，似乎也长大了些。

女儿睡觉醒来时，恰好我也刚睡醒，她看到我非常高兴。我们俩一起在沙发上看动画片，喝水的时候，女儿主动伸手过来摸我的耳朵——这是她的习惯动作，不过主要是摸她妈妈的耳朵。原本我有同学在京希望一聚，好在回家第一天同学理解，我得以在家陪女儿。

虽然回家了，但不等于在家歇着，第二天我就去了单位驻京办，晚上，以前的老同事请客，我也没回家吃饭，只是给女儿打了一个电话。第二天白天也去单位，晚上又去和朋友喝酒。第三天上午在家，女儿去了幼儿园，中午她回家时，我还在家，但下午她睡觉后我又和同事去见广告客户，晚上也是吃完饭才回家。第四天是周六，头天晚上女儿就嚷着要去大兴康庄公园捡落叶，我却无法答应陪她，因为周六答应参加龙源期刊网的论坛了，晚上和老乡聚会，喝多了才回家，而女儿已经睡了。第五天周日，我带女儿，不，应该说是女儿带我到楼下绕着小区走了一圈，看了看车。一路上女儿的小手紧紧拉着我，不时跟我说："爸爸，帮我把帽子扶一扶。"我特别难受。只好拉着她到处闲逛，说着"过年了，爸爸和你一起回家"之类的废话。女儿却对我说："妈妈说了，我3岁8个月的时候就能回老家见爷爷奶奶了。"

第六天中午走时，女儿已经从幼儿园回来了。我收拾东西、吃饭的时候，女儿总是围着我有一搭没一搭地和我攀谈——这是平常没有的，她也知道又要离别了。

出门的时候，女儿跟我亲了几次，还有飞吻。当我跨出大门的时候，女儿跟岳母说："我要送爸爸到电梯口。"我拉着女儿的手，到了电梯口，送我去机场的表弟已经站在电梯门口了，女儿再次向我飞吻："爸爸，早点回来。"

电梯门合上了，表弟说："佩佩真懂事啊。"我默默点点头，不敢出声。

以前女儿也曾跟太座抱怨过，别人家都是爸爸妈妈去幼儿园接，为什么我们家不是奶奶就是姥姥？

我们都无法面对这样的问题。我们真的能做到"肩住了黑暗的闸门，放他们到宽阔光明的地方去；此后幸福的度日，合理的做人"吗？

15

不管怎样，给孩子提供一个快乐健康的童年是我们为人父母的责任。虽然现在正演着一出"双城记"，对女儿多有歉疚，但我想，我一定能够做个合格的父亲——她长大后，也会为她父亲骄傲的。

这是女儿控诉的结果之一，也是未来我要献给她的礼物。

2006-12-17

丫头5岁了

丫头今天5岁了。

一看日历，今天还是月圆之夜。当年徐小凤有首老歌，《明月千里寄相思》，讲的是中秋之夜恋人之间的情感。我在广州，丫头远在北京，也在千里之外，像我这样老来得女的人，人老多情，对丫头的生日自是十分看重，自己无才，只能借别人的歌名，寄托我的思念。只是在被雨水浸透了的广州，压根见不到天空，更不用说月亮了。

上午一打开电脑，我就把MSN上的名字改成了"千里之外的祝福"。我家的老朋友、同学的太太、北京名记小康妹妹问我是否在京陪丫头过生日——丫头跟她先生同一天生日，我只能苦笑着回："人在江湖，身不由己。"

另外也有一些朋友打电话给我们夫妻，恭祝小寿星健康美丽。从五点半开始，我前后给丫头打了3个电话问候祝福。丫头的生日是在幼儿园和小朋友一起过的，岳父给她买了个大蛋糕送到了幼儿园。幼儿园的生日聚会让丫头很高兴，这么多人给她唱《生日快乐》，这是她的第一次。

"爸爸，您不在家，我就替您吃蛋糕啦。"丫头在电话里说。太太另外定了一个小蛋糕等丫头回家吃，上面做了一只小绵羊，太太特别嘱咐蛋糕店在小绵羊头上加个蝴蝶结。"妈妈买的蛋糕可漂亮了，我都舍不得吃那个小羊。"

"我最近表现可好了。"这是我最喜欢听到的消息。

早上我去买了几支毛笔，希望能够恢复一下书写能力，更重要的是使自己静心。下午倒了些墨汁，随便涂抹了几笔。同事笑我关键是要坚持，我回之以"一定能"，因为今天是丫头的生日，前些天丫头闹着要学写字，找了个老师，已经开始学了，而我也希望能够陪伴她，至少在精神上。在我的内心深处，丫头的生日，也是我新生的开始。

以前丫头像哲学家似的问过太太："妈妈，要是你们老了，我还没长大怎么办？"这话令人心酸，深深地扎在我的心里。为了丫头，我们也要保持身体健康。这期发稿时，浑身不舒服，当时以为腰肌劳损犯了，害得我大热天戴了好几天护腰，却没见效。回到北京的第二天，正好是六一，稍微在外站了会儿，便已经站不住了，晚上躺也不是，站也不是，坐也不是。后来吃了些大活络丸，稍微缓解些。回到广州，依然腰腿酸疼。按摩师说腿的酸疼是腰椎不适造成的，腰椎已经有瘀血！所以要赶紧把肚子减掉，以减轻腰椎的负荷。

从去年8月搬到水荫二横路居住以来，如无应酬或其他特殊情况，我都坚持步行上下班，迄今快一年了，可以看见的效果是，我没有继续发胖，维持了原来的体重。因为心中对丫头的承诺，我想我能够继续坚持步行上下班，同时坚持每周去爬山、游泳，希望能陪伴她走过更长的岁月。

回到水荫二横路的宿舍，打开电脑，一晚上都循环播放着张信哲的《白月光》。

祝我聪明美丽的女儿永远健康，让快乐永远陪伴她！

2008-06-18

我忘了有一只小鸟儿在慢慢长大

深夜回到家，浑身像散了架一样。因为临时调整流程，赶工期，后期做得实在要崩溃，脑子里一团糨糊。

太太和丫头照例已经熟睡。我放下手上的东西，换上拖鞋，脱下外衣扔在沙发上，悄悄打开卧室的门，蹲在床头边，轻轻摩挲着丫头的小胳膊。她正熟睡着，不忍心惊醒她们，我退出卧室，轻轻带上门，向客厅走去。

过道对面，客厅支着的小黑板上，一条红色的小金鱼摇摆着尾巴，旁边是竖写的一行字"千金画的"。我站在黑板前，凝视着这条红色的小金鱼。进门以后，我忽略了这块黑板。

"我忘了有一只小鸟儿在慢慢长大。"

这是我《中国周刊》的同事在工作日记里提到的一句话，是被访者的丈夫张永彬（"新星号"船员）失踪前给被访者留下的最后的短信。我读到它时，心里一颤，在同事的工作日记后面重复跟了这句话。

确实，这几年，我以工作奔波为借口，忘了自己家里有一只小鸟儿在慢慢长大，她需要父亲带着她远行飞翔，需要父亲带她既习惯风和日丽，也熟悉疾风暴雨。像我们这个年龄要的孩子，她骨子里承继的是她母亲的聪明才智和父亲的意志力。但在她最需要集中精力培养的时候，她的父亲却无暇顾及，既做不到去幼儿园接送孩子，也做不到陪她吃饭，更难得有时间陪她读书、看电影、郊游，去探索她眼中的未知世界。唯一能做到的，就是强迫她接受成人的价值观并规制她的行为，或者像我现在这般，每天晚上静静地站或蹲在丫头的床头，看着熟睡中的她，或者，偶尔在自己的文字中留些影子。

我像阿Q一样自我安慰，丫头长大后一定会明白父亲内心深处的爱意——就像《佐罗的面具》中佐罗深夜在女儿的摇篮里放上一束马蹄罂粟花一样，即使离散多年，孩子依然能够依稀从花香中感受到过去可能存在的爱意，并认出亲人。

真的能够吗？

也许吧。

然而，像张永彬这样，留下一句让人心酸的话，与亲人天人永隔，给你一个世界又如何？

别忘了，有一只小鸟儿在慢慢长大。

2009-05-16

上小学第一天

"您看，她头都不回。"站在铁门外，目送丫头与同学蹦跳着远去的背影，我感慨地对岳母说。

7点才过，大门开启，年纪稍大的孩子排起队伍走进学校，而丫头却迫不及待地拉着同学的手，从大门口挤了进去！

早上刚过6点，丫头就跑进主卧，叫醒了我："您说要送我上学，快起床！"兴奋之情溢于言表。原本在太太的安排中，并没有我送这一项。昨晚回家，丫头已经睡着，我跟太太说，明天是丫头人生中最重要的一天，我要送她去。

前两天，丫头缠着我帮她把铅笔削好，太太按照老师的要求，用写上名字的胶带缠上，把书皮包好，我给写上了名字……

今天是丫头开学第一天，也是上小学的第一天。这是她人生的新开始。

内心深处我既高兴也有些许失落。高兴的是，丫头又一次踏上了人生的新旅程，而这个旅程的开端对她来说，是如此重要，那是人生意义上真正的第一块基石。从今天起，她最重要的学习，就是如何掌握自己的人生。失落的是，也是从今天起，她开始了摆脱父母以爱为名的桎梏的旅程。未来她从我的掌心高飞而去的那一刻，其实是从今天开始的，这多少让我有点感伤。

35年前，在江苏武进的乡下，她的父亲，我，也是这样开启自己崭新的人生的。不过，今天丫头上学，是妈妈开车，爸爸和姥姥

21

送到校门口，而我当年则是背着小书包，拎着小板凳，跟在同村年长的哥哥姐姐们屁股后，去学校报到的，一点都不隆重，更没有在校门口拍照，留下人生的重要记录。

在送她上学的路上，丫头在车上背起了"一年级的小豆包"。我一乐，这都是从哪儿学来的啊。"广播里啊！"丫头说。

太太说："这样的日子才刚刚开始，要6年呢。"

我呵呵一笑，何止6年！对丫头而言，这一辈子艰苦的学习才刚刚开始。

"也是苦难的开始。"我跟太太说。

从此以后，除了放假，再也不能找借口睡懒觉；再也不能挑食，因为她早餐和中餐都要在学校吃；再也不能撒娇，因为已经是个学生，没人再理会这种撒娇了。从此以后，多的是数不清的作业，无休止的要求和考不完的试……

在丫头上幼儿园时，我曾经以"人生的新旅程由此展开"为题写了一篇日记，以此纪念孩子的开蒙之旅。

如果说幼儿园是一个孩子从血缘构建的社会关系中走出来，成为真正意义上的社会人的第一个脚印，那么，上小学的第一天，则是她尝试给未来的独立人生赋予全新色彩的开始。她会有一个什么样的人生，今天是第一课。

朱佩玮，时间开始了。

2009-09-01

朱佩玮的新世界

丫头上学已经两周了。

说实话，我并没有用心去了解她的新世界。不过，从丫头的言行看，我知道，她的新世界正在展开，旧世界正在逐渐被新的色彩覆盖。我至少知道，她现在很高兴，上学的兴趣很浓。

按规定，丫头每天早上应该 7 点 20 分到校吃饭。从我们家到学校，以我平常的步速，大概要走 30 分钟，不过，赶上上下班高峰，就堵得很。为了错开上班高峰，她们母女俩只好早早起床。丫头每天走之前跟我打招呼时，我基本上还在熟睡。尽管如此之累，丫头还是很高兴，按照她妈妈的说法，她现在动作很快，从不拖泥带水。

放学到家，丫头基本没有作业带回家，或在学校，或在姥姥那儿，她早已主动把作业做完了，最多带些手工回家，和妈妈一起做。

从前没有立规矩的地方——其实是我们舍不得造成的——上学后，大多数被矫正过来了。我想，这一过程，我们夫妻费再大的劲儿，也未必有显著效果，而老师轻轻一点，丫头便改了。

新的世界给了她许多改变，尤其在脾气上，哭闹已基本不见了。今天画完画，听说我要去茶叶店，她非要跟着，但我说："昨天你跟姥姥商定了，上完课跟姥姥玩，学生说话要算数。"虽然有些不快，她还是勉强同意了，等见到姥姥，那点不快也一扫而空了。

虽然孩子发生了很大改变，但还是保持着她原来的性格。比如，她经常跟我玩闹，朝我大肚子上打一拳、吐吐舌头、扭扭屁股之类的，还是与过去一样爱开玩笑。这既是她活泼性格的表现，也有小丫头向老爸撒娇的意思，毕竟跟老爸亲嘛 —— 这样的动作，她可不敢跟老妈表演。

吃完晚饭，她喜欢找同学玩，她称呼一个男同学 —— 也是幼儿园时的同学"老韩"，有时也会悄悄问我一声，叫你"老朱"行吗？

2009-09

致朱佩玮

这是你的最后一个儿童节。

从今天起，你就要告别童年，成为一个真正的少年。

无论是家庭、学校还是社会，对少年的期待，与儿童有很大不同。

童年时代，你们无须为生活担心，为琐事烦恼，一切都有长辈、老师为你们操心。就是犯了错，也没多大关系，一句"还是孩子嘛"就已经被原谅。

少年时代和童年时代，并没有一条明确的界限。从儿童到少年，是在悄无声息中完成的。但童年生活的印记，会在少年时代甚至更遥远的未来影响你的生活。所以，今天你告别童年的时候，要感谢它，感谢童年时代所有给予你关心帮助的人，学会感恩，会让你受用一辈子。

少年时代，你依然是家庭的小太阳，未来社会的主人，你也可以继续在长辈身边撒娇，可以继续有些小小的任性。但是，与童年不一样的是，你们的生理、心理、见识上与童年时相比都有了很大变化，你们将会拥有更多属于自己的生活，有自己的思考和判断，也将承担更多的责任。

少年时代，你的身体会发生进一步的变化。你要学会爱惜自己，呵护身体。身心健康，是我们对你的期待，也是你成长的基础。而坚持锻炼，不仅会让你拥有强健的身体，还会让你的意志力得到很好的加强。

少年时代，你有了更多的自我意识。这个年纪，大脑就像海绵一样，最容易吸收新鲜事物。社会上发生的新奇事，会通过同学、网络、影视等，介入你们的生活，影响你们自我意识和判断的形成，其影响力甚至超过学校和家长。

但是，这个时候，你的自我意识、自我判断还没有完全成形，你对新奇事物背后的复杂性，还没有更透彻的理解。所以，你依然要像童年时代那样，遇到问题，遇到新鲜奇特的事情，尽可能地多向老师、家长请教，不要烦躁，更不要抗拒，毕竟师长的见识和对生活的理解，能够在你自我意识成长的关键时刻给予你指引和校正。这是所有人（包括我在内）少年时代都曾经历的挑战，也包含了我们的经验和教训。

正因为社会对你的影响这样大，所以，少年时代，也是培养自己社会角色的关键阶段，你要开始学会承担更多的责任。这种责任，并不是其他，而是用你稚嫩的肩膀，担起与你的生理、心理年龄和角色身份以及知识相当的责任。童年时代，这种责任可能更多是在师长的指挥下完成的，如今你们需要通过与朋友、社会的交往，通过读书、欣赏影视作品，学着辨析、理解自己的责任。这个年纪，犯错误做错事很正常，但是，你需要学会自己解决问题，承担责任，而不是遇事撒娇，指望父母、老师。我一直认为，一个有责任心的人，也一定是个善良的人。这是一种自觉的开始。

少年时代，你的记忆力和理解力开始进入一种最好的状态。所以，在课堂学习之外，你应该多出去玩玩，参加自己喜欢的各种活动，从中找到最适合的一种；多出去走走，看看风景，看看世界，接触各种各样的人；多看看电影，多读一些课外书籍，我希望你多看经典的作品，在那些作品里，你会与不同的世界相遇，或许还会邂逅历史上那些伟大的灵魂，并与之对话，这会使你一生受益。这就是我们常说的"读万卷书，行万里路"的意义所在。或许你今天还难以理解，但当你真正坚持下来了，未来某一天，你就会突然明白它们的意义。

你的身上，寄托着我们这些亲友的目光，也寄托着未来的希望。这就是少年时代，你走向未来、走向全新世界的最重要的时代，它会为未来打下真正属于你的底色。

2016-06-01

佩佩，16 岁生日快乐

佩佩，今天是 6 月 18 日，你 16 岁了，爸爸祝你生日快乐。

前天爸爸从外地赶回来，就是想和你一起过这个生日。当我打开家门，看到你跟我嬉笑时，爸爸内心充满骄傲和自豪。

你出生那年，爸爸已经 36 岁了。那天晚上，医生抱着你说："这孩子真干净，真少见。"当时爸爸正焦灼不安地在手术室外等待。当你身上出现新生儿黄疸时，医生怀疑是新生儿溶血，恰好医院的检测设备出了问题，爸爸拿着医生给我的血样 —— 本来不应该也不允许发生这种情况 —— 连夜赶到北大医院送检，等结果出来再赶回你出生的医院时，你不知道爸爸当时有多着急。此前你妈妈做孕检时，一个指标有些异常，检验医生建议你妈妈去人民医院复检，只有那儿才有复检的设备，当时你妈妈咨询了我们平常预约的专家，她不建议复检，认为这个指标出现的问题，对孩子的影响微乎其微。好在我们宅心仁厚，上天眷顾，你一切安好，如今出落成一个健康、漂亮又懂事的大姑娘了。

在你成长的岁月里，爸爸陪你的时间很少。虽忙于工作，但爸爸并没有忘记家里有只小鸟在慢慢长大。那个时候，每次从广州回来，或者半夜回家，你熟睡之时，爸爸总会默默地站在床边，看你酣睡的样子。爸爸就像那部电影的主角 —— 班德拉斯主演的电影《佐罗的面具》里的老佐罗，每次行侠仗义回家，看着婴儿床上熟睡的小公主，就会放一束白色的马蹄罂粟。

爸爸过去教育你的方式有些粗暴。记得你很小的时候，有一次爸爸打了你，你哭着说要报警。爷爷也批评过爸爸。但是，爸爸过去的暴烈发作，从来不是因为你学习不好。前些日子，爸爸跟妈妈聊天，我们觉得，过去对你的严厉管教，主要是在做事、做人的态度上，希望你有基本的是非对错观。人品，就是今天人们常说的三观要正，亦即价值观、人生观、世界观中正，并不像一些人说的那样虚幻，它很实在。人品中正，走遍天下都不怕，就像你看到的今天的爸爸，无权、无势，却能自由地云游天下。这方面走错了一步，很难弥补，也许一辈子都难。爸爸见到过真正的失败者，他们不是事业、财富上的失败者，都是人品上的。所以，爸爸妈妈平常都不管你的学习，只在这些做人、做事方面严格要求你。人品是道，学习是术，这是爸爸对"富养"女儿的思考，与他人不一样。前些日子爸爸陪你去办身份证时，跟你提起爸爸"残忍"的过往，其实也隐含着歉意，因为对如今的你，爸爸妈妈已经放心了。

16 岁，对于一个人的成长来说，是非常重要的年纪。

爸爸 16 岁的时候，也在上高一，那时爸爸营养不良，个头很瘦小，不像你现在这样高挑，还去健身房锻炼。当时爸爸的奶奶还专门炖童子鸡给爸爸补身体。爸爸也不像你，16 岁就接触过了电子琴、钢琴、中阮、吉他，学过画画，还能刻橡皮章，电脑、iPad、手机、电子书不断升级换代。当时爸爸除了学校图书馆的书，唯一接触过的乐器就是我自己做的柳笛，偶尔早上还帮你爷爷去镇上看菜摊，暑假还跟着你爷爷去摸甲鱼、采冬青子、采合欢花贴补家用。当时爸爸的学习成绩也不如你好，还补考过。你吃过各种美食，去过美国、日本、中国香港，还自学了韩语，但爸爸当时连普通话都不会说。爸爸也没有零食、自行车，没有坐过汽车，甚至连常州也没去过，更别说坐火车、飞机了。直到 1985 年 9 月爸爸和潘建岳叔叔结伴坐绿皮火车去北京，才第一次真正出门看世界。这就是当年跟你同龄时爸爸的世界，爸爸所认识的事物，都极其有限，完全不像今天的你。今天的你是真正的见多识广，站得高，看得远，看得清。但爸爸和你一样，拥有完整的亲人的爱。

爸爸那时已经知道，自己身上背着全家的重负，必须考上大学，就像我跟你说过的，考上大学，我们农家子弟才有出路，才能改变命运。正因为后来爸爸努力考上了大学，改变了自己的命运，才能和你妈妈相遇，才有了你。

虽然爸爸和你同龄时可能比你读书多一些，但你读的书，比爸爸那时的书好，在你的书里，世界是完全不同的，比如你读过《丘吉尔回忆录》《麦田里的守望者》《小王子》等，爸爸在当年这个年纪，都没听说过，更别说你通过互联网接触到的信息了。所以，你今天所拥有的潜力和能力，爸爸 16 岁时是完全不具备的；你可能拥有的未来世界，也不是爸爸那个时候可以想象的。爸爸只是挤入了旧时代的骄子行列，而你，才是真正的时代之子，未来，任何一种想象的可能，都在你的眼前，在你自己的心里、手里。

你的时代开始了。但是，你还要做好准备。

首先，你必须明白，16 岁，在今天的中国，虽然还是未成年人，但在法律上已经是具有一定民事行为能力的人了。

在法律上，你有三大类责任要开始承担：一是部分民事法律责任。当然，一些民事权利你也还没有，比如法律规定的结婚权利与责任。二是如果触犯刑法，就要承担完全的刑事责任，只不过比照成年人可能会从轻减轻处罚。三是完全的行政法律责任。比如，《治安管理处罚法》这样规定：已满十四周岁不满十八周岁的人有违法行为的，从轻或者减轻行政处罚。

作为父亲，在你 16 岁生日之际，爸爸觉得这是必须要告诉你的，可能你在学校也学到了。法律是社会秩序发展的基本保障，也是人权的基本保障。遵守法律，不只是责任义务，也是最好的自我保护。爸爸希望你，将来能有法治的信念，能够通过法律来捍卫自己的权利。

其次，你跟着你大哥健身，爸爸妈妈很高兴。减肥不应成为健身的目标，你本来就很苗条漂亮。锻炼身体，让自己的精气神饱满，才是健身的目的。过去我们老话说，身体是革命的本钱，这句话没有错。身体健康，做什么都有基础，无论是学习、工作，还是生活。身体锻炼得棒棒的，万一遇到问题，逃生也比体弱者有优势。这也是爸爸让你学游泳的原因，身体好，自救能力就强。这方面，爸爸妈妈愿意支持你所有的要求。

再次，你的业余爱好，无论是篆刻，还是其他，比如学吉他，爸爸妈妈都毫不犹豫地支持。文字、音乐、绘画等，不仅是一种技艺，还是理解自然和社会的桥梁，更是自我表达的能力，在苦闷的时候，这方面的能力，能够帮助我们保有健康的生活。只是，爸爸的要求是，不需要你成为专业人士，但要学会，至少，自己喜欢时能够玩。这些不仅能提升审美情趣，还能让自己的生活变得更有趣。在这点上，爸爸一直很遗憾，除了语言文字之外，爸爸没有其他能力和方法来表达自己的喜怒哀乐，所以只能不停地写啊写。

爸爸给你推荐的书，还是要抓紧时间读一读，这些看起来没用的书，其实是最有用的。一定要多读书，爸爸就是读书的受益者。在书中，我们可以和历史上那些伟大的灵魂相遇，聆听他们的教诲，与书中人物的命运共悲欢。有更多的生命体验，才能更好地理解我们的世界。

至于学习，就如爸爸跟你说过的，放松自己了，功课都是纸老虎，稍微用点心就打败它们了。

最后，爸爸要跟你说的是，在日常生活中，你要学会观察、倾听，学会自我管理 —— 总有一天你要飞走，自我管理的能力意味着自我成长的空间。

无论你今后在学习、生活中遇到什么问题，都一定要告诉爸爸妈妈，虽然我们的人生经验不足以解决所有问题，但至少，爸爸妈妈会是你最可靠的亲人、朋友，是你最稳固的后方。在通往未来的路上，爸爸妈妈还会陪你走一段。记得爸爸以前跟你说过，佩佩不长大，爸爸永远不会老。爸爸常用鲁迅在《我们现在怎样做父亲》里的话来自我激励："自己背着因袭的重担，肩住了黑暗的闸门，放他们到宽阔光明的地方去；此后幸福的度日，合理的做人。"爸爸虽然熔断了职业生涯，表面上不再关心时事，但是，为了你"有权利生活在更美好的世界"，爸爸还会继续努力奋斗，这是作为父亲的责任，必要的重负，也是爸爸理解的匹夫之责。

佩佩，记得爸爸说的，你的未来，就在现在的你手中，一切都是新始。

16岁，美少女生日快乐！

爱你的爸爸
2019-06-18

第二部分

童年·成长的烦恼

《狮子王》的力量与传播的价值观

　　《狮子王》是迪士尼的著名动画片。我以前虽然没看过，但断断续续读到过媒体的介绍，知道这是一部很了不起的动画片，也大致知道了这部动画片的故事情节。

　　女儿才 2 岁 8 个月，我上周刚承诺过每周日都要陪她。今天是周日，傍晚，女儿嚷着要看动画片，太座找出了一盘带有中文字幕的《狮子王》，用 EVD 放了起来。我抱着女儿坐在沙发上一起观赏。

　　虽然动画片里木法沙和辛巴的对话抑扬顿挫，但对我而言，基本如闻天听——我的英语早就还给了学校，好在有中文字幕，于是乎给女儿讲了起来。

　　当然 2 岁 8 个月的女儿还不知道《王子复仇记》的故事，但以前我们家浴室的墙上贴了不少辛巴和米老鼠的图画，所以女儿还算知道辛巴。女儿看到辛巴和娜娜误入土狼的领地后，突然抽噎着，眼泪掉了下来。

　　我很吃惊，问她怎么啦。她问我："辛巴的爸爸呢，怎么还不来救他？"我笑着说："没事，一会儿辛巴的爸爸就来了。"

　　狮子王木法沙在危急的关头出现了，救下了辛巴和娜娜，女儿又高兴了："爸爸，辛巴的爸爸救了他和娜娜。"眼见着木法沙让鸟儿把娜娜带走，要教训辛巴，女儿又开始掉眼泪。

　　我对女儿说："知道辛巴的爸爸为什么要教训辛巴吗？因为他太调皮，不听爸爸妈妈的话，乱跑乱闯，让自己遇到了危险，所以爸爸要教育他，让他今后听话。"

女儿的眼泪又掉了下来，我忙说："不用怕，辛巴爸爸也是怕失去辛巴才要教训他啊，就像爸爸妈妈不让你乱跑乱吃一样，怕你生病啊。记住以后要听话，否则就会像辛巴似的碰到土狼，不是每次爸爸都在身边的。"女儿抽噎着点头。

观赏的过程中，女儿老问："辛巴的妈妈怎么老不来陪辛巴玩啊？"我们家晚上主要是太座陪孩子玩，所以她才会这样问。

当看到刀疤出现后，太座跟女儿说："这是辛巴的坏叔叔，要害死辛巴和他爸爸。"

女儿不能理解："为什么叔叔是坏蛋？"

我赶紧说："这是个坏狮子，不是辛巴的叔叔。"

女儿不懂得《王子复仇记》的语境，对要害辛巴的竟然是"叔叔"产生了疑问。我可是有弟弟的，还有很多朋友，女儿都叫他们叔叔，今天来家里修电脑的也是一位"叔叔"啊。我赶紧对这个故事情节进行改编，只说是坏狮子，想杀掉辛巴的爸爸，自己当国王。

当辛巴被奔腾的野马群困住后，女儿抓住我的耳朵（这是她的一个习惯动作），哭着问："爸爸，辛巴的爸爸妈妈怎么不来救他？"

"没事，一会儿辛巴的爸爸就来了。"

当木法沙遭到暗算掉下山崖后，女儿又哭了："爸爸，辛巴的爸爸是不是摔死了？那辛巴怎么办？他妈妈呢？"

我女儿喜欢很多动画片，从《天线宝宝》到《蓝精灵》《大头儿子》等，甚至喜欢看情景剧《家有儿女》，我曾经问她为什么喜欢看《家有儿女》，她说一家有哥哥姐姐三个小孩，多好啊！唉，孤独的独生女！

但像今天似的，因为半部听不懂的动画片哭了好几回，还是第一次。这让我这个对传播研究感兴趣的父亲觉得非常有意思。

是因为害怕吗？有这个因素，但应该不完全是。电视上经常放些有暴力倾向的动画片，她也看，但从来没有像今天这样动情过。因为天生多愁善感？但也太小了点吧。

由于孩子太小，我们无法进行正常的沟通交流，更无法进行学术探讨。但我猜想，大概父子之情、对家庭的归依等种种人类最基本的情感因素，不需要教育就已经作为一种基因渗透在孩子的心里了吧。而《狮子王》的导演恰恰通过动画的形式把这隐含的情感基因激发出来，使得一个两岁多一点的孩子竟然看得直掉眼泪！

我有好几年没进过电影院了，无他，因为人类最基本、最崇高的情感在近几年电影商业化、娱乐化的大潮中已经被糟践得没有了。其实，看看美国商业片，大多数都隐含着对人类的最基本情感，对家庭、国家、人类、历史和文化的尊崇。很多人都奇怪，我竟然喜欢一些韩剧，比如，《爱情是什么》等，其实就因为它描述了人类最基本的情感，关于家庭，关于爱情，关于文化传统。

而我们的导演又在做什么呢？奥斯卡、柏林、东京、上海……各种档次的电影节成为他们挥之不去的情结，但失去了人类最基本情感的影片能获奖吗？

当对获奖、技术甚至表现手法的崇拜超越了对人类基本情感的尊重后，电影也就失去了市场，也就不会像《狮子王》似的能让一个无法听懂电影台词的小孩出于本能地哭泣……

我们的《狮子王》又在哪里呢？

2006-02-26

小姑娘的脾气

（一）

小姑娘越来越有脾气了！

这次因处理一些事宜匆忙回京，我直接从机场去了友谊宾馆，约了人在那儿吃饭谈工作。飞机晚点，到那儿已经8点多了。刚落座，女儿的电话便到了，一连串地责问："爸爸，为什么不给我打电话？你不是说回家吗？为什么不回家？我还在等你呢。老师说了，六一儿童节小朋友要表演节目，家长都要到，爸爸你也要来。"

"爸爸现在有事，要和叔叔吃完饭才回家。"好说歹说，最后，女儿撂了一句："我要等你回家后再睡。"

我哑然。

（二）

早上女儿又被我打了一顿，这是这两次回来我第二次揍她。

起床时她还高高兴兴的，6点多就跑到我卧室来，跟我闲扯。

虽然很困，但我还是翻身从床边的桌子上拿起了数码相机，拍了一张女儿趴在我枕边的照片。

女儿问我送不送她去幼儿园，我说睁不开眼想睡一会儿。父女俩扯了一会儿，我又昏昏沉沉睡去——柬埔寨之行回来后比较狼狈匆忙，先是在金边机场等了4小时，回到广州已经早上6点多，中午、晚上又分别和单位驻外的同事餐聚话别，尤其晚上喝了不少酒，第二天中午又赶飞机回北京，下午和晚上都在圣陶沙喝茶叙事，人在江湖，常常身不由己。回到家，小姑娘已经进入了梦乡，自己也快散架了。

迷糊中突然听到小姑娘的哭声，这也不是第一次了。我强睁开眼，穿上衣服走出卧室，女儿正在为不想去幼儿园撒泼呢，她一边哭一边用脚使劲蹬地，抓自己的衣服。小姑娘在幼儿园里出了名，每天都要大哭一场，上学要哭，换老师要哭，受别人欺负也要哭（她在班里年纪最小），每天折腾1小时。岳母身体本来就不好，为姑娘上幼儿园的事又被折腾得够呛。不久前还被小姑娘挠破了脸——我也尝过。

我问她为什么不去幼儿园。

"我就是不想去幼儿园，求求你们了，不要让我去幼儿园，我就想待在家里。"小姑娘不管，一边蹬地，一边抓衣服，一边哭喊，"我就是不想去幼儿园，求求你们了。"这怎么看也不像一个不到4岁的孩子说的话。怎么说也不听，我气极，先抓住她的小手打手心，一边打一边说："哪个地方发痒打哪个地方，脚蹬地打脚心，手挠人打手心，其他地方打屁股，看你听不听话！"我从手心打到屁股，最后把鞋脱了打脚心，也没能阻止她哭闹。最后太太加了码，哭闹才停了下来。

我素来心软，又这么大年纪才要孩子，但几次揍小姑娘时都没有怜惜，虽然过后心里也会隐隐作痛。我清楚地记得，小时候父亲揍完我们说的话："我不想让自己的孩子给别人揍。"乡下的习惯是生了孩子没有家教，将来要吃官司或者被人轻视。虽然时代不同环境不同，但一些毛病一定要扳过来。

2007-04

39

断章

大懒虫

太太在电话里说女儿在家给每个人起了绰号，让我猜猜我的绰号是什么。3 岁女孩的心思，我哪知道，自然猜不出来。太太笑着说："她叫你'大懒虫'。"

大懒虫！太太说："你可别怪我，不是我教她的，我下班回家，她给我汇报的。"女儿给太太起的是"爱清洁"，给她二表哥起了个"小眼镜"，姥爷叫"大黄牙"，姥姥叫"脑袋疼"！

瞧这一家子的外号！

我打电话给女儿，问她为什么给我们起这样的外号。女儿一开始不肯说，说不知道，后来说姥姥老是脑袋疼——岳母大人身体不太好，又要帮我们带孩子，这孩子又调皮，所以搅得她老人家脑袋疼。

"我都上幼儿园了，你还躺在床上，这不是大懒虫是什么！"女儿嘟囔了一句，"姥姥，电话！"她扔下电话跑了！

2007-02

什么都不要，我要去迪士尼

因为有应酬，我好几天没给家里打电话了。太太来电再三叮嘱，不要忘了给女儿打电话。今天 5 点多，在审稿的间隙，我给女儿打了个电话。

女儿刚刚睡醒，接电话的声音还带着哭腔，有气无力的。我问孩子，这几天怎么样。

"我每天都去幼儿园，没哭，中午也在幼儿园睡了。"女儿向我汇报。这是个巨大的进步。女儿是她们班年龄最小的，年前去幼儿园差不多每天都要哭闹一场，而且只上半天。刚回北京那几天，她死活不肯去幼儿园，每每走到幼儿园门口就闹着回家，根本去不成，遑论中午睡在幼儿园，下午接着待在幼儿园了。

"那爸爸回去时，你想要什么？"我问女儿。

"什么都不要，我要去迪士尼。"女儿带着哭腔说。

去年我就许诺，要带她去香港迪士尼，但因为各种原因，女儿和太太未能南下，到迪士尼的诺言也就转眼成空。而我没有想到的是，这个诺言牢牢地印在了不到 4 岁的孩子心中，快半年了，她还记得当时的承诺。女儿的话使我倍感难受和歉疚。

但我知道，这个承诺，我一定能够践行。

2007-03

你去过吗？你怎么知道的

白天太太在 MSN 上说，小姑娘早上在家数日子，说还有两天就要和妈妈去广州了。晚上给小姑娘打电话，我先问这两天去幼儿园闹没闹。

"没闹，我表现可好了。"

"爸爸，你发烧了，厉害吗？"

"妈妈告诉你的？"

"嗯，爸爸，你吃药了吗？爸爸你要少喝酒。"

"噢，爸爸知道了，爸爸吃药了。"

"爸爸，这次带我去迪士尼吗？"

去年答应带她去香港迪士尼，几次了，她都念念不忘。这次又来了。

"放假人太多，去了也不方便。下半年不放假时你跟妈妈来，爸爸带你去。"我实话实说。

"你去过吗？你怎么知道的？"

天哪，这哪像一个不到 4 岁孩子的口气！

"爸爸没去过，可爸爸知道这个时候迪士尼人太多啦，你要是好好上学，就是不去也知道什么时候人多什么时候人少了。"我不忘教育她好好上学。

"可是老师说五一放 7 天假呢，迪士尼每天都这么多人吗？"

我晕……

2007-04

不是，我是想逗逗爸爸

小姑娘要离开广州了。

我带她上杂志社 8 楼道别。

"我要和朱朱阿姨玩。"小姑娘不管我们的想法，执意要和广告部的小朱玩。最后被我们好说歹说才跟杂志社 8 楼的同事道了别。

临下楼，女儿突然情绪不好了："我不走，我想过两天和爸爸一起走。"小姑娘记得我的话，4 天后我也会回北京。

我们都很惊讶，太太和同事们都说好呀好呀。话虽如此，但确定的计划终究不能改，况且随后几天会是我最忙的日子。

小姑娘嘟起了嘴，我抱起她，她顺从地搂住我的脖子，趴在了我肩膀上，很不情愿地跟8楼的同事说了拜拜。

在7楼，小姑娘的情绪似乎好了些，活泼起来了，跟7楼的同事愉快地道了别。

车上，太太问小姑娘刚才怎么回事，真想和爸爸一起回北京？小姑娘的回答差点把我的鼻子气歪了："不是，我是想逗逗爸爸。"

2007-05

为什么不打电话回家

周六晚上9点半，我正跟北京新生代的老同事叙旧，丫头打电话来了。

丫头质问我："为什么不打电话回家？"

"你怎么还不睡啊？"我反问。

"我等你电话，你老也不打。现在我躺在床上打电话，打完我就睡了。"

啧啧。老同事在旁边批评我半天。

第二天晚上我在广州跟同事餐聚，聊到一些话题，同事问有没有过刻骨铭心的感觉？我说："有，想女儿的时候，会有锥心之痛，甚至在梦中哭过，早上起来枕巾都是湿的。你们都还没有孩子，更没有像我现在似的，抛下孩子独自在他乡。"

晚上回宿舍睡觉就梦见了丫头。

2007-08

那今天怎么会下雨呀

最近工作上都是烦心事，跟家里通话少了很多。为了宽慰我，早上太太在 MSN 上留言，讲了个丫头的小笑话。

太太曾经和岳母说，每次一洗完车就下雨，白忙乎。周日早上北京下大雨了，太太陪丫头去学画画的路上，丫头问她妈妈："昨天您洗车了吗？"太太回答说"没有啊"。丫头惊奇地说："那今天怎么会下雨呀？"

2007-08

听爸爸讲故事

周六中午，太太要收拾屋子："佩佩，今天中午你跟爸爸睡吧。"

"好嘞。老爸，今天中午我跟您一起睡。"

这真是恩典。除了在丫头很小的时候我偶尔陪过她几次外，她从来不让我陪着睡觉。

"老爸，躺在床上您得给我讲故事。"丫头找了本童话故事，翻开说，"老爸，您给我讲这个。"

我一看，是个名叫《小公主》的童话，讲的是一个父亲在印度的英国女孩上学的故事。

这个故事我以前没读过，只能按照书上写的，给丫头读了一遍。

"为什么小公主的爸爸去世后，老师要欺负她？"尽管我很不情愿表达对老师的不敬，但没法子，故事里老师看重的只是小公主父亲的钱财，所以她父亲去世后，刻薄的老师就开始欺负小公主了。

"现在的老师是不一样的。"我向丫头补充道。

"小公主后来过上幸福的生活，是因为她心地善良，善良的人都会有人帮。"其实，这才是这个童话故事的主旨，也是我希望丫头能够领悟的。

"哦。"丫头扑闪着大眼睛点头，"老爸，您再给我讲一个。"

童话书的最后一篇是《丑小鸭》，这是个耳熟能详的故事，我讲起来自然也得心应手。讲到丑小鸭不被人认可，到处流浪的悲惨情景时，小丫头竟然抽泣着说："老爸，大家为什么都要欺负他呀？"

我无语，我又岂能将非我族类之类的话讲给一个4岁的小孩！

讲完这个，我已经口干舌燥了。

"老爸，您喝口水，喝完再讲一个，就一个，讲完了我们就睡觉。"

"书上已经没有了，前面的妈妈已经讲过了。"

"您看过那么多书，您给我讲一个。"

呵呵，这可难为我了。我缺乏编故事的天赋。

没办法，我随便编了个虎爸爸、虎妈妈、虎宝宝团结一致反击狼群的故事。讲完后，我跟丫头说："记住了吗？爸爸妈妈永远会保护自己的孩子，但虎宝宝也得赶紧长大，把牙齿磨利了，才能不怕狼群，成为万兽之王。"

"老爸，什么叫把牙齿磨利了？"

我倒……

2007-12

为什么要捐款?

"5·12"汶川地震之后,我给太太打电话。

"这次地震真可怕。"太太在电话里说,她刚刚看了电视。

"你带丫头出门时,叫她带上这些天积攒的钱。遇上募捐的,叫她捐了。"我叮嘱太太。

这些天在教育孩子的过程中,为了培养她独自睡觉的习惯,太太利用了市场经济的方法,以每次1元为标准来调动她的积极性,丫头也积蓄了十多元。每天晚上还要跟我炫耀这些天挣的钱。虽然她的钱微不足道,却是一个未到5岁的孩子凭着与大人的契约挣来的。

"告诉她,遇到这样的情况应该有怎样的态度和情感。"我对太太说。

"知道。"太太应承。

晚上回家,太太给我描述了女儿捐款的过程。

白天太太带女儿出去玩,在中华广场碰上了《南都周刊》募捐的队伍。

"佩佩,给你10元钱,你也去捐点款。"丫头没带钱,太太给了丫头10元钱。

"噢,我知道,爸爸说过。"丫头拿着太太给的钱投进了《南都周刊》的募捐箱。

"来,签个名吧。"南都的工作人员招呼。太太直说不用。南都的人再三邀请签上捐赠者的名字。

"佩佩，干脆你代妈妈去签名吧。"太太不愿意签名。

"好啊，小朋友，你捐钱了，也来签个名吧。"

"我不，我写的字太难看了。"丫头忸怩地躲在了她妈妈身后。

太太没办法，说算了。

太太讲述完，我表扬了丫头："不错，做得真棒，佩佩。"

"不过，今天捐款的钱是妈妈给的，应该从你的钱盒里扣除。"我告诉她。

"唔。"她哭丧着脸哼出了鼻音。

"老爸，什么是捐款？"丫头突然问我。

"捐款就是把自己的钱送给别人，帮助别人渡过难关。"我一愣，接着说，"比如说，现在电视里讲四川的许多小朋友有困难了，你把从爸爸妈妈这儿挣的钱送给他们，帮他们渡过难关，这个就是捐款，是你应该做的。"

"什么是难关？"丫头接着问。

"……"我实在不知道该如何跟一个不到5岁的孩子解释什么是难关。

"那为什么要捐款？"丫头追着问。虽然某种意义上我前面已经做了回答，但丫头不明白，依然缠着问。

"因为他们遇到了难题，就像爸爸妈妈遇到难题，叔叔阿姨们会帮爸爸妈妈一样。现在他们遇到了困难，你帮助了他们，今后万一你也遇到了困难，他们也会像你捐款帮他们一样，来捐款帮助你。"我现在还无法告诉一个未满5岁的孩子为什么人要有悲悯之心。只得像绕口令似的努力给丫头解释，"今后遇到这样的事，你都要尽力帮他们。这是每个人都会做的，就像爸爸妈妈做的那样。"

"哦。"丫头扑闪着眼睛，似懂非懂地看着我点了点头。

2008-05

现场教育

上午在佛山吃完早茶，几个人坐着喝茶闲谈，等着午餐时间。小青忙着泡珍藏的普洱，而丫头围在小青身边，东瞧瞧西望望，时而动手乱摸。我和太太喝止了几遍，但因为有他人在场，丫头反而更加大胆。

"朱学东、小谷，你们这样管教孩子方法不对，从昨晚到今早，我看你们对佩佩总是说这个不许、那个不许，管得太多太严了。"特意从北京来广州探望的徐兄看我们夫妻俩这样管小孩，实在忍不住了，开始替丫头出头，"小孩那么小，不要管那么多，随她去，她又能折腾到哪儿去！"

"那哪儿行啊，小时候不管，大了就不成体统了。"我们俩不认同。虽然我们觉得老徐说得也有道理。

"老徐，我们有个老乡，费孝通，当过副委员长，1948 年写过一本书，叫《乡土中国》，里边讲到中国家长对小孩的管教，大意是说一个中国小孩在一小时中所受到的管制，超过了专制社会的人一年所受到的管制。想想也是，但不管怎么行！"

"费孝通还说过这样的话？说得太对了。但你们这样管不行，一些东西应该管，比如说，她要学什么，一旦提出来，就可以答应，但要提要求，学了就要坚持下去，不能半途而废，要培养她的毅力和韧性。"徐兄说，"现在这种玩耍，可以随她。"

是的，关于"一旦要学就不能半途而废，培养毅力和韧性"这点上徐兄说得非常有道理，我们平常在教育中却忽视了。我们俩的韧性也不够，韧性不够就意味着遇到困难常常会中途放弃，而我却常常感慨徐兄的顽强和韧性，百折而不挠。

"这一点我们今后会注意，这对培养她的性格大有好处。"我点头称是，"从学习上来讲，也能避开'鼫鼠五技而穷'的困境。"荀子说"腾蛇无足而飞，鼫鼠五技而穷"，虽然我牢记在心，却未能身体力行，结果自己颇有点类似鼫鼠"能飞不能上屋，能缘不能穷木，能游不能渡谷，能穴不能掩身，能走不能先人"，至今一事无成，这一点千万不能让丫头重走她爸的老路。

"哎哟！"小青惊呼一声打断了我们，原来丫头的脸不小心碰在了正在加热的铁壶上，右眼角下立马出现一个红水泡。

水泡迅速扩大，小青赶紧从厨房拿来红花油给丫头抹上，并拿出几个穿山甲的鳞片给太太，说如果皮肤痒，可以把穿山甲晒干了刮一刮。

"没事没事。"我们几个劝慰着小孩，其实也是在劝慰自己。丫头一声没吭，但眼睛里已经含着泪水，看着很让人心疼。

"佩佩真坚强，这么疼一声也没吭。"太太和大家一起表扬丫头，"这几天不要洗脸了，洗澡也注意点，过几天就好了。"

"佩佩，怎么回事啊？伯伯刚才还跟你爸爸妈妈说不要管你，不会出事的，你怎么一点面子也不给伯伯留，直接就来了个现场教育啊。"尴尬之余，徐兄跟丫头打趣。

"我也不知道怎么碰上了。"从疼痛中缓过劲来，丫头眨巴着眼说。

2008-06-18

一元钱

中午，我带着丫头到西单图书大厦买书。从时代广场穿过地下通道时，一位盲人老者正坐在通道的台阶上吹着口琴，是《同一首歌》的曲调，老者面前摆着一个小铁桶。

我掏出一元钱："佩佩，把钱给那个吹曲子的老爷爷。"

"好的。"丫头接过钱，跑上台阶，经过老者身边的时候，把钱放进了小铁桶。有人惊讶地看着丫头。

丫头跑上两个台阶，一边等我，一边回头看着老人，老人依然自顾自地吹着《同一首歌》。

这时，经过的几个年轻人驻足，掏起了口袋。

"爸爸，为什么只给一元不给一百元？"

"你还小，再说这钱是爸爸的。等你长大，能够自己挣钱养家的时候，也不是不可以啊。"

"噢。那您为什么不给一百元呢？"丫头紧盯着我。

"如果每个吹曲子的都给一百元钱，爸爸的压力也很大呀。你看，爸爸已经给了好多人了呢。再说，爸爸挣钱也不容易啊。还要给你交上学的赞助费，给你买书、买衣服，还要给你爷爷奶奶买东西，那么多地方要花钱呢，帮人要量力而行。"我解释道，"每个人都有为难的时候，过去讲，'一分钱难倒英雄汉'。难说今后我们也会遇到困难需要别人帮助。一元钱对你我都不算什么，但如果每天有很多人给老人一元钱，他就可以过日子了。你刚才不是看到了吗？你给了一元钱，好几位叔叔阿姨也给了呢。"

"做这种事不在乎你给多少，在乎你有没有一颗悲悯善良的心。记住了吗？"我继续教育孩子。

"噢，知道了。"虽然是似懂非懂，但丫头还是应承了。

2008-12-07

丫头的逻辑

既然是白塔，怎么会是蓝色的？

"既然是白塔，怎么会是蓝色的？"这个关乎逻辑的质疑，语出我家小学生朱佩玮。

周六早上一起床，丫头就不停地唱着一首歌："让我们荡起双桨……"除了咬字清晰，我惊讶于她亮开嗓子，音调悠扬，跟以前奶声奶气的唱腔有了天壤之别，以至于夸奖她："多学几首歌，就不用看春晚了，我们可以开个家庭演唱会。"这一点上丫头可不像我，像她妈妈。我是不着调的高手。

但丫头还是拉着我一起唱。其实，我除了不着调，还是个忘词高手。唱到"水面倒映着美丽的白塔"时，我口误，唱成了"水面倒映着蓝色的白塔"。"不对，"丫头立即叫停，"老爸，您唱错了，应该是美丽的白塔。既然是白塔，怎么会是蓝色啊，那不成了蓝塔了？"

呵呵，反应迅捷，不输她老爸。

我坐到电脑前，准备写东西，她跑过来，说："老爸，不是您跑去给白塔刷上的蓝漆吧？您是不是把白塔刷成了蓝色，又给它刷回了白色？"

我气结。

2009-09

我又不是姑子

"你们该带佩佩去理发了，理短一些。"吃完饭，岳父对我们说。

丫头满头大汗，头发湿漉漉地贴在了额头上。

岳母则说："女孩子，该留长头发了。"

短发适宜运动，加上前些日子，夏天天热，每每头发稍长，太太便带她去把头发理短。

我一直希望佩佩留长头发，觉得这更容易让她的行为举止乃至性格向女孩子靠拢。

"我还想说佩佩应该推我这样的平头呢！"岳父跟丫头开着玩笑。

"我又不是姑子，干吗剃光头！"一直没吭声的丫头突然出声反击。

我们几个一愣，姑子，她怎么知道的？说实话，"姑子"，这个尼姑的俗称，要不是丫头说起，压根儿不在我脑子里。

"可不是我教的，我已经很久没机会说到'姑子'这样的词了。"见我的眼光扫过去，太太赶紧笑着撇清自己。

"我们也没有说过，"岳父母笑着说，"我们家佩佩记性好，大概是在外面听谁说过记住了。或者，是在电视上听到的。"

"佩佩，谁跟你提过姑子？"我问丫头。

"不——知——道！"丫头拖长着声调，在床上打起了滚儿，不肯说。

后来在回家的车上，我悄悄问起，她说是从电视里看的。

2009-09

掉落的第一颗乳牙

"爸爸，今天（9月16日）我的牙掉了。在学校里玩着玩着，牙就掉了。"

丫头张开嘴，用手指着牙齿空缺的位置，对我说。

"那掉下来的牙齿呢？"我问。

"丢了。"

"怎么不捡起来，放在书包里？这可是你掉的第一颗牙啊，应该留着。"我有些遗憾。其实，按照古老的说法，第一颗乳牙掉了，应该扔到屋顶上。不过，现在的习惯不一样了，牙齿可以留起来，作为纪念。

"那么小的一颗牙齿，不知丢哪儿了，要是放在书包里，也早丢了。"丫头颇不以为然。

牙齿松动了近3个月，其间因为啃东西，不小心碰到松动的牙齿，丫头还哭过好几回。现在，这颗牙终于掉了，这可是丫头掉落的第一颗乳牙。

"不要去舔它，让它慢慢长起来。"我提醒丫头说。我觉得这是很重要的事情。

虽然现在牙长得不好可以矫正，但如果能够自然长好，还是顺其自然的好。我小的时候，没忍住，老喜欢用舌头去舔新牙，结果，新牙长得往外凸。长大后也没有经济条件去做矫正，结果，现在颇为难看。

2009-09-16

老朱，你太淘气了

我正坐在电脑前，丫头递过一把栗子，让我帮她剥。我接过来，开始剥，没剥开，却弄得电脑桌上撒了不少碎壳。

我把栗子递给太太，摊开手："还是你来吧。"

过了一会儿，母女俩离开了书房，但丫头却不断在书房门口徘徊，探头探脑地。

"佩佩，过来让爸爸亲一下。"我喊道。

"才不要呢。"丫头摇摇头。

"为什么？"

"你太淘气了！"丫头嚷了一声。

"什么？你说什么？"我简直怀疑自己的耳朵。

"你太淘气了！"丫头重复道。

"为什么这样说爸爸？"我追问。

"你就是太淘气了。"丫头摇头。

刚才在回家的路上，我和太太就孩子是在家吃早饭还是去学校吃早饭的问题进行了讨论，并且发生了小小的争执。我把"让小孩到校吃早饭"归咎于现在的母亲不负责任，甚至有些人做了母亲，还不会做饭。虽然说的不是太太，但太太听了，自然很不高兴。丫头看我们争执，一声不吭。我猜测，丫头说我太淘气，大概是因为我得罪了她妈妈。

等丫头躺在床上，我去看她，说："小朱同志，你这样说爸爸，是不是因为你太淘气了？"

"才不是呢，老朱，是你太淘气了！你是年纪越大越淘气，比我淘气866倍！"

哇，比她淘气866倍！我问这个数字的由来，她就是不说。太太在旁边哈哈大笑，我有点哭笑不得。

2009-09-18

加个"万"字更吉利

丫头领了手工作业回家。今天的手工是在一个纸板上用花生或豆子贴出"祖国万万岁"图案来，丫头还说要在图案下边贴上"60周年"的字样。

帮丫头做手工的时候，太太问："你们班都要做这个吗？"

"不是，"丫头说，"老师这次只把手工作业交给了几个女同学，我们细心些。"

"那这个'祖国万万岁'也是老师要求的吗？"

"不是。老师只是布置我们做国庆内容的手工。"

丫头接着说："我们班上，有人做的是'庆祝国庆'，有的做的是'欢度国庆'，也有做'祖国万岁'的。我想，再加个'万'字，'万万岁'，就更吉利了。"丫头很认真地说。

"老爸，对吧？"丫头扭头问我。

"对。"

2009-09

男人都这样吗

"男人都像老爸这样吗？"我家6岁的小丫头问她妈妈。

晚上回家，丫头已经熟睡，妻跟我转达了丫头的问题。

"老爸怎么总不在家吃饭，又喝酒去了？回家就是电脑、书、浴缸、睡觉。"

丫头眼中的所谓"都这样"，实际上是对她父亲不健康生活方式的质疑。

惭愧。

喝酒于我而言，是一种生活方式。过去很多次喝酒是因为业务，也有朋友相聚。前些年比较年轻的时候，我为喝酒找借口说，如果没人找我喝酒了，我会感觉自己到了双重破产的边缘，一是做人破产，没人缘了；二是业务破产，业务往来的交流没有了。

后来年岁渐大，业务上的酒日益减少，到如今，喝酒主要集中在了同学、朋友之间的往来，这是一个以乡土关系和价值观基础构建的别人难以理解的圈子。生活、工作毕竟有压力，我不想把这种压力感传递给家人和同事。只有在那些特殊的同学、朋友之间，我才可以尽情宣泄。

电脑和书，意味着工作和休息，不过，更多是一种无法放下的状态。通过电脑或收集资讯，或与朋友交流，或留下自己的心得体会，我通常把这也当作一种工作状态。当然，我也会在书房，打开电脑，放喜欢的音乐，看些喜欢或者不喜欢的书，这也是一种休息。

浴缸，基本上算是我真正放松休息的地方了。我喜欢泡澡，那是最放松的事情了。当然，偶尔也会拿着书翻阅，有时还会不小心把书弄湿——因为，我经常躺在浴缸里不知不觉睡着了。结果每次泡澡，家人总不放心。

我晚上睡得晚，丫头早上上学早，每天丫头跟我道别的时候，通常我还未醒来，所以丫头才会有我总是在睡觉的错觉。

不过，无论如何，这不能成为我不愿改变的借口。丫头的质疑或批评，我自当接受。至少，现在我每周都会有回家做饭的日子，周六、周日也尽可能地陪伴丫头，锻炼也在坚持着……

至少，我也要努力，不能让小丫头小小年纪，就产生偏见吧？

2009-10

59

如果我中了1万元奖……

"老爸，您要有多少钱才能不出去工作，在家陪我玩？"

从西单图书大厦出来，丫头直截了当地跟我提了这个尖锐的、涉及财务隐私的问题。

"你怎么这么问？"我反问。

"您工作那么忙，晚上还老出去喝酒，不陪我，您老说不出去工作就没钱。"丫头挺严肃地跟我说，"如果我有钱了，您不就可以不工作了吗？也不用老出去喝酒了。"

我大为感动，一把抱起丫头，拿胡子扎她。

"那您要有多少钱才能在家陪我玩？"丫头追问道。

"多少钱呢……"我支吾着。

"您要是买彩票，中多少钱才能待在家？"丫头不依不饶。

我明白了，大约是岳父跟我们谈起买彩票的事，她听进去了。岳父退休多年，身体不好，看我们两口子这么多年一直折腾，心疼女儿，总希望买个彩票中个大奖什么的，也好帮我们减轻负担。

"爸爸不买彩票，爸爸从来没买过。"我搪塞道。

"我是说如果，如果您买彩票的话。"丫头不肯放过我。

"如果我买彩票，中奖的话，有个500万元就够了，可以陪你玩了。当然，少点也无所谓啊。"我被迫应对着。不过，我是不会去买彩票的。

"那如果我买的话，也要中500万元您才能在家陪我吗？"丫头精神劲儿更足了。

　　"不用，我们佩佩如果买彩票中奖的话，只要中了 1 万元，爸爸就会在家陪你玩了。"我肯定地告诉她。我知道，她还不知道啥叫彩票呢。

　　丫头大受鼓舞："噢噢！我只要中了 1 万元，老爸就在家陪我了。"

　　"你跟佩佩说了什么？把她高兴的，不停跟我爸说，什么要拿画儿去参加比赛，什么买彩票，如果她有了 1 万元，你就不工作了，在家陪她？"晚上太座问我。

　　我一愣，随即哈哈大笑起来，这小妮子真够执着上心的。

2009-11

行止（一）

丫头的心思

"朱学东，你看看，小孩一不管就容易出问题。"

我正趴在电脑前，妻过来跟我说。

"怎么了？"我疑惑，不知道发生了什么事。

妻把一本练习册递到我面前，笑着说："看看你女儿都干了些什么。"

我随手翻了翻，摇摇头，没看出来。

"你看看签名，"妻笑着说，"这本练习册上是不用家长签字的。我错签过一次，你看，这是我的签名，你再看这些……"

妻一边笑一边翻着练习册，每一页上都签有妻的大名，不过，字写得比妻差远了。

"这都是丫头自己学着签的！"妻说。

"啊？"妻说这话的时候，我刚喝了一口茶，差点喷出来。

放下茶杯，接过练习册，我再仔细翻看，果真！

不仅如此，妻指着一些写着"优+"的字样说："这也是你们家朱佩玮干的。她跟我说某某同学就学他爸爸的签名呢！"

我晕。

2009-11

62

不娇气的丫头

"朱佩玮家长，今天孩子课间路过男厕所，头磕到了门，不过孩子一点不娇气，跟老师说不疼，没事。请您关注一下，如果她有什么不舒服，请及时到医院就诊。"

正跟同事讨论选题，突然收到班主任的短信，我一震。因为不知道她磕得怎么样，老是忐忑不安的。今年上半年，丫头被幼儿园同学推了一下，不小心撞在了单杠上，差点磕到眼睛，半张脸都破相了，后来去了几次医院，来回折腾，没少受罪。

"佩佩，让老爸看看，磕哪儿了。"晚上一进家门，我赶紧问。

"磕脑袋上了，你摸摸，这有个小包包，有点疼，不过我跟老师说没事。"丫头跑了过来。

我摸了摸，真的鼓起了个小包，我轻轻一摁……

"哟……"丫头吸了口气说，"疼，老爸轻点。"

"怎么回事，怎么会磕到男厕所门上？爸爸不是告诉你在学校别乱跑吗？"

"我没跑，我走路的时候，两个男同学在背后拉着手，带了我一下，我就撞到了门上，老师也批评他们了。老师问我怎么样的时候，我说不疼，没事。"

嗯，不疼，没事。可总是疼在我们这些老来得子的父母心中。

2009-11

丫头昨晚自己睡了

昨晚丫头第一次离开妈妈，独自睡觉。

白天我和她妈妈给她做了很多工作。她妈妈答应，如果晚上她一个人睡，中午就请她吃肯德基。丫头很高兴，答应了。虽然我本身很不愿意孩子吃肯德基之类的东西。

晚上，她妈妈特意帮她换上了崭新的卡通床单、被罩，在门上挂上了布帘，又在台灯周围围了圈东西，以抵御强光，又能让孩子有安全感——第一晚，我们决定让她开着台灯睡觉。她妈妈先陪她一起躺下，直到丫头睡着才离开。

晚上12点，我从书房出来，悄悄地到丫头房间探视，她竟然横着躺在了床上，胳膊和腿全在外面晾着！好在床够大。

我轻轻给她拉好被子，丫头嘟囔了声"妈妈"，翻个身，坐了起来，瘪着嘴眼见着要哭，没哭出来。我一边安慰她，一边赶紧叫她妈妈过来。她妈妈安慰一番，一起躺下，丫头很快又进入了梦乡。

早上6点，平时起床的时间到了，丫头第一时间跑进我们卧室，爬上床。

"我一个人睡的！"丫头很自豪。

看样子，今后她能够慢慢适应一个人睡了。

2009-11

爸爸，今天您能送我去学校吗

昨晚多喝了点酒，嘴里干得慌，凌晨起来喝水，丫头也正好醒来喝水。

倒了一杯水，陪丫头躺一会儿。丫头一边喝水，一边摸我的耳朵——这是她的小习惯。

"爸爸，今天您能和妈妈一起送我去学校吗？"喝着水，丫头突然间问我。

"妈妈不是要送你吗？爸爸睡觉太晚，起得太早，一天没精神，干不了活，挣不了钱啊。再说，上学一个人送就行，你妈妈开车正好送你啊。"

"那您也正好跟妈妈的车一起送我啊，我上学了您再回家，继续睡觉。"丫头不依不饶。

"你妈妈送你上学后，正好要去送茶叶，不回家了啊。"我赶紧打住，"你第一天去上学，爸爸不是特意送你去了吗？以后特殊的日子，爸爸都会去送你，爸爸也争取多送你，争取参加你的家长会……"

"那，好吧，那我们拉钩。"

好，拉钩。

惭愧，丫头的追击，让我有点难以招架，只好顾左右而言他，虽然至今我也没参加过一次家长会，上学也只送过她一次。

2009-11

我报警

我报警

吃饭的时候，丫头一直调皮捣蛋，惹得我很生气。

吃完饭，我送丫头到少年宫上美术课。

"朱佩玮，你下午要好好听话，要不看我怎么收拾你。"上了出租车，我对丫头说。

"那我就报警。"丫头撇着嘴，看着我回答。

"你怎么报警？"我忍俊不禁。

丫头没接茬。

出租车司机听了，也哈哈大笑："现在的小孩子，也知道用法律来保护自己啦。"

"你怎么报警？"我再次追问，但丫头还是没回答。

出租车司机也忍不住，说了一声："小姑娘，你还没有回答你爸爸的问题呢。"

丫头坚决地闭上嘴，不置一词。

美术课下课，回家的路上，我再次问丫头："佩佩，你还没告诉我，你怎么报警啊？"

"我可以打电话，打110，也可以到楼下的派出所报警。"

我一乐："瞧你能耐的。"

2010-01

老爸，我要采访你

"老爸，您要写一本关于我的书？"

听说我要把对朱佩玮成长过程的观察，补充成书，丫头既兴奋又有点害怕。

"您能不能告诉我，您想怎样写？"丫头趴在桌上，紧盯着我问。

"等你长大，不就知道了吗？"我故意逗她。

"那，老爸，我要采访你，你必须回答我的问题。"丫头扑闪着眼睛，歪着脑袋紧追不放。

老天，采访！

"嗯，好吧。"我点点头。

"那您告诉我，您想怎样写我？您告诉我一个大概。"这是丫头最关心的问题。

"还没写呢，不知道啊，反正就是你的喜怒哀乐，你高兴时的样子，你发脾气耍赖时的样子，你好的地方，不好的地方，你的每一个进步，你的缺点，爸爸都要写进去。"我吓唬她。

"那不行，"丫头声音低了下去，"我小时候的话，你不要放进去。"

"哭的事不要写？挨打的事，也不写？"我追问。

"嗯。"丫头低下头，声音细得如蚊虫般。

"写书哪有这样写的啊？"

"就不要嘛，就不要。"

呵呵，还想要洁本呢，小丫头。

2010-01

67

卖茶叶有什么不好的

太太紧赶慢赶，2009 年我生日那天，我们家自己的茶叶铺终于在马连道开张了，名为兴顺源茶坊。

茶叶铺开张后，因为周六、周日也得盯着，丫头没人带，自然少不得跟着去茶叶铺玩耍。初时尚在幼儿园，管得较松。

丫头在马连道结识了几个福建茶商的孩子。那帮孩子常年在马连道，可着劲儿地折腾，家里大人也不管，也不担心出事。

因为中年得女，我们对孩子尤其溺爱，常为其担惊受怕，怕她不小心受伤害，或者伤了别人。总之，她跟那帮孩子一起疯玩的时候，我们总是提心吊胆的。

因为时刻提醒，丫头受到我们这般明令暗示之后，在跟其他孩子一起玩耍时总有点放不开，缩手缩脚的，很多其他孩子敢去尝试的事，她往往不敢在先。这是我们的责任。

进入一年级后，我不太想常带她去马连道，毕竟是生意场所，她年纪太小，耳濡目染的，影响不好。

此前因为我在广州待了几年，总觉得对丫头有所亏欠，索性每周抽出时间，带她在北京各个公园巡游。她很喜欢划船。不过，后来因为俗务繁忙，去的机会少了，天冷下来后，就更少了。

于是，丫头去马连道的次数又多了起来，何况她周日学琴也在马连道。

我还是希望丫头尽量少到马连道去。一天，我跟丫头谈道，她去马连道，就知道疯玩，现在已经上学了，应该好好学习，可以多到其他地方转转，或者，我出去时，方便的话会带着她。

"现在好好学习，好好长见识，长大了才有更多的选择机会，我不想你长大了卖茶叶。"我对丫头说。虽然我并不承认自己的话语中带有某种职业歧视，但做父母的，还是希望孩子有更多更好的未来可以选择。

"卖茶叶有什么不好的？妈妈现在不就卖茶叶吗？"丫头竟然这样回答我，让我瞠目。我也有些愧疚，为内心深处隐藏的穷酸书生的职业歧视，这点见识，竟然连自己家的小姑娘都不如。

但我和太太还是多费口舌，向她解释，不是卖茶叶不好，而是她现在还小，长大之后才能决定要做的事。而现在最主要的，就是身体健康，学好应该学的东西。

但丫头还是嚷着要去马连道。

2010-01

父女间的战争

"朱佩玮，你这个'出'字写错了。"

给丫头检查完作业，我拿着作业本，跟坐在沙发上聚精会神看电视的丫头说。

丫头把"出"字写得上半部比下半部宽了。

"没错，老师教我们的，说上宽下窄，是您错了。"

哈，我一个靠文字吃饭的人，虽然也难免经常出错，但像丫头这样的小屁孩儿，说我错了，还是第一次。

但在我的记忆中，"出"字分明就是上窄下宽。

"不对，朱佩玮，是你写错了，也记错了。"

"不，不对，老师就这样教的。"丫头着急起来，跺着脚。

"我拿字典给你看啊。"反正家里有的是字典。《辞源》《辞海》《康熙字典》《新华字典》《现代汉语词典》都有。

"朱佩玮，你看看，字典上怎么写的。"

我拿了两本，翻到"出"字，摆在茶几上。

"反正我们老师就是这样教的，上宽下窄，我记得很清楚。"丫头看了一眼，竟然这样跟我说，"字典上也有可能是错的。"

"你给我睁大眼睛，看清楚。明天我问你们老师，是不是这样说的。"我的火气上来了。

我拿过遥控器，关掉了电视。

"老师就是这样说的，我记得很清楚，上宽下窄。就是你错了，上次做作业，就是看了你写的，连笔，老师不让写连笔，给我判的是错。"丫头更生气了，已经带了哭音。

瞧瞧，死硬派，还扛着老师的大旗，甚至，顾左右而言他，转移目标。

丫头生气了，连鞋也未穿，光着脚跑下沙发，拿起电话，哭着向她妈妈告状去了！

留下我，满肚子气，愕然地站在沙发前，手足无措。

2010-01

拼智商

周一降温，汽车限行，骑电动车太冷，太太决定改坐地铁送丫头上学。

地铁4号线，我家楼下正好有一站，不过，从陶然亭站出来，到丫头的学校，还有一段距离。

太太方位感不是很好，第一次坐地铁到陶然亭，再到学校，不是很顺利。

第二天还是那样走。

到第三天的时候，转到一个胡同口，丫头忍不住了："妈妈您干吗每天要绕个大圈啊？"

"没有啊。"太太没明白，还觉得丫头冤枉了她。但又不知丫头为何这样问。继续顺着老路走。

第四天，丫头又把这个问题抛了出来。太太决定抄近道。从地铁口上来，见一胡同向南，遂向一卖煎饼果子的人打听，人家告诉她，这是死胡同，出胡同南口，右转，就是学校方向了。

太太带着丫头顺着煎饼师傅指的路走，果然，近了不少，起码少走了5分多钟。

丫头这下子得意了，不依不饶："妈妈，卖煎饼的人哪儿都去，肯定认识路，您早听我的多好，就不用绕路了。"

太太不肯承认自己错了。

丫头抗议道："打个比方，切白菜，明明可以把白菜一刀两瓣地切，您却非要把白菜一片片撕下来，单片再切，费事不？"

"我有那么傻吗？"太太不高兴了，反击道。

丫头不甘示弱，继续声辩："吃甘蔗是用刀切开好吃，还是用牙啃皮好吃呢？"

丫头一点都不服。

转眼之间，学校就在眼前了，母女之间，只得暂时休战了。

2010-03

小丫头的博弈术

在丫头是否继续上美术课的问题上，太太和我发生了严重的分歧。

早上出门前，太太跟我说，丫头不想继续上美术课了。她同意丫头的要求，希望我也同意。

我的问题是，为什么不想上了？

太太说，最近学校功课和课外要求比较多，老师也要求大家最多只上两个课外学习班，现在丫头又报名参加了学校的舞蹈班，太累了。所以，丫头提出不想上美术课了。

我断然拒绝。

这个理由并不成立。第一，学校课外要求确实有点多，但我们可以有选择地参与，比如航模，丫头就算了。第二，学校的作业，丫头大多在吃饭前就已完成，我们也没有过多地关注。第三，舞蹈班也是丫头自己要求上的，而且是在周五下午，课后。第四，周日丫头虽然参加了两个班，但也就是上午学琴一个小时，下午学画画一个半小时，虽然来回奔波，但不是开车接送就是打车往返，谈不上累，有的是折腾的时间。

更为重要的是，美术课、电子琴、舞蹈，都是丫头自己要求报名学习的，我在一开始的时候，就跟丫头约法三章，报名学习，是好事，我支持，此其一；其二，好好学习，但我对考级没有任何要求，你愿意就跟着考；其三，一旦开始，就要学下去，不能半途而废。

丫头眼泪汪汪地噘着嘴看着我，太太也有些不爽，毕竟我当着丫头的面，驳了太太的面子。

场面有些紧张压抑。

把丫头送到电子琴老师那儿，我回到茶叶店，特意跟太太谈了这个问题。

我跟太太说，你是中了丫头的博弈术。

太太不服气。

我说，虽然丫头本身并不清楚，博弈为何，但她很清楚我们如何疼爱她。她会先跟你或我撒娇耍赖，说自己累了，不想学了之类，以博取我们中任何一个人的怜惜同情，然后再由同情者向另一人提出。比如这一次，她就跟你先说了，然后让你跟我说。这就是她鬼的地方。

太太不以为然，认为我把问题想得严重了。

"不管是否把问题想得严重，"我说，"我们不能让丫头有'从中渔利'的空隙。如果她向你提出重大事项的要求，你不能先答应她，可以说，这个事回头我跟你爸商量一下；当然，她要跟我提出某种大事，我也会这样说。我们两个人评估后再拿意见，她利用我们不同意见博弈的空间就小了。"

另外，我一开始就明确表达了，我可以接受她学了没成就，但不希望她半途而废。半途而废一旦开始，就容易养成不良习惯，会像多米诺骨牌一样，任何一件事情，都潜藏了半途而废的因子，最后最多也是鼯鼠五技，一事无成，这才是最可怕的。

我们需要从小培养她坚持刚毅的品质，现在的人，都缺这个。

虽然太太不完全同意我的意见，却也同意劝说丫头继续。

2010-03

葛朗台

晚上8点多，我在酒桌上鏖战正酣。

手机响了，是家里的电话。

"老爸，您正在喝酒吧？"是丫头。

"嗯。你回家了？"我问。

丫头放学后通常在姥姥家待着，吃完饭等她妈妈下班去接她回家。

"我跟妈妈说了，今后您要是一天不回来吃饭，我们就去买一次东西。"

电话那头，丫头一边乐一边说。

家里人都知道我是铁公鸡，心疼钱，不愿乱花，这是我的软肋。

所以，如今连丫头也朝这个地方捏我。

"呃呃，可不能啊。佩佩，你要知道，你们这样花掉的，可都是你的钱啊。知道吗？是你的。"

这是真心话，我是个非常传统的人。

"嗯，知道了。"电话里丫头的声音明显低了下去。

虽然平时丫头对钱没啥感觉，是个很大方的人。但这个态度转变，也许是父女血缘，也许是久受我熏陶的结果。

"妈妈说花钱你知道，银行都会发短信给你。"我有张卡给了太太，有短信提醒功能。

第二天吃早饭时，丫头又提起了这个话题。

"但我们还是想花钱，谁让你晚上老出去喝酒呢。"丫头告诉我，"妈妈说，这也算是精神补偿。"

哦哦。

趁着太太去阳台晾衣服的空隙，我又对丫头老调重弹："你要是乱花钱，以后你去全国各地甚至去外国玩，可就没钱了啊。现在花的，就是你以后的钱。那天你不听话，爸爸生气，一拳砸在门墙上，把墙都砸出印来了，要花钱修补，花的也是你的钱。知道吗？"

我吓唬她。

丫头吐了一下舌头，哧溜从凳子上溜下来，跑到我上次打墙的地方找印记。

"哦，爸爸，真有印子。"

"这两天我就让妈妈买了个汉堡，我好长时间没吃了呢。"丫头为花钱的事辩解。

"嗯，这个没事，只是以后别乱花钱。"

"知道了。"丫头拖长了声调。

2010-04

行止（二）

朱学东，你危险了

"朱学东，你危险了！"晚上到家，太太笑着跟我说。

"什么意思？"太太的话有点突兀，我完全摸不着头脑。

"你要是再不把肚子减掉，你们家闺女，以后就不愿意跟你一起出门了。"太太笑言，"她嫌你太胖，太难看了。"

呃……

"学校要学生带全家合影的照片，跟同学讲述自己和爸爸妈妈的故事。晚上我们俩翻了半天相册，我给她找了张在广州的照片，我们一家三口在从化玩时拍的合影，你猜她怎么说？她说你太胖了，挺着大肚子，实在太难看了。"太太笑着，"后来她自己在相册里找了张老梁儿子结婚时我们照的合影。"

"那个时候，她才多大啊。这照片也忒早了点吧？她还这么要面子？"虽然那个时候我也已经开始发福，但形体总体上保持得还可以，不像现在，大腹便便的。

"你以为呢？所以，你赶紧锻炼减肥吧，否则，今后想让她跟你一起出门，可真不容易了。她还跟我说，要是你不减，我们俩都减了，我们一家三口出去，别人还以为我们不是一家人呢。"

啊，我一下子说不出话来。这鬼丫头。

2010-02

老爸就是抠门

早上，太太说："朱学东，沙发上那件夹克衫别再穿啦，实在太难看了。"

这件夹克衫，洗的次数多了，颜色有些深浅不一。周六、周日我还穿着它步行来着。

我过去常常自诩是节能机器，衣服鞋子不到破了不会换，但太太认为，这不一定是个好习惯。

太太的评价是，不一定是节能，更可能是自己懒惰，懒得去买衣服，又不放心别人给买！

以至于有时实在寒酸，太太看着都烦了。

我说："那是你不懂，现在叫低碳环保，是流行时尚好习惯。"

太太哂笑说："那么舍得花钱在吃上，还叫环保？肚子那么大了，少吃些，多买些好一点的衣物，精神抖擞的，让人看着就提气，有什么不好的？又不是买不起。"

太太建议我向超兄学习，超兄穿着很讲究。

我也承认超兄永远给人一种精神抖擞的感觉。

但我辩称说："没钱，收入少，生活压力大，买不起好衣服，能省一点是一点。最好，你们也给我多节省些，尤其是朱佩玮，一块橡皮要5元钱！"

昨天丫头要买块橡皮，竟然要5元钱，让我耿耿于怀。

太太嗔怒。丫头咬着太太的耳朵，嘀嘀咕咕地说了起来。

太太笑了起来。

虽然丫头的声音压低了，但我还是听到了些。

丫头跟她妈妈悄悄说："老爸不是没钱，就是抠门！"

2010-04

我才不愿意做那样的小老鼠呢

“我才不愿意做那样的小老鼠呢！”丫头噘着嘴，腻在我身上，扭动着身子对我说。

我坐在院子里的凳子上，刚对丫头讲完“鼯鼠五技”的故事。

丫头要玩轮滑，穿上鞋在院子里玩了会儿。我坐着看她玩。

因为没有专门学过，丫头也就是野路子，纯粹是玩。

我提醒她应该注意的一些动作要点，但她自己蹬着玩，不肯听。

正好有三个大男孩也在院子里玩轮滑，动作潇洒自如。

也许是看别人做得好，有些自惭形秽，丫头跟我说累了，要休息一会儿。

我自然反对，她小脑袋里琢磨的那点东西，自然逃不过我的法眼。

但脚在她腿上，她腻在我身上，我也没办法。

于是，我跟她说：“我给你讲个小老鼠的故事。过去有只小老鼠，号称它有五种本事。第一种本事，是它也能飞，但却连屋顶都飞不上去。”

“连屋顶也飞不上去，还能叫飞吗？”丫头瞪大眼睛问。

“是啊，连麻雀都不如，就像鸡一样，扑腾几下，那不能算飞，但小老鼠认为自己能飞，本事很大哦。第二种本事，是它能爬树，但却没有一次能爬到树顶的。”

“那它不就掉下来了？”丫头问。

"第三种本事，它说它会游泳，可是，山里的小溪，它没有一次能游过去，每次刚开始游，它就掉头回来了。"

"爸爸，我会游了，我能从游泳池这头游到那头了。"

"那你还得好好练啊，那是小游泳池啊。"

"嗯，但您得带我去啊。"

"第四种本事，小老鼠说自己会打洞，但它打的洞，每次都躲不进去，总是把屁股撅在外面……"

"嘻嘻，那不被猫一眼就看见了……"

"第五种本事，小老鼠认为自己很能跑路，但它却永远落在人后面……你愿意当这样的小老鼠吗？"

"不愿意。"

"那你为什么刚滑几下，就说累了？很多事要坚持，不能随便放弃。这件事随便一歇，那件事随便一歇，最后，不就像爸爸说的那只小老鼠了吗？老爸可不想让你当这样的小老鼠。前几天你跟妈妈讲，不想上美术课了，爸爸不同意，就是不想让你成为这样的小老鼠。学了就要学到底，就像看前面那棵树，在爸爸眼里就是棵普通的树，你学会了画画，就会比爸爸看到的更多。爸爸就是因为年轻时半途而废的东西太多了，所以现在要你坚持，不要像爸爸那样，只能做些故事里小老鼠的事……"

不知道小丫头最后听进了多少，反正，她一再跟我强调，不愿意做那样的小老鼠。

她又去蹬她的轮滑了。

2010-06

81

丫头的困惑

我要是一只小鸭子该多好啊

晚上快 9 点了，我从书房出来倒茶，经过丫头的房间，丫头正在她妈妈的督促下，按照老师的要求，奋笔疾书。

看丫头誊写的字，倒是一板一眼，大有进步。

"怎么这么晚还没做完啊，快 9 点了。"我说。

"今天放学已经在马连道做了很长时间了，现在作业每天都那么多。你连孩子都不管，哪知道啊。"太太说。

听同学说，现在学校老师的收入跟班级成绩挂钩，所以老师抓得很严，布置了很多作业，希望学生们成绩优秀。

"唉，我要是一只小鸭子该多好啊。真想做只小鸭子，没这么多作业，没这么多课要上，整天在水里自由自在的……"丫头接着话茬，突然间发起了感慨。

我和太太一愣，先是面面相觑，接着放声大笑。

"丫头，要真是一只鸭子，那还不一样，鸭子虽然不用上课做作业，但鸭子也有鸭子的烦恼。你别看它好像自由自在的，保不准还没长大就被人吃了！什么炖鸭、烤鸭之类的。"我笑着说，"你呀，还是先好好学习吧。学好了长大了，就不会羡慕鸭子了。"

"唉，"丫头叹着气说，"真是做什么都不容易啊！"

2010-06

老爸，为什么在北京你就不能早起呢

这些天在江南老家，我每天早上6点半就起床了。

相反，原来每天6点多就起床的丫头，这两天每天都8点多才起呢。

丫头问我："老爸，为什么在北京你每天都8点多才起床，在这里你这么早就起了？为什么在北京你就不能早起呢？"

一想，确实。难怪丫头有此疑惑。

丫头希望我送她上学，但在北京时，我每天都起不来，都是太太接送。

回到老家，第一，睡觉早了。晚上不看电视、不上网，整个人都很放松，所以，即便早起，也能保证6个多小时的睡眠。

第二，天热难耐。所以，早早醒来。

第三，父母早就起来下地干活了，弟弟也早去上班了，我这么大个人，赖在床上，实在说不过去。

所以，早起，是很自然的事。

不过，丫头的质疑很对。我也答应从下学期开始，早上送她上学。

2010-07

老爸，以后我们能不能改飞吻

"老爸，我都长大了，以后我们说再见时，能不能不要亲亲了，改飞吻？"

早上出门上班，按惯例跟丫头道别时，丫头突然冒出了这句话。

嗯，真的长大了，还知道害羞了。我心想。

"好啊。不过，亲还是要亲的，飞吻也要。"

说着，我低下头，亲了下丫头的额头，丫头亲了一下我的面颊。

出门，回身，我向丫头做飞吻状。

丫头咧嘴一笑，抬起手掌，搁在嘴边，掌心向上，朝我做吹气状，然后翻转手掌，掩在嘴边，伸手朝我展开，随后说："老爸，拜拜。"

2010-08

为什么没人给我老爸让路、让座呢

同事的太太怀孕了。丫头见了，回家跟她姥姥说起来。

老太太说，以后在路上、车上，看见大肚子的人，要主动给人让路、让座。人家挺着大肚子，行动不方便，我们应该主动些。

丫头突然间反问老太太："那我爸也挺着大肚子，为什么没人给我老爸让路、让座呢？"

老太太哭笑不得，一下子没词了。

缓过劲来，老太太只能这样给丫头解释："你老爸大老爷们，肚子大，是吃出来的，又不是女的，怀孕了，别人干吗要给他让座！"

丫头嘟囔着，似乎还是有些不服气。

2010-08

84

这样说，太早了点吧

丫头午睡初起。

"让爸爸抱抱吧。很久没让爸爸抱了。"我说。

"好吧。怕你抱不动了。"丫头大方地说。

确实很久没有抱过丫头了。

她站在床上，我把她抱了起来。

"真够沉的。"我一边说一边放下她。丫头长得很结实。

"我早说你抱不动啦。"丫头一撇嘴。

"这样，让爸爸再背背你吧。"我说。

"好啊。"

丫头趴在了我背上。她小时候我在家时也经常这样背她。

走了几步，我又把她放在床上，我坐在床沿，丫头坐在我身后。

"帮爸爸挠挠背。"我说。

丫头依言照办。

"要是爸爸妈妈老了，你也会这样背爸爸妈妈吗？"我问。

"您现在这样说，太早了点吧？"丫头回应。

"怎么早？你看，爸爸都满头白发了。"

"没几根，这里有一根，这里有几根……"丫头翻着我的头发说，"您还不老，早着呢。"

2010-08

85

以后你每次都得给我一百元

晚上与兄弟喝酒，没法子，硬着头皮给太太发短信，请她来帮我把车开回家。

这已经不是第一次，太太有些恼了。毕竟，丫头还小，每次出来代驾，太太总要带着丫头一起出门。每次，丫头都是睡眼惺忪的。

进电梯的时候，太太说了句："以后不去接你了，你自己叫代驾吧。"

丫头接着说："对，不去了。我都困死了。"

我赶紧安慰："好，你们都辛苦了。"

说话的时候，我正好掏兜，摸到了一张十元的钞票，我顺手递给丫头："给你吧。"

丫头摇头："不要。我要一百的。"

我一愣。

"要不，以后妈妈每次去接您，您都给妈妈一百元。"丫头说。

"为啥呀？"

"为啥？你叫代驾不给钱吗？丫头说得对，以后，每接一次，你就付我们一百元。"

"闺女，记住以后每次都跟你老爸要一百元，这钱归你了。"太太接过话头说。

"好嘞。老爸，您记着啊，以后每次我们去接您，您都得给我一百元。"

我啼笑皆非，乖乖地掏出以便元。

2010-08

86

丫头总是对的

那不是笑，是被牙拱的

"佩佩长得真像爸爸，脸像，手像，连脚的模样都一样。"吃晚饭的时候，一家三口聊天，太座说。

"废话，我闺女不像我，成吗？"我打断太座。

"不过，佩佩的牙长得像妈妈，真好。"太座悠悠地补充说，"幸好不像你老爸。"

"嗯。老爸的牙长得跟爷爷一样，凸在外面，可难看了。"丫头接着话茬儿说。

"胡说。"我忍不住打断了丫头的话，虽然，她在描述事实。

"姥姥说，我爷爷老是笑嘻嘻的，可好了。老爸这点跟爷爷一样。"丫头继续。

"不过，我看爷爷和老爸那不是笑，是被牙拱的！这才像笑！嘻嘻！"

丫头笑嘻嘻看着我们说。

"你！"

气急，我竟然无语了！

2010

身教

周日，上完美术课，我送丫头去岳母家。

秋日风起，虽是中午，天已颇多凉意。

在岳母家楼下，遭遇一人。他左手牵条小狗，右手拿着塑料袋兜着几张薄饼。光着上身，皮肉黑乎乎的，看上去挺脏。颈上一条粗大的金链子，肥头大耳，一说话，身上的肉都在打战。

乍一看，挺粗俗的人。

我向来对这样的人没有好感。虽然多少带些歧视，但这也是多年生活的经验。

"我挺讨厌这样光着上身，在电梯里出没的人。"

待他出了电梯，我对丫头说。

"您为什么讨厌他？"丫头问。

"爸爸一瞧他光着身子、满身横肉，牵条狗走路的样子，就觉得他不是好人。正经人都不这样。"

"可姥姥她们每次见了他，都和他打招呼呢。"丫头说。

"再说，您今年夏天，不也有一次光着上身给我买过东西吗？"

我语塞了。不知该怎么解释。

"嗯，那是爸爸错了，爸爸检讨，以后肯定不会这样了。"

我只得赶紧圆过去，以后还真得注意了。

2011

小间谍

　从西山脚下同学家出来，我送丫头回家。

因为晚上有事，我给岳母打了电话，请老太太代为照看丫头。

一路爆堵。到家时，老太太已经在我家了。

交代几句，我便将老太太和丫头撂下，匆匆离家。

对话发生在我离开之后。

"你爸又出去喝酒啦？"老太太问丫头。

"嗯。老爸晚上有事。"丫头回答。

"你爸老这样喝，身体怎么受得了啊。"或许，因为平素很少在家吃饭，老太太对我老是外出喝酒，难免有些微词。

"哎，姥姥，您这可不能批评我老爸。我老爸晚上和某叔叔喝酒，他可是我妈的大客户，能帮我妈卖茶叶。"丫头竟然这样回答姥姥。

"这孩子……"老太太语塞，"这丫头咋就没她不管、没她不知道的啊。"

下午在兄弟家时，兄弟跟我聊起了我太太的茶叶生意，说可以让我太太准备些图片材料，在他投资的网站上设个频道，帮着推广一下。

兄弟做了个特色农产品网站，生意好得很，他认为这样做也许能帮我太太些忙。

我们聊天的时候，丫头在边上吃着果冻。我没想到丫头吃果冻的同时，竟还支棱着耳朵，在边上听着。

不仅是听着，更是记在了心里。

"你知道吗？我一到家，你闺女就把你和某某聊天，聊到的事，全告诉我了。你还没告诉我，我全知道了。"太太笑着跟我说。

这不是小间谍吗？唉，我一声叹息。

以后带她出门，可要小心了。

2010-11

第三部分

少年·新知

丫头的权利课

9 月的一天，丫头所在班级上品德与社会课。这一节课老师要讲的是"权利与义务"。

老师首先让一日班长（丫头所在班级的班长是轮流当，每人一天）对同学们今天的表现进行总结。

这一天的一日班长是位女生。

一日班长总结完之后，同学们纷纷表态，男生觉得一日班长的记录有偏向，偏向女生，因为她记录的表现好的十九名同学中，基本都是她的好朋友，只有两名是男生，而且表现好的女生中，还有被老师批评过好几回的。

全班有三名同学没表态，一名女生、两名男生。

丫头也觉得有偏向，偏向女生和一日班长的好朋友了。一日班长的记录里，表现好的和不好的，都没有丫头。表态的同学中，除了丫头之外，其他女生都觉得一日班长的记录是理所应当的。

老师认为这件事正好与"权利与义务"有关系，于是，就让孩子们把讨论进行下去。老师让没表态的同学坐在中间，请赞成男生说法的人坐在左边。

正好丫头的座位就在左边，同桌是位男生。丫头和同桌都没起身下座位。一位被记录表现好的男生，就起身到右边，和女生坐一起了。另一位被表扬的男生是没表态的男生中的一个，坐在中间了。

很多女生都向丫头招手，让丫头坐过去。但丫头没理她们，坐着没动。

老师说，男生女生分两队，各派出四个人，做发言代表。老师提出了发言规则，规则是不得伤害其他人的人身，开始时要有礼貌。

辩论开始了。

男生第一个发言。第一位发言的男生认为，今天的一日班长记录表现好的都是她的好朋友，而且大多数都是被老师批评过的，不应该记录在表现好的里面。

第一位发言的女生认为，全班十四个中小队干部中有十二个是女生，这就说明女生的成绩比男生好。

第二位男生代表反驳说，上一个女同学的说法不对，虽然我们男生总体学习不如女生，纪律也不如女生，但是我们男生中也有表现好的，却没有被记录。

第二位女生代表则认为，在这样的事情中，还是女生比男生被表扬得多，批评得少，所以记录女生多也是理所应当的。

第三位男生代表反问道，我们男生中也有很多受表扬的，却记录在坏的里边，这是为什么？

在这位男生代表说这句话的时候，班里一位个子最高的男生忍不住站起来想要骂女生，丫头和一位男同学赶紧阻止了这位同学。

老师叫丫头和男同学起立，问他们为什么这么做。

丫头说，因为要让这位同学平静下来，才好进行下面的发言。

老师表扬了丫头。

第三名女生代表没有理睬刚才那位男生，继续说，既然你们自己都说学习和纪律都不如我们女生，干吗还说我们偏向呢？

第四名男生回应道，我们这样说是为了以后用更好的学习成绩超过你们。

第四名女生最后说，这件事到此为止，以后不要记在心里，大家还是好朋友。

丫头告诉我，这位女生代表是中队委，其实她心里清楚，一日班长的记录确实有偏向。

争论了一节课时间，老师让同学们回家写总结，写收获。

丫头在课后写了这样一段话，总结自己的收获："今天在上过'权利与义务'这节课后，我知道了：每个人都有自己的权利和义务，不同的人有不同的权利和不同的义务。比如，在商场买东西时，消费者有权利挑选自己需要的物品，也有义务付钱。又如，学生有发言的权利，有学习的义务。再如，公民有肖像权，别人不能使用其他人的照片去干别的事情。"

第二天，班里很多女生围着丫头，责问丫头为什么不站在她们一边。

丫头回答说："这是我的权利，我想站在哪边就站在哪边，不用你们多管闲事。"

这以后一段时间，一些女生就不再和丫头一起玩了。

而丫头就和男生玩。

又过了一段时间，大家不再提起这件事了，那些女生又和丫头成了好朋友。

（本文是我家8岁丫头的口述，除了那段收获，是丫头捧着她的日记本给我读的。这是发生在9月丫头班级一堂课上的真事，当天晚上丫头即给我和太座叙述了，但当时我正忙着写稿子，没顾上记录下来。今天让丫头看了我写的《反抗的代价》一文，又让丫头回忆了9月那堂课的情况）

2011-11-24

反抗的代价

回家后，发现丫头情绪有些低落，与往常不同。

太座告诉我，今天老师把她的语文课代表撤了，丫头心里很难受，回家就哭了，劝了她很长时间才好。

丫头的语文学习一直不差。我一边吃饭，一边问丫头怎么回事。

原来是小队的爱心活动，要去打扫操场，其他同学问她参不参加，说老师让大家自愿报名。

丫头说，既然是自愿的，我这次就不参加了。

同学报告了老师，老师把丫头叫到课堂外面，批评了她。

老师认为，不参加爱心活动，就是不愿意为集体服务，就不能参加爱心传递岗值班，就无法评选优秀学生，并撤了她的语文课代表（当然，这可能与她数学考得不好也有关系）。

我松了口气，原来如此。对老师的做法，我不愿置评。

我安慰丫头，语文课代表当不当没关系，但表达自己的立场很重要。

我知道丫头性格一向比较柔弱，自己的主张不敢公开表达，容易被裹挟着走，这是我们一直希望她改变的。

她今天是第一次对家长以外的人的意志表达了拒绝之意，这让我和太座很高兴。

这才是独立人格的第一步。

甚至，我和太座都认为还不够，鼓励她以后遇到类似的情况时，应该继续表达，既然是自愿，为什么不参加就不行？

我告诉丫头，对父母来说，丫头的安全、健康成长和健全的人格是最重要的。

在善良这个问题上，我一点都不担心。我家丫头是一个特别仁义善良的人。很多人，甚至很小的小孩，都已经习惯了消费这种仁义善良。以前一个老师曾跟太座说过，丫头是一个做事特别认真的人，有些小孩就欺负她这点。

我告诉丫头，爱心表达也很重要，能参加时应该尽量参加。但出自内心的爱才是真正的爱，而不是为了讨老师喜欢讨别人欢心。所以，在做完作业之后，能够帮家人做点家务活，敲敲背捶捶腿，是这个年龄段应有的最好的爱心行动。

按照我的理解，这才是"老吾老以及人之老，幼吾幼以及人之幼"的基石。

我和太座都鼓励丫头，这样的挫折没有关系。我告诉丫头，我都是到高二分班之后，才当了文科班的数学课代表，这有什么，好好学习比当课代表重要多了。

丫头似懂非懂地点点头，随后就高高兴兴地朗读起来了。

我和太座真的很高兴，她正在学会拒绝，学会表达自己的立场。不恭维别人、纯真快乐，比什么都重要。

2011−11

给我爱的人以自由 —— 致女儿书

佩佩，我亲爱的女儿：

你知道吗？当爸爸挂上你的电话的时候，差点掉下了眼泪。

因为高兴。

真的。

平时你跟爸爸通电话，总是迫不及待地说完就挂掉，很像例行公事完成任务似的，爸爸总是有些沮丧。

今天你主动给我打电话，还娇滴滴地说："喂，是朱学东同志吗？我是朱佩玮啊……"

本来爸爸这几天出差，连续和朋友喝酒，身体疲倦到了极点，加上最近工作压力很大，精神紧张，而你这一通电话，让爸爸倦意顿消，压力俱失，精神立即又抖擞起来了。

在回家的地铁上，爸爸翻看着朋友送的一本小书，《给你爱的人以自由》，里边有朋友谈与女儿交流的故事，爸爸也暗下决心，向朋友学习，好好地带着你读书，交流，与你成为好朋友。

回到家时，你和你妈妈正在为上不上游泳课意见不合。

你妈妈征求爸爸的意见。

爸爸说，这得看你，听你的意见。

在你课外学习锻炼上，爸爸总是听你的意见，但也有要求。

你记得吗？今天晚上爸爸问了你三个问题。

第一，是不是真的很想去上游泳课？

你说真的想去。

第二，去了能不能坚持？

你说能。

第三，上完游泳课回来，能不能坚持学习（你妈妈插话说要练琴)？

你也回答说能，没问题。

爸爸说，既然这样，那就去。爸爸支持你去做想做的事。但爸爸也提醒你，爸爸妈妈挣钱也不易，既然交了钱，付出了努力，你就得坚持。

如同以前一样，爸爸没有要求你做出什么成绩，只要求你做一件事就要坚持，坚持了就知道意义。

爸爸同意后，你高兴地在家折腾，开始收拾你游泳的行头。那个高兴劲儿啊，连你妈妈都叹气，一晚上全是游泳游泳了。

今天晚上你跟爸爸说，老师说了，如果不能连续两年当三好学生，就不能上重点初中了。

爸爸鼓励你争取当三好学生，你小嘴一撇说："我才不在乎呢。"

不在乎也行，爸爸说那你就把爸爸给你的书都读了，上哪个学校都行。

你有些为难。

爸爸说，以后爸爸陪你读一些书，从《诗经》开始，爸爸给你讲。你妈妈也说要跟着学。

后来爸爸打开电脑，犹豫之后，找出了去年爸爸给你写的信，除了爸爸，没人知道，连你妈妈都不知道爸爸写过这些信。

爸爸每天早出晚归，老是喝酒，你曾经问过你妈妈，说："男人是不是都这样？"

男人当然不都是这样，爸爸也不全是这样。你长大以后，可以从爸爸的流水账和爸爸写的那些文章、做的那些杂志里，看到爸爸的另一面。

当然，爸爸还有一面，那就是充满着对你的爱，就像这几封信里所表达的。

这些信，爸爸原本想等到你长大后给你读的，这里边包含着爸爸的爱与歉意。爸爸希望你长大后能够明白这点。

但今天爸爸觉得你长大了许多，明事理了，可以给你看了。

信不多，只有四篇。爸爸自责当时因为工作忙，没能坚持写。工作忙是客观原因，也是借口。所以，今晚爸爸也向你和你妈妈检讨了。爸爸以后坚持写。

你和你妈妈坐在电脑前读完之后，爸爸问你感受。你说了句"挺好的"，便没怎么吭声。但爸爸从你当时的表情里，看到了你内心的波澜。

后来你睡着之后，爸爸妈妈除了聊些大人之间的事外，还聊了你的事。爸爸争取多陪你，与你一起成长。

爱你的爸爸

2013-09-02

（2014年《深圳晚报》儿童节专版向我约稿，我征得女儿和太座同意之后，把过去写给女儿的两封信给了《深圳晚报》，报社编辑把两封信编在了一起，此为其一。感谢我的家人，感谢《深圳晚报》。祝我的女儿和天下所有孩子及他们的父母，儿童节快乐，永远快乐）

女儿手机里的父亲

在我六年级女儿的手机里，我如今的名字是"新京报"。

她不是第一次使用我的职业生涯作为电话号码簿上我的代称。

我是个有些粗心的父亲，第一次发现她用单位来指代我，是在我的旧手机掉入水里后，把原本给她用的手机要回来时。那是一部我曾经使用过的手机。我要回来时，她嘟着嘴，颇不高兴。重新使用这个手机时，我突然间发现，手机通信簿上，我的电话号码标注的名字是"中国周刊"。这是我当年服务的单位。只要我用手机给她打电话，她手机上出现的便是"中国周刊"。"中国周刊"成了我的代称，就像秘密工作的密码。

2013年我参加腾讯大家年会，抽奖得了个"土豪金"，她觊觎了好久，看她眼馋，我便送给了她。我在这个手机里的代称，依然是"中国周刊"。

2014年1月下旬，我辞去《中国周刊》的职务，回归家庭，当了名宅男，全靠一支秃笔，写些不咸不淡的文章，谋一星半点稻粱。

没想到的是，丫头在第一时间，把我的代称从"中国周刊"改成了"专业写稿人"！

我可从来没敢承认自己是专业写稿人。我问她为什么用"专业写稿人"指代我。她说，您不是不上班了，每天都在家里写啊写啊，靠写稿子挣钱啊，这不是专业写稿人是什么！我语塞，竟无以回答，只好讪讪一笑。

我到《新京报》上班的第一天，丫头便把手机里的我直接改成了"新京报"。而我是差不多上了一个月班后才发现的，我这职业的专业水准不够呀。

后来我问她，为什么要用我的职业生涯来指代我，而不写"老爸""父亲"？

"那万一我手机要是丢了，被骗子捡到，给您打电话，您不得以为我出事了着急啊？用"中国周刊""专业写稿人""新京报"就算骗子捡到了，他想这是谁啊？一看杂志、报纸，他还不敢给您打了呢。"丫头脸一抬，有些不屑似的跟我说。

呵呵，这小家伙心眼儿挺多啊。我可从来没有这样想过。

"那为什么不用爸爸的名字？"

"您不是在网上到处写东西吗，不也容易找到您骗您吗？"

我无语，顾而言他："那你手机里你妈妈用什么代称啊？"

"Gloria。妈妈的英文代号。"

"为什么用这个？这就不怕坏人了？"

"省省吧您，骗子哪知道这个是妈妈的代号啊，不就是个英文词嘛。"

我有些哭笑不得，接着问："你这都是跟谁学的啊？"

"那还用学啊，一想不就知道了？"

一句话把我噎了回来。

如今我只好老老实实地当她手机里的"新京报"了。

2015-01

（注：2017年9月我熔断职业生涯回归家庭，在姑娘的手机里，我的代号如今是"码字党"，这是我对自己写文章的自诩）

是佩佩姐，不是大姐大

晚上吃饭时，一家三口聊天。太座问丫头最近学校有什么有意思的事。

"知道吗？谁谁去了一趟马连道，现在叫我佩佩姐。"丫头笑着说。

他们班几个同学和家长一起，曾到太座的茶坊去喝茶，小孩们顺便了解了些茶艺。丫头的同学大概觉得丫头在这方面也是高手吧，所以，就叫丫头姐了。

"他年纪比我大呢。他一叫我佩佩姐，我们班好多同学都叫我佩佩姐呢。他们年纪都比我大。"丫头乐不可支。

"那好啊，说明你人缘好，大家喜欢和你一起玩啊。再说了，虽然他们年纪都比你大，但个头没你大啊。"太座说。

丫头的个头确实比较高大，才12岁，都超过她妈妈，赶上我了。

"他们都喊你姐，以后也就不会有人欺负你了。"太座补充说。

"知道吗？还有人喊我这个。"丫头神秘地拿出手机，手机上显示出两个字："玮哥"。玮是丫头的大名。

太座立马说："那不行，不能让他们这样叫你，这不好听。"

"没事。我们单位有位女同事，同事们都叫她'琨哥'呢。爸爸小时候，村里人叫爸爸'黄姜巴'，是朱蔚的小叔叔第一个喊出来的，不过他还下河救过爸爸的命呢，没有他就没爸爸了。他为什么给爸爸起外号'黄姜巴'？黄姜巴是爸爸家附近大河岸上凝固的沙块，浅黄色，比土块硬，比石头松，形象就像生姜，所以叫黄姜巴。爸爸小时候又瘦又小，干瘪得很，就像黄姜巴……"

"那您现在可不是那样了……"丫头看着我笑眯眯地说。

"是啊，前些年回家，那个叔叔跟爸爸开玩笑说，现在可一点都想象不出那时的样子了，横着长了。爸爸说这个，意思是人家起什么外号，无所谓，自己呵呵一笑，觉得好就笑纳，觉得不好，不搭理就行了。这是大气度啊。

"再说了，叫你姐叫你哥有什么不好？透着亲热，熟悉的朋友才会这样叫啊。

"当然了，叫姐叫哥，你得清楚，你是女孩子，不是男孩子。一方面，姐要有姐的样子，大气、宽厚、善良、关心别人，当然也要有威望，能决断，一挥手，大家莫不相从。但是，千万记住，这姐可不是黑社会胡作非为的大姐大……"

丫头哈哈笑了起来。

"要做的是邻家姐姐，除了前面说的，还要温柔，要有女孩子的样子，千万记着，你是女孩子，不是大姐大。"

"嗯，知道了。"

2015-05

开学寄语：胆大心细多尝试

9月7日，丫头正式开学，我送她上学，一起坐地铁。

"爸爸，你上学时哪门课学得最不好？"路上丫头问我。

我说："物理，我上初中时，物理课要做实验。那时物理实验，有串联、并联，你很快也会学到。实验前老师告诫我们说，如果接错了，烧坏安培表、伏特表，要赔5元钱。那时候刚学，我本来很高兴去做实验玩，一听这话，就吓坏了。5元钱！我一学期学费才3元钱，真要做错烧坏了，那还不被你爷爷往死里打呀。5元钱，好多钱哪。那个时候家里穷，没钱啊。爸爸考大学时你爷爷塞了5元钱钱给我，我连冰棍都没舍得买，更别说上初中的时候了。我一害怕，就有了心理阴影，物理再也学不好了。考高中时物理勉强及格，后来上高中，物理还是补考，这跟心理阴影有关。害怕了就学不进去。我们那时，还是'学好数理化，走遍天下都不怕'的时代，学理科考大学保险啊。直到今天，家里换电灯之类，还是你妈妈做得多，爸爸心里发毛。这就是恐惧产生的厌学症。

"但那个时候上化学不怕，因为傻呀。老师说了，硫酸腐蚀性强，做实验千万小心。我那个时候想法很傻很简单，硫酸怕什么，弄手上烧掉块肉，自个儿疼，忍忍，过一段时间就好了，但不用赔钱啊。

"当时就是这样傻，这就是无知者无畏啊。好在没被硫酸腐蚀，化学倒还学得勉强可以。

　　"但现在你要相反。不用担心赔钱，放开手脚大胆去做实验，不要像爸爸那样一害怕就缩手缩脚，谁一开始就一定对啊，谁不会犯错误啊。赔钱无所谓，关键是要学到东西。你倒是要注意硫酸之类，千万不能碰上，要是碰上了，一辈子的印记，你是女孩，尤其要注意。你跟爸爸不一样，爸爸那时是乡下孩子，啥都不懂，你现在有问题，不仅可以问老师，也可以问爸爸，爸爸不懂，能去请教懂的人啊。你还可以用电脑、手机去查。所以，现在你是要胆大心细，而不是像爸爸那时那样缩手缩脚。做事缩手缩脚，格局太小，做不成什么事。爸爸就是太拘谨了。"

2015-09-07

学会观察周边环境

早上送丫头上学，在地铁里，丫头说昨天和妈妈一起搞错出站口了。

我说你妈妈没方向感，但我不是带你走过两次了吗，怎么还会错？

"我也没方向感啊。"丫头说。

要学会观察。爸爸每到一个地方，无论陌生还是熟悉的场所，都会仔细看一下周围的环境，注意标志、建筑、植物、人物等，这种观察很有意义。最简单来说，我们身处一个陌生环境，要有所警惕，再来也容易找到要去的地方，而且环境熟悉也容易应对意外。

不仅如此，学会观察对你将来写文章也是一种训练。将来无论你读文科还是理科，都要学会用文字来表达自己的情感。这和用音乐、绘画来表达是一样的，它也是私人的事。但爸爸老家有个诗人，活了30多岁就死了，尽管他说百无一用是书生，但他还说，文章匆匆皆千古。就算爸爸的《江南旧闻》是随手写来，但就是爸爸死了，还会有人看。研究江南老家的风土人情，生活方式变迁，爸爸的文章就是很好的材料啊。全是真事，全是爸爸的真情实感。

写好文章，除了内心情感的真实流露，还要学会借用周围环境，来烘托和铺陈。比如说，"月黑风高夜，杀人放火天"，"月黑风高"就是烘托铺陈，但要能这样烘托，你得观察积累，得从环境联系到自己，这就需要观察、需要知识。

比如，今天下雨了，天很凉，诗人就会感到寒意，感到悲伤，所谓悲秋，环境和心情应对。如果今天晴朗，诗人看到色泽鲜艳的树叶和果实累累，就会感到收获的快乐，这就是所谓收获的季节。更敏感的诗人，则会想得更远，想到四季轮替，收获也会变成伤感，因为冬天将至。所有这些，都是建立在对周围环境的仔细观察上，有了观察的积累，才有感悟，才有内心的联想。

退一万步说，仔细观察，你写东西就有素材了。

当然，平常注意观察，日积月累，也是一种思维的训练，很重要。

2015-09-10

古诗词要朗读

　　昨晚丫头做语文作业，背古诗。咿咿呀呀地，就像小和尚念经，有口无心，有气无力。我在书房听不下去了，过去跟她说，古诗要朗诵，放开声来读。

　　"为什么？我这是背，不是朗诵。"丫头抗辩。太座也帮倒忙，说她忙着背呢，这是作业，你别捣乱。

　　我很严肃地说："不是捣乱，这样背诗毫无意义。为什么过去私塾里学童背诗要摇头晃脑地高声诵读？这是有道理的。"

　　"有什么道理？"丫头咕哝一句。

　　"撇开内容不说，中国古诗词最讲韵律节奏，这种韵律节奏是一种形式美，适合于朗读，不仅读来朗朗上口，朗读过程也容易帮助记忆，一般长短的古诗词，朗读三遍之后，基本就能记住，因为语言文字之间的韵律节奏容易产生记忆共振。像你这样叽里咕噜乱读一气，纯粹是完成任务，既不能感受古诗的韵律节奏之美，也无法享受阅读的愉悦，更不容易记住，即便记住了，也记得不牢靠。"

　　"东临碣石，以观沧海……"我顺手拿过她的语文书，朗读了一遍曹操的《观沧海》。我说："这样的诗，即便不理解诗意，高声朗诵，也能体现出诗所描述的气势来。曹操要像你这样叽里咕噜地，怎么写得出这等气势的诗来！

　　"等你大了，慢慢理解那些古诗的内容之后，朗读就更有意义了，抑扬顿挫，除了享受诗词的韵律节奏之美外，还能享受诗词中描述的情感，朗诵得越是声情并茂，越是能穿越时空与诗人交会相通。爸爸那台苹果手机里，就有好多爸爸朗读的录音呢，虽然口音很重……"

2015-09-11

标配·规则·个性

早上出地铁，前面有女儿的几个同学，穿着一样的白色校服，蓝色裤子。丫头说这是她们学校有重大活动时的标配。我们俩顺着这个话题聊开了。

我说："标配是最基本的，也是统一的，同样标配也是最不体现个性的，而个性对于人来说，最重要。

"当然，学校有重大活动，要求穿标配服装，这是一种规则。是规则你就要遵守，这也是一种纪律性的训练。有规则，守规则，虽然有时会压抑人，但也是一种做人必备的品德。当然，遵守学校规则的同时，也是培养一种契约精神。遵守契约，是社会中最重要的交往规则，也是社会得以存在的基础。

"不过，穿统一服装这样的规则，就像你说的，有重大活动时才要求这种标配，这挺好，难得一次，严肃一点，虽然压抑，但也容易收敛自己的行为，庄重认真一点，也是一种训练。

"但平常就可以穿得率性一点。比如说女孩子，完全可以打扮得漂亮些，尽量与众不同。当然打扮漂亮，不是穿奇装异服、怪里怪气的，爸爸是觉得穿衣打扮要适合自己的性子，适合自己的年龄身份，这样服饰才会跟自己融在一起，人才会有精气神。

"标配校服常常让人觉得没有精气神，就是因为它太雷同了，把人的气质特征淹没了。

"不只是穿着打扮要有自己的个性，更重要的是，衣服下的人更要有个性，不人云亦云，自己有想法，有判断，从穿衣到做人，都是一样的道理。

"做人怎样才能有个性？读万卷书，行万里路。现在多读书，越读你就会越有自己的想法，越有自己的想法，语言行为就会越跟别人不一样，过去叫'腹有诗书气自华'，嗯，气质都不一样。气质是一个人最能显出自己的地方。我很喜欢一篇文章，叫《表情独特的脸庞》，每个人都有一张表情独特的脸庞，而不是像标配的服装，千篇一律。"

2015-09-14

标配与观念平等

吃早饭的时候，丫头穿着短袖校服，我跟丫头接着聊起校服的话题。

我告诉她，昨天我把我们俩聊的校服话题发微信后，爸爸认识的一位香港大学在读生物学博士在后面留言提醒我，她去一些私立学校拜访，发现私立学校也是统一校服，这种统一校服，背后还有一种平等观念的培养。我觉得她提醒得对。爸爸昨天忽略这点了。

一个学校有很多学生，不同的人来自不同的社会阶层，有富人有穷人，有受过良好家庭教育的，有父母文化不高的，孩子们在一个学校里读书，同学关系，就是一种平等关系，因为受教育的权利也是平等的。过去孔子讲有教无类，其实是教育平等。

当然学生不只有平等受教育的问题，还有平等相处的问题。平等是一种现代文明的观念，有权有势有钱就觉得自己高人一等，这个观念很陈旧，但很有市场。现在还带到学校里，一些孩子小小年纪，就被熏陶感染，这不好。统一穿校服，在一定程度上舒缓了这种状况，校服时时提醒每一位同学，你就是这个学校的学生，所有人都要遵守本校规定，没有特权，这种教育也是潜移默化的。校服背后的平等观念，也是隐藏的，其实应该公开强调。

当然，校服好看与否是另一回事。比如，你们的外套，就不好看，你身上的短袖校服，还是蛮好看的。

2015-09-15

电脑·动手能力

早上出门，跟女儿聊起昨晚家里发生的争执：

昨晚我回家已经不早了，看到太座正在侄儿的电话指导下往家里的办公电脑上装什么程序，是丫头的英语教学光盘CD-ROM，家里只有我那台老旧的码字用的联想笔记本上有光驱。

我平素最怕她们母女俩折腾我书房里的书和电脑，一见此，我酒意上涌，有些不高兴，刺激了太座的情绪。她跟我一样，脾气躁，也是电脑盲，都只会使用傻子工具，折腾了一晚上没弄好，正烦躁着，一听我的口气，一下就气炸了，结果不欢而散，她扔下光盘就睡觉去了，剩下我一个电脑盲，琢磨了半天，自己解决了。

我就从这个话题开始，跟丫头解释，免得她心里别扭。她也是见证者啊。

"爸爸为什么一看你和你妈妈动爸爸的电脑，心里就烦啊？因为爸爸电脑里有好多东西，你妈妈和爸爸一样是电脑盲，你也还不懂，我怕你们一弄，弄出毛病来，那爸爸就歇菜了。电脑里有好多爸爸写的东西啊，好多还没发出去。现在再让我去写，一定写不出来了，时过境迁嘛。爸爸现在看自己过去写的东西，也会很惊讶，当时怎么写出来的。所以，你也一样，有事有想法要赶紧记下来，错过这个村，就没那个店了。

"你说你妈妈批评我，什么都懒得动，网断了不会弄，电话坏了不会弄，电脑坏了也不会，什么都不会。是啊，爸爸是不会，有人会不就行了吗？爸爸只是使用者，本也不想花时间去琢磨这个，多浪费精力啊。但昨晚的事情之后，爸爸想，还是要琢磨的，就算成不了电脑工程师，至少也会摆弄一下吧，为了你，也得琢磨出来。

"过去不会，是类似我跟你说过的学物理的心理阴影，到我上大学的时候，开始有电脑机房，那个时候，大家都蠢啊，哪像现在，电脑随便敲打。那时都觉得电脑是高科技，很金贵，学校的机房，据说要恒温，进去还要在脚上套上鞋套，就像进什么高级实验室似的。爸爸是文科生，不懂，加上心里有阴影，一看这么高大上，哪还有心思学啊，所以，也就蔫了。

"其实后来才知道，哪有这么神秘啊，电脑不就是工具吗？不过是自己偷懒，不愿花心思去琢磨说明书，觉得太浪费时间罢了。有这时间干点啥不行呢，自己又不靠修电脑吃饭，结果越来越烦，越来越懒，也就越来越怕了，连最基本的东西也懒得学了，就成了这样。

"昨天晚上你妈妈一刺激我，我还不服气了，自己一个人在那儿鼓捣，最后也琢磨出来了。

"因为不懂，爸爸平常不敢轻易安装启动程序，每次电脑的保护系统提醒，爸爸都拒绝'同意'，昨天一看，恍然大悟，一点'同意'，光盘的启动程序就可以安装了。

"当然，爸爸态度不好，也写了字条向你妈妈道歉啦，你妈妈也接受了。这有什么，错了就承认，你也要一样。爸爸决定，以后花些时间好好琢磨，争取自己动手，丰衣足食。"

2015-09-15

英语·文明

上学路上，我和丫头说："我们谈谈学英语的问题？"

丫头拒绝了，闷闷不乐。

话题转到昨晚家里的纠纷，丫头倒没反对，顺着学电脑了解未知世界的话题，我顺口提到了英语学习。

我说："像这电脑，爸爸后悔当初没好好学，爸爸更后悔的是英语没学好啊，语言不通，到哪儿都沟通不便，结果只好待在家里。要是英语好，爸爸也想去看看外面的世界啊。现在爸爸年纪大了，精力跟不上了，你要学好了，将来可以给爸爸妈妈当翻译啊。"

"我不想学英语，我想学日语。"丫头说。

"那也好啊，不过，日本近代以来创造的文明，要比英语世界创造的文明少得多。我们现在享受的衣食住行，高科技，就算是电脑，大多是英语世界文明进步的产物，近代以来科学技术和整个人类文明的进步，英语世界贡献最大。比如，许多科技文献，都是英语世界的，爸爸虽然看不懂英语文献，但爸爸懂得这个道理啊。

"爸爸因为不懂英语，无法去阅读一手的英语文献、文学作品，看的都是翻译过来的，是二传、三传的，是否合乎原意，爸爸也不知道，所以常常走歧路。即便如此，爸爸从这些二传、三传得来的文献中，学到的东西也很多啊，这些东西，是我们没有研究过的，我们本没有，还删掉了很多。你说英语重不重要？

"爸爸以前跟你说过，读书要多读来自全世界包括英语世界的经典文学作品，里边有近现代文明的萌芽和发展，尤其是关于人性的，有文明的价值观。我们的经典小说，写作手法很好，但价值观全是成王败寇的，大多是旧时的糟粕，写人性也多是恶的方面，少有平衡。这也是我们落后的原因，我们没有跟上现代文明啊。

"如果你英语学好了，能够多读原著，对于那些文明的产生和传播，就会有更好的理解。耳濡目染，日积月累之后，对于近代以来文明和价值观的理解也会有很大的变化。还记得爸爸去香港时，爸爸的前辈钱钢老师著的《留美幼童》上给你的赠言吗？'佩佩，到英国去，到美国去，到更开放的世界去。'到更开放更广阔的世界去，到比我们强的世界去，我们才能知道自己还差什么，需要学什么，这不仅是钱钢老师的期待，也是爸爸对你的期待。而英语，则是通向更开放更广阔世界的桥梁啊。"

2015-09-15

麦田守望者·成长·叛逆

　　早上送丫头上学，这两天都走得特别早，因为她的作业本忘在学校了，要早点去补作业。我说："你要是学会管理自己，不丢三落四的，哪用起这么早啊，对你、对爸爸妈妈都有压力。"

　　"今天早去，不完全是我作业本落学校的原因，我还要把我们班的作业全部导到班级电脑上，还要准备下午的演讲呢。"丫头反驳。

　　"什么演讲？"我很好奇。

　　"就是时事新闻、博物馆介绍、推荐图书……"丫头说。

　　"那你演讲什么题目？"

　　"推荐一本书啊。"

　　"你推荐哪本书？是《小难民自述》吗？"我很好奇。《小难民自述》是暑假时我推荐她读的，她还写了读后感。

　　"不是。推荐的书目里没有这本书。"

　　"哦，老师还开了推荐书目啊，都有哪些书？"

　　"《狼图腾》《杀死一只知更鸟》《麦田里的守望者》，还有一本我也忘了。"

　　"你推荐哪本？"她们老师竟然推荐《狼图腾》，我很不喜欢。

　　"我推荐《麦田里的守望者》。"丫头告诉我。

　　"你看完这本书了吗？"我有点吃惊。前两年我给她推荐了这本书，她读了一段时间后就问我是否确定真的让她读这本书，这本书里可都是脏话、逃学、离家出走。我至今仍清晰地记得，她盯着我问的样子："你确定？"当时读《汤姆·索亚历险记》时她也这样疑惑地问过我，我自然确定。但我一直以为她没坚持读完。

"我都读了三遍啦。"丫头提高了声调。

"哦。不错，爸爸一直以为你当时没读完呢。爸爸前两年还买过一本塞（sài）林格女儿写的回忆录，但还没看呢。"

"爸爸，不是塞（sè）林格吗？"她有些疑问。

"哦，爸爸一直读的是塞（sài）林格。那你准备如何向同学推荐这本书呢？"

"我去网上查了些资料和介绍……"

"既然你读过三遍了，为什么还要去网上查资料看介绍？"我赶紧问。

"我不知道这本书的背景，塞林格是什么人啊，自然要查一下。"

"那你查到了什么，准备怎样说？"

"《麦田里的守望者》是一部反抗资产阶级教育观念……"

"你等等，"我赶紧打断她，"这是你从网上查到的资料？"

"是啊。难道不是反抗资产阶级教育观念的吗？"

"资产阶级教育观念，是一个特别老旧、过时、不当的概念，这个你还不懂，现在除了一些学术研究和历史研究，还在使用这样的概念，其他地方基本不用了。而且，塞林格的这本书，故事所讲并不是反抗资产阶级教育观念，这是青少年对成人世界的反叛，全世界都一样，是人都会经历这样的反叛，这跟资产阶级教育观念完全不搭界，这是政治化、污名化的说法。

"比如你，你不也经常不听爸爸妈妈的话吗？霍尔顿说脏话、逃学、离家出走，都是青少年时期的一种反叛，是生理、心理和社会上的反叛。爸爸有个老乡，是个很有名的学者，叫费孝通，就说过，小孩子遇着的世界是为成人构建的，不是为小孩构建的，所以，小孩进到成人世界，一定会发生激烈的冲突，在冲突中慢慢习惯，慢慢成长。小时候的很多反抗，最后都消融于大人的世界，这就是我们常说的长大成人，人都会经历这一过程。

"就说爸爸吧，爸爸小时候也说过脏话，但逃学、离家出走可不敢。逃到外面都活不下去。再说你的爷爷奶奶还有爸爸的爷爷奶奶管得严啊，尤其爸爸的奶奶，爸爸要是犯错了，老太太就拿扫帚追着打，爸爸和你叔叔都挨过老太太的扫帚，所以我们走正道。你妈妈小时候也很调皮，气得你姥爷用板凳砸你妈妈，幸好你妈妈跑得快。谁都有过反叛期。你也一样。

"但是，爸爸妈妈都是过来人，你的爷爷奶奶和爸爸的爷爷奶奶，就是爸爸的守望者，他们用人生经验，在我们不懂世界的时候帮我们避开了大坑、悬崖。现在爸爸妈妈就是你的守望者，明知前面有坑、有悬崖，而你还没有能力自由选择，自然就会严厉、就会唠叨。"

"嗯。"丫头点头。

"所以，千万不要说什么'资产阶级教育观念'，这种话就是垃圾。你写的《小难民自述》的介绍，是发自内心的，最好。读书，怎么读？首先一本书讲了什么故事，其次这本书里有哪些你觉得好玩、有趣的细节，有哪些好的段落、句子、词汇等，讲述这些自己印象最深的，才是读书和推荐书的方法。"

2015-09-17

学会管理时间

早上跟丫头一起上学，下地铁时，她突然一惊："哎哟，我的公交卡。"

"怎么啦？"我问。

她在书包里摸索半天，说了句："吓死我了，我以为掉地铁上了。我刷完放书包里，忘了。"

"要是丢地铁上，就追不回来了啊。"

"那我要是丢了怎么出去啊？"丫头嘟囔一句。

"找工作人员呗，补一张卡。你老是丢三落四的，这个习惯不好。作业本落学校起码三次了吧？昨天落没落？"

"嘻嘻。四次了。昨天又落了，后来妈妈带我去买了本新的。"丫头贼兮兮地跟我吐着舌头，"我经常想不起来。"

"这可真不好，你才多大啊。像爸爸这个年纪，老是疑心忘了这忘了那的正常，到年纪了嘛，再加上各种压力，自然会有这种情况。再过一段时间，估计快到得老年痴呆症的时间了。但你才多大啊，这么小年纪，就丢三落四、忘这忘那的，那还得了！爸爸年纪大了，还指望你帮爸爸记着点呢。

"你这个毛病，是做什么都不当回事，不上心造成的。当然，也有压力，该想的不想，不该想的瞎想，也容易犯这毛病。这个毛病，一来会给学习生活造成压力，二来也会影响自己的情绪，你的情绪也可能会影响爸爸妈妈的情绪。所以一定要改。而且，这是可以矫正，可以改的，那就是学会管理自己、管理时间。

"怎么管理自己、管理时间？很简单嘛。你每天放学时，不像早上上学时那么匆忙着急，时间很充裕，那就多想想，有哪些东西是必须带回家的，一点点过脑子，然后一点点收拾，不慌不忙，提醒自己再想想，这难吗？不难。这花时间吗？没花几分钟。让妈妈在外面多等几分钟而已，离家又那么近，急什么？带全了，回家不慌不忙地先把作业做完，收拾好书包，想着把明天去学校要带的东西收拾好，省得明天一早着急忙慌地落下东西，这不就行了。剩下的时间，看看书，看看电视，跟你妈妈一起出去锻炼，多好。

"现在是你记忆力最好的时候，把时间分配好，多看书，觉得好的地方多背一背，对你将来会有很大帮助。爸爸这个年纪，想背也记不住了，记忆力衰退了，但爸爸有个本事，知道自己读过的东西在哪儿能找到原文。而你正是记性最好的时候，干吗要浪费这个天赋呢？爸爸能记住的古诗，都是在差不多像你这个年纪背的啊。你看宝宝姐姐，她六年级的时候就会背莎士比亚里边的台词了，那个书很好啊，我们家有啊，宝宝姐姐跟她爸爸一样，能控制自己，能管理好自己的时间，又肯下功夫，所以各方面都好啊。

"你一个环节管理好了，后面的时间也就顺了，心不烦，那做什么还不高高兴兴的？一高兴，什么事都有效率了，就把时间省下了。这是一个良性循环。多好啊。

"你看，刚才在地铁上，爸爸在看书，我们背后有一个你们高中部的男孩子，他不也在读语文吗？"

"不，他读的是化学。你看他都有白头发了。"丫头反击。

"嗬，爸爸没注意他是否有白发，这白发也不是读书读出来的啊，很多人就是少白头。爸爸的白发，主要还是上了年纪。

"你看爸爸是怎么管理时间的，每天睡 5 个多小时，一早起来，抄诗、做俯卧撑、做仰卧起坐、陪你上学、走路、抽空读书，上班时认真上班，把单位交付的事做好，晚上还有那么多社交应酬，回家还要抄诗、读书、做运动，还要写好多文章啊。很多人问过爸爸，时间哪儿来的，安排出来的，有几个人像爸爸这样安排啊。

"安排好了，有条不紊，也不容易忘。若是忘了，脑子里也会有根弦，到什么时间做什么事，自动提醒了，这就是生活有规律，时间管理得好。要不你按爸爸说的试试？"

"好吧。"回答有些勉强。

"学会时间管理后，一天能多做好多事，就像我现在似的，虽然没有去过很多地方，但与不同的朋友喝酒，能够听到不同的人生。平时有时间读书，读书多了，就能看到不同的世界，也会遇到不同的人生，我们自己也会更丰满。这不就是延长生命，拓展世界吗？"

2015-09-18

反对要有理由

母女俩昨晚发生了激烈的争执。太座要看丫头的课堂总结，丫头不让。太座是不达目的不罢休的性格，最终强横地让丫头交出了课堂总结，丫头眼泪汪汪。两人激烈争执的时候，我正在书房里心烦，听不下去，过去试图做鲁仲连。

我一开始以为是太座要看丫头的日记，一问，不是，是课堂总结，老师要求的一种作业。太座说，班主任说了，家长要检查孩子的课堂笔记。太座还说，班主任发了其他孩子的笔记照片。

丫头反击说："我写课堂总结又不是给老师看的！"

说实话，我很喜欢丫头说的这句话。

太座气极："难道我检查你作业也不行吗？况且是老师要求的。"

我当和事佬，一边劝太座息怒，一边问丫头："既然是作业，老师又要求家长检查，为什么不让你妈妈看？如果你能跟爸爸说出你不让家长看的理由，爸爸就站在你一边，帮你去说服你妈妈。"

但丫头就是不让看。这我就不高兴，不管了。最后她妈妈赢了，在丫头的眼泪汪汪中看了一遍她的总结，并做了点评，认为有些写得不错，有些敷衍了事。

今天早上的上学路上，时过境迁，丫头和她妈妈已和好如初。我问丫头："为什么不让你妈妈看？"

丫头嘟囔说："我就是不想让她看。"

真是意气用事。

　　今天早饭的时候，当着母女俩的面我表扬丫头经常发表"名言警句"，最有名的就是"好好学习，天天快乐"。

　　我一边表扬，一边说："但是，老师让家长检查作业，是学校要求，咱得执行。你不愿意让看，这是你的态度，你的立场。有态度有立场，而且与学校、家长的要求不一样，有个性，但是，你得说出不愿意让我们看的理由啊。我们又不是看你的日记，虽然爸爸很好奇，但是爸爸从来不想去看你的日记，那是你的隐私，爸爸得尊重。可作业不一样，是老师要求的，你不同意也行，得说出理由来，说服爸爸妈妈。没有理由，就是耍无赖。

　　"有理由爸爸就觉得你有想法，爸爸会尊重你（注：我过去做杂志的时候跟同事说，我的意见大家都可以反对，但得说服我，说服我了，我听大家的，说服不了我，大家就听我的）。如果没有理由，在家撒个娇耍个赖，爸爸妈妈不会在意，可是，你到外面还这样的话，别人就会认为你耍无赖。从小不注意，长大就会有问题。爸爸妈妈也是为了你啊，你妈妈跟你生气，主要还是这个原因。"

　　"嗯，我知道了。"丫头点点头。

2015-09-25

从小事细节做起

丫头吃饭的时候，脑袋几乎都要钻到碗里去了，很不雅观。过去还没这样过。

"吃饭就要有吃饭的样子，过去爸爸一直提醒你，要坐直了，左手护住饭碗，你倒好，没改，脑袋都要钻进饭碗里了，女孩子，这样子多难看呀。左手扶着碗，可以防止饭碗掉落。"我教育她。

"大人从小就要求我们一手拿筷子，另一手护住饭碗，这有讲究，老话传下来，要是护不住，那就是说要丢饭碗，要饿肚子的啊。"岳母在边上帮腔。

"你在家里这样不注意，那出去怎么办？外面遇到的，可不是你的家人，能够这样容忍你。做什么事都要从小事做起做好，那才会有出息。

"爸爸给你讲个故事。英国有个人叫丘吉尔，是个大政治家，当过英国的首相，拿过诺贝尔奖，二战时带领英国人英勇抵抗德国法西斯，赢得了胜利，后来又预言了东西方的冷战。胜利后作为战争领袖功臣的他被赶下了台，但他接受了这样的结果，说抗战捍卫的就是民众这样自由选择的权利。这样一个了不起的人物，他小时候也很调皮、没规矩。有一次，他父亲请客，吃饭时他刀叉乱动，毫无餐桌礼仪，影响了父亲和客人的谈话，被他父亲轰了出去。他父亲送走客人后教育他，他还不高兴。父亲问丘吉尔一个问题：'你想不想成为一个有出息的人？如果想，就要从小事做起，从细节做起，

从学会餐桌礼仪做起。'

"谁不想成为有出息的人呢？小丘吉尔听进了父亲这句话。过了些日子，他父亲又请客，丘吉尔在餐桌上表现得就像大人一样礼貌稳重。"我给闺女讲了一通道理。

"电视里有一个节目，就是讲吃饭规矩的，过去有很多规矩，现在都没了。"岳母叹息说。

"丘吉尔的故事，其实跟我们老话说的道理是一样的。老话说'一屋不扫，何以扫天下'，意思是从小事做起，做好了才能做大事。就像今天早上，妈妈又批评你被子没叠好了吧？咱们都从小事做起，把能做好的小事做好，这样下去不就有了好习惯，不就可以慢慢做些其他事了吗？"

"你爸爸说得多好，佩佩记着点啊。"岳母叮嘱丫头。

2015−10

流水账

晚上吃饭时，我提及将来想做个职业写字人。

丫头看着我说："您要是能写得像老舍一样好，就好了。"

我哈哈一笑，说："第一，老爸绝无此能力，第二，为啥要写得和老舍一样呢？就老爸写流水账的能力，能够继续写好《江南旧闻》，就挺好的。就像现在，老爸写的《江南旧闻》，老家很多认识不认识的人，都喜欢啊，大家喜欢，爸爸心里就满足了。

"爸爸告诉你，现在好多人跟着爸爸记流水账。前两天一个刚上大学一年级的学生在爸爸微博下留言，说不会写作文，老师让他们多看我的流水账，而且不只是一个人这样留言。爸爸告诉你，记流水账是很好的习惯，也能帮助你提高写作能力。"

"怎么帮助？"丫头问我。

"你看，很简单，如果你开始写流水账，就是记日记，第一周，你就每天记上一、二、三、四、五，一天做了几件事，这就是典型的流水账。一周下来，流水账能记了，第二周你就添些细小的内容，比如，你坐地铁是一件事，那在地铁里，你看到了什么？"

"就是挤，特别挤。"丫头插话。

"好，那就在坐地铁这件事里加上一句话，'今天地铁特别挤'，每天都记也行，或者可以加个词'照例''依然'特别挤，这就有了变化。再说在地铁里边，特别挤周围也有情况，你看到了什么？漂亮的小孩，还是吃东西看书的人？随便加上这些发现，都行，这样流水账不就丰富多了？”

　　“今天就看到个小孩儿跟他爸爸对话，很有意思。”丫头说。

　　“对啊，你就可以把这个写进去啊。”太座接着丫头的话说。

　　“爸爸再举例坐地铁你可以加的内容，比如，9 月放学坐地铁时，天是亮的，现在放学时天已经黑了。9 月你看到树是绿的，现在开始变黄，慢慢就掉叶子了，到了冬天，树上就光秃秃的了，这树的变化，也可以记在上学路上这条流水账里。还有下雨、结冰，都可以啊，周围路人穿衣的变化等，慢慢都可以写进流水账。那这个时候，你的流水账还会只是一、二、三、四、五那么干巴巴的吗？

　　“流水账增加了这些内容，你习惯之后，可以开始加上评论，比如坐地铁，看见别人吃东西，哦，地铁规定不准吃东西，你可以在流水账里增加评论；看到有人在地铁里读书，你也可以添加你的感慨，这流水账内容是不是更丰富了呢？

　　“到最后，你可以开始自我反思，反省自己今天做的事对不对，打个比方，今天早上跟爸爸顶嘴了，自己记流水账的时候想一想，我这样做对不对？对，那就坚持，还要跟爸爸表达；如果错了，那错在什么地方，想明白了，要跟爸爸道歉。把这种真实的想法记下，你的人格、你的精神，就会有很大变化。再如，你记流水账的时候，发现今天有不懂的问题，就可以主动提醒自己去查资料，去询问，你的见解就会有新的提高。

　　“你在写这些流水账的过程中，是不是要学会记事啊？就像小时候，你的表达能力很好，你们幼儿园老师都怕你，现在把这种表达能力换种方式，用文字记录下来，这种记录，就是叙事方式的一种训练，不仅如此，还能训练自己对文字的熟悉和驾驭能力，这是写文章的基础啊。

"所以，记流水账的好处，第一，是叙事能力的训练；第二，是文字驾驭能力的训练；第三，是观察能力的训练；第四，是自我意见表达能力的训练，也就是思考和评论；第五，是自我反省能力的训练。这样一年坚持下来，你会发现自己完全变了一个人，爸爸就是你面前的例子啊。明白了吗？"

"嗯，嗯。"丫头点头。

2015-10

数学有什么用

周六吃午饭时，丫头提起数学，颇感烦躁。我问询之后，在饭桌上跟她聊了聊数学有什么用，为什么要学好数学。

数学有什么用？

最简单的，就是会算账。当然有些人没学数学也会算，但我想他要是学了数学会算得更好。而且很多账，不是用计算器就可以算的。

爸爸中学时，数学还凑合，高中的时候还当了数学课代表。可是爸爸上大学后数学就学不会了，还补考呢。后来爸爸曾经想学社会学，这可是要考数学之类的，也只好作罢。你上学要考试，认真学了才能考好，考好才能升学，这就是数学最直接的功用。每个人都要经历。

只要发奋努力，一点儿都不用怕，学习和考试，都是小菜一碟。

当然，数学的用处不只是这么简单。数学培养想象力，培养抽象思维能力。爸爸上中学时学几何，常常惊讶于各种想象。

爸爸给你举一个学好数学派上大用处的例子。爸爸很喜欢一部电影《肖申克的救赎》，非常好看。里边有个会计，受了冤屈，被关进了监狱。会计什么最好？算账。算账靠什么？数学基础。他先凭这个本事被选到看守那儿帮忙，然后又凭这个本事，在监狱里计算挖洞逃走的路线。如果数学不好，路线算得不准，挖到别人的牢房，或者挖到看守那儿，不就是死路一条吗？过去中国古代攻城时也有这样的故事，算不好就出事，攻守双方都在计算。这个时候，数学可不是考试，是救命的本事。电影里，主角最后顺利出逃，成了自由人，信念之外，数学是他最重要的工具。你说数学重不重要？

爸爸学哲学，古时候，数学就是哲学，它们都是人类探索世界奥秘的工具，也是成果啊。

所以，学好数学，是考试所需，更重要的是，它能帮助你培养想象力，培养逻辑思维能力。你现在感觉不到，但学习时间长了，这些东西都会无形中在你心里留下印记，使你一辈子受用无穷。所以，不要有畏难情绪，一咬牙，攻克害怕数学的心理障碍，学习问题就迎刃而解了。

2015-10

学习方法

丫头学校组织秋游拓展。

早上换鞋的时候，丫头高兴地说："终于不用上课了，好开心啊。"

不用上课，去玩，还是小孩的心态，虽然她个头都超过我了。

"奇怪，这次语文老师竟然没有布置作业，没有叫我们写篇作文。"丫头接着说。

"老师没要求，佩佩你自己得写一篇，把今天的事记下来。"太座叮嘱道。

"为什么呀？好不容易不做作业。"丫头嘟囔着。

"你们是去农场吗？"送丫头去学校的路上，我问。

"嗯，大兴那边一个农场。"

"哦，去农场好啊，可以看看树，秋天的树很美，叶子有青有黄的，还有落叶。农场里估计养着好多家禽牲畜，你们也可以看看、认认。你们很多同学平常估计从来没见过这些，也算是一种学习吧。"

"哪跟哪啊，那个农场没这些东西，就是个拓展训练基地。我们是去搞拓展的。"丫头纠正我。

"哦。拓展好啊，可以培养团队合作精神，也是个学习的好机会。平常都是各自做自己的事，但将来很多事需要合作才能完成，这样的锻炼很好。那你就学着和大家团结一致把任务完成。

"你拓展回来，就像平时跟爸爸妈妈说的那样，把所见所闻记录下来，不就是一篇文章吗？很简单，把本来要说的转换成文字，就那么简单。"

"嗯。"

"什么算学习？你上学是学习，做作业读书是学习，去秋游拓展也是一种学习。爸爸常跟一些年轻的朋友说，聊天、走路、吃饭、读书、游玩都隐含着学习方法，每一种里边所学所得各不相同，但又相互补充，学会了这种方式，一个人就会有很多收获。比如，爸爸跟人喝酒，听人讲话也会有收获，跟人讨论激发自己的想法也会有收获，跟你聊天也会触发爸爸的灵感。你跟爸爸聊天不也有收获吗？

"所以，关键是学习方法。比如，这电梯边上的广告，多难看啊。你看了以后，如果一琢磨，会发现很多有趣的事。这么难看的广告他们为什么会做？其实广告就两类容易让人记住，做得特别好的广告和做得特别恶心的广告。这背后就有学问，什么学问？心理学啊。如果你在路上看到了，多问一句，就会多长一分见识，这也是学习。"

"嗯。"丫头点头。

2015-10-23

遇事沉着不慌

昨天地铁 4 号线出事了，我有些担心。地铁 4 号线是丫头上下学的交通路线，我打电话询问时，她已平安到家，遂心里安定。

因为昨天加班，回家已是午夜，当晚未能见着丫头。今晚故人来访，酒后回家虽已过 10 点，但丫头还没休息，父女俩聊了会儿天，尤其是关于出行安全的问题。

"佩佩，昨天地铁 4 号线故障，爸爸在单位还挺担心的，怕正赶上你放学，给你妈妈打电话知道你平安到家，心里才放下。本来昨天爸爸想跟你聊聊万一遇到这样的情况怎么办，但昨天爸爸单位有事，回来时你们已经睡着了。"

"我们在学校学了遇到这样的情况怎么做。"丫头告诉我。

"你们学到了什么？"我很好奇。

"就是万一地铁故障，不要着急，跟着车长慢慢出来。"丫头说。

"书里说得对，但书里讲的是一种理想状况，大家有序而出是最好的，就怕出事后秩序混乱再出大事。一般来说，地铁遇到故障突然停止行驶，并不是什么特别大的事，但地铁里的人会惊慌不安，最大的问题来自这种不安，不安会传染，容易引发骚乱，最后酿成事故。其实镇定、安静最容易解决问题。

"万一你在地铁里遇到特别的情况，第一，千万不要着急，稳住心神，周围都是大人，小孩急只会扰乱别人的心神，影响他们的判断力和自救行为，更会让自己害怕、发狂；第二，自救时让周围大人打头阵，一般大人也不会让你们小孩在前面的；第三，如果因为等候时间太长，空气稀薄，呼吸不畅（像爸爸这样的老哮喘病人最容易感到压力，呼吸不畅），可以请周围的叔叔阿姨拿车上的工具砸碎玻璃窗——即使要赔偿也不用担心，生命要紧。前天地铁10号线就有乘客因为呼吸不畅打破了车门，没关系，救命要紧。这是爸爸告诉你的万一遇到特别情况的应对方法。

"另外，读书多了，能有更多知识来帮助遭遇困难的我们。爸爸今天读了一位科学家的自传，这个人叫特斯拉，是个伟大的发明家，号称'电气之父'，今天的电话、导弹等都跟他有关。他在自传里讲了两个小时候自救的故事，一个是小时候潜水，在木排底下，几次透气不得，差点憋死，后来凭自己的知识——判断木排的每根木头之间必有缝隙才救了自己；另一次是在游泳时突然涨水，水势汹涌，把他冲向堤坝，下了堤坝就会撞在石头上死掉，他自己被冲到堤坝后正面对着水势，感觉撑不住，危急中想起侧身的话受力面积小，受冲击的压力会小，这个知识最后救了他，虽然他的侧面最后都被水打烂了，很长时间才复原。这就是利用知识自救的故事。

"平时好好学习，把知识、见识牢记在心里，遇事不慌，才能逢凶化吉，自我拯救。你千万要记得。"

"嗯。知道了。"丫头点点头。

2015-10

一个汉堡就要 118 元呢

昨晚我严厉地批评了丫头，她委屈得哭了，今天早上还有些难过。她妈妈哄她，说带她去咖啡馆坐坐，丫头喜欢去咖啡馆，情绪有了好转。

我趁热打铁，出了个主意，让她妈妈带她去马连道附近的一家五星级酒店喝咖啡，吃个自助餐，体会一下，也算是乡下人进城，见识见识世面。她长这么大，我们还没带她去过呢。我还说，以后爸爸带她多见世面，多长见识，长大后做事就不会缩手缩脚。太座欣然赞成，丫头的心情也多云转晴了。

但是她们却没在那儿喝咖啡、吃自助餐。

"你们怎么没去喝咖啡、吃自助啊？"我问。

"太贵了，一个汉堡都要 118 元呢。"丫头的声音有些沮丧。

不过，沮丧之外，我还听出了丫头的另一种心情，她还是舍不得破费，跟她爸一个性子，这种奢靡的消费她接受不了。尽管我早上跟她们说的时候就知道很贵，但我是真心准备给她们娘儿俩埋单的。

我问她们细节，太座说，丫头一看菜单价格，就提出不在那儿吃了。

我又高兴又心疼，掏出今天收获的 2000 元稿费说，这里边的 1000 元装信封里给佩佩留着，以后每月爸爸拿出 1000 元给佩佩，作为佩佩跟爸爸去酒店等地消费的基金，佩佩的钱从这里出，爸爸妈妈的钱我们自己出。

丫头睁大眼睛看着我，有些不敢相信。

我在书房的时候，丫头笑嘻嘻地拿了三个信封，上面写着我们仨的名字，她把钱一分为三，当然她最多了，我跟她妈妈平分。然后她像个小财迷似的开始计算，如果我每月从稿费中拿出1000元给她，她一年就有1.2万元，中学6年就有7.2万元了！

她瞪着眼睛问她妈妈："我有这么多钱？真的吗？"

"问你爸爸，你爸爸以后更辛苦了。"太座笑着说。

2015-11-07

有一种冷叫妈妈觉得你冷

吃早饭时，太座说，丫头前两天跟她说了句话"有一种冷，叫妈妈觉得你冷"。

我一愣，没反应过来，问啥意思。

太座笑着跟丫头说："你看，我说过，爸爸不懂嘛。你跟你爸再说一遍。"

"有一种冷，叫妈妈觉得你冷。"丫头面无表情地重复了一遍。

因为这个话题有些突兀，我有点摸不着头脑，还是没明白，问丫头说的是啥意思。

"没啥意思，就是字面上的意思。"丫头说。

我跟着念叨了一句，恍然大悟。

"咳，这不就是说你妈嘛。你本来不冷，你妈非认为你会冷，要你多穿衣服。你小时候，天一冷，你妈妈总是怕你冻着，要你多穿衣服，我觉得不用穿那么多，你妈认为我是南方人，对冷暖的感觉和北方人不一样，非要你多穿，而你那时候还小，总是喜欢顺着你妈的意思，结果老是热得流鼻血。

"你妈妈母性泛滥，总喜欢把自己的意识强加于你身上，你呢，那时还小，还没自我意识，随着你渐渐长大，自我意识越来越强了，后来你妈跟你说冷时，你已经不像过去了，就像爸爸一样，自己知道冷暖，是否要加衣了，这就是有自己的判断了。这就是自我意识的觉醒。开始有了自己的主张，不再看人脸色顺人意思，哪怕是父母，不对的就不听了，这是长大的表现，是好事啊。"

"我早就有自我意识了，要不然我还会说这个话吗？"丫头有些不屑。

"好吧，算你早有了。凡事有自己的想法，自己的主张，自己认为对的，摆出来，说服父母，然后坚持，不被老师左右，不被同学左右，不被其他人左右，这样你才是真正有了自我意识，真正长大了。对于你跟爸爸妈妈讲明白了的，爸爸妈妈都会支持。"

2015-12-06

格局与文化

中午吃饭的时候，丫头一边吃饭，一边看着 iPad 里的视频。叽里咕噜的，我一句也听不懂。

"佩佩，这玩意儿是啥节目啊？"我忍不住问她。

"韩国的综艺节目，挺好看的。"

"这叽里咕噜的，你能听懂吗？"

"有字幕，也能听懂一些啊。"

"你能听懂一些？"我大惊。虽然不知道她的"听懂一些"程度是咋样的，但这得花多少时间看综艺节目才能把自己从未学过的韩国话"听懂一些"啊，沉溺之深，可见一斑。

"你可以多看看美国的、英国的节目，这样对你学英语有帮助。"我心想她看综艺节目竟然能"听懂一些"，倒不妨引导她接触英美文化的一些东西。

"才不要呢，韩国的综艺节目水平最高。"丫头抗议说。

"嗯，韩国的综艺节目水平是高，它过去也是跟日本学的……"

"日本水平最高的是动漫。"丫头打断我的话。

"过去亚洲综艺节目水平最高的的确是日本，日本是韩国人的老师，是中国综艺的祖师。韩国人跟日本人学，中国人现在跟韩国人学，就是这样的。当然，韩国人学得认真、执着，也喜欢钻研，所以后来他们的综艺节目就超过日本这个老师了，这是韩国人了不起的地方。韩国人执着地把综艺节目做到极致的劲头，值得我们学习。

不过，韩国地方小，格局也小。"

"韩国人还说春节、中秋也是他们的呢，他们抢了我们国家发明的好多东西，说是他们发明的。"丫头插话说。

"无所谓啊。让他们说去吧，也改变不了什么，我们该过春节就过春节，该过中秋就过中秋，说是他们的又能如何呢？这就是爸爸说的韩国虽然也不错，但格局太小。格局小就很难有持久的影响力，对人类文明的影响也会有局限。

"中国人出国首选欧美国家，然后是日本，去韩国的除了东北人，其他地方的人很少。为什么？因为要有更高追求。古人讲'欲得其上，必求上上'，这才是有所追求的格局。这也是爸爸为什么希望你多看英美片，多接触英美文化的重要原因。"

"为什么东北人去韩国的多？"丫头打断我。

"东北离韩国近，又有很多朝鲜族的人，语言习俗有相通的地方，所以去韩国的人就多。

"像你看的这种韩国综艺片也就骗骗不懂事的小孩，没有任何营养。美国人拍的动画片，娱乐性很强，三观也很正。爸爸不反对你看。要是你看了也能听懂一些，就更好了。"

"哼，我才不呢。"

一席话，似又白费心机了。

2016-01-03

永远不能感谢伤害你的人

吃晚饭时，丫头跟她妈妈聊起老师讲的故事。说的是一位同学因为成绩不好被老师当众辱骂，气得想自杀，被迫转学。转学之后那位同学发奋努力，结果变得特别优秀。后来那位同学遇见当时的老师，老师见她有此成就，阴阳怪气地说，她应该感谢老师当时的严厉。

太座很生气，说都被辱骂得自杀的心都有，为什么不反抗还击？

"她不敢呀。"丫头说。

"佩佩，你想不想听听爸爸的意见？"我问丫头，最近我们父女俩关系有些紧张。

丫头看看我，点点头。

"爸爸告诉你，永远不能感谢伤害你的人。永远不能把自己未来可能的变化说成是受伤害带来的。你要感谢也只能感谢那些一直鼓励你和批评你的人，而绝不能感谢所谓伤害你的人。

"感谢鼓励你的人自然不用说。但批评和羞辱、伤害是两回事。

"批评是正常的，指出你的缺点，是希望你好，希望你有成长，这是一种善意，跟鼓励你的人一样，都是真正为你好。遇到这样的人，你要一辈子感恩，他们才是你的良师益友。

"像你刚才说到的那位老师的行为是一种羞辱，羞辱不是批评，而是一种伤害，绝不能原谅这种伤害，更不能感谢，永远也不能。

"爸爸有次生气的时候，口不择言，那不是批评，是羞辱，你也认为那些话羞辱了你，所以爸爸话出口之后就后悔得很，向你道歉，还请你原谅。羞辱不能接受，道歉可以接受。连爸爸都没有权力羞辱你，不能指望你感谢，更何况别的人？

"人活在世界上，会遇到很多情况，难免会遭受羞辱，一些人被羞辱后会发奋努力，终有大成。比如，韩信，古代的名将，受了胯下之辱，但韩信后来有成，不能说是胯下之辱让他有成，正常人怎么会感谢那些当年羞辱他的人呢？

"按爸爸的说法，我们不去报复，是我们的品性，但我也不会随便宽容，这种宽容是滥好人。我们是普通人，是有骨气的普通人，我能做的，就是大路朝天，各走一边，我不会去报复他，但也不搭理他，我的世界里没他这号人。指望我去感谢他，说他羞辱刺激了我才有我的今天，这不是脑子有毛病嘛。

"所以，你千万记住爸爸的话，我们只感谢那些怀抱善意鼓励、批评我们的人，那才会让我们成长。永远不能去感谢那些羞辱伤害我们的人。那些羞辱伤害是恶意的，带毒的，摧毁着人的尊严，也很可能会摧毁一个人，软弱的人最容易被摧毁。所以，记住，永远不。"

丫头点点头。

2016-03

从百草园到三味书屋

周六早上吃饭时，饭桌上一家三口聊天，太座说丫头默写的《从百草园到三味书屋》第二段是班里唯一全对的。

"嗯，《从百草园到三味书屋》是鲁迅的名篇，写得非常好，关于童年生活，爸爸很喜欢。

"这百草园其实就是个大院子，里边长了各种东西，草啊，树啊，菜啊，就像咱老家那荒弃的老宅一样，里边杂草丛生，边上还种着菜。闰土的父亲还教鲁迅下雪天捕鸟，充满童趣。哦，对了，佩佩，老家那荒废的旧宅，就是你的'百草园'，你们学校，你的小学和初中，就是你的'三味书屋'……"

"那可不一定。我们老师讲课的时候都说了，那个时候，童年的鲁迅过得很开心的，在三味书屋读书还能逃课呢，现在哪个敢逃课啊。"丫头摇头。

"您看，我们课间休息8分钟……"

"课间不是10分钟休息时间吗？"我打断丫头。

"您听我说，课间休息时间是10分钟，可老师拖个堂，占5分钟，提前2分钟打预备铃，要求打预备铃时所有人在教室坐好，我只有3分钟时间上厕所。中午11点40分下课，按规定休息到12点30分，可我们只有15分钟时间来吃饭，吃完饭就开始做作业……"

"你中午不出去走走吗？"我很惊讶，第一次听到丫头这样详谈她在学校的情况。

"走走？我们吃完饭，顶多有 5 分钟的时间休息，下趟楼来回折腾，还不如不下去呢。刚吃完饭，有时还在吃饭，就有老师来布置作业，要我们做。我就做呗，我可不想放学了被留在学校。所以，您看，鲁迅那个时候学习多轻松啊，还能逃课。"丫头叹口气，一脸艳羡。

"鲁迅那个年代，和现在不太一样。那个年代，能够接受教育的孩子还是比较少的。比如，鲁迅的朋友闰土就没有机会接受教育，鲁迅写过，那个时候不是所有人都有接受教育的机会，现在一些农村地区，虽然说是九年制义务教育，但还是有不少人没有机会接受教育，这是不公平的。但今天的大城市里，经济发达地区，孩子普遍有机会接受良好的教育，大多数家庭基本上把接受教育当成改变命运的机会，爸爸就是个例子啊。但是，现在资源有限，竞争就激烈，大家都希望能够在竞争中立住脚，上好的中学、大学，到国外好的大学去留学……这就造成了现在你们学习的状态，当然这有些变态了，爸爸那时上小学、初中，还要帮家里干活呢，还读小说呢。

"所以，你除了努力学习之外，也要多注意锻炼，多读一些课外的东西，不要全是书上的。周六、周日有时间，就跟爸爸一起去走走，既能锻炼身体，也能开阔视野，爸爸给你讲讲……"

"我哪有时间，那么多作业……"丫头不等我说完，就打断了我。

2016-03-12

遇到校园暴力怎么办

13日晚，太座农历生日，一家人吃面条时聊天，聊到了现在校园暴力的话题。

"现在这些人怎么会这么坏啊？我看你们报纸上说，在美国的留学生打同学，被判了很重的刑，活该，这样的事一定要重判。"岳母气愤地说。

"这种事，一般首先是家教不好，孩子变成这个德行，家长是第一责任人，是毫无责任感的家长造成的。当然，环境也有关系，孩子一开始错了，没受到应受的惩罚，就会视作理所当然，甚至是一种纵容，结果越滑越远，越变越坏，最后就像那几个留学生似的，最终滑进监狱，毁了自己一生。我们国家现在这种情况特别多，像这几个留学生的情况，在国内很少会被认真处理，基本上都是私了，警察要息事宁人，学校要保名声，家长要保儿女，给被害人一些钱，甚至警察、学校和加害者家长一起委婉给被害人家属施压的情况，也很常见，不过是很少被爆出来。这些人在美国犯事，让美国法律管他们，也算是给社会减少了几个祸害。"我说。

"我们学校还没有这样的事。但我听说某某学校门口，现在一放学，就有男生在门口截人了。"丫头说。

"遇到这样的事，你一定要告诉爸爸。"我跟丫头叮嘱。

"我不怕。我们学校也没有这样的事。谁会无故欺负同学啊。再说，我在我们班女同学中个子最高了。"丫头有些自负地回答。

丫头身高已经超过我了，我知道丫头手上力道很大，有时我们闹着玩，她捶我一拳，不知轻重，还挺疼的。

"那是两回事。万一遇到这样的情况，你一定要在保护好自己的前提下奋力反击，然后报告老师，甚至报警，回家一定原原本本告诉爸爸妈妈。

"第一，奋力反击需要好的身体，所以要加强锻炼，身体好，有勇气，别人才不敢欺负你。

"第二，报告老师，甚至报警，还要告诉爸爸妈妈，这是必须要做的，因为这种事是大事。如果遇到校园暴力，不立即阻止这个苗头，那些人就会像是得到纵容一样，变本加厉。遭遇校园暴力，身体受伤还是小事，容易恢复，但因此带来的心理阴影，很难治愈，会影响人的一生，甚至毁掉一个原本健康成长的人。所以，这种事一旦发生，就要报告，不仅仅是报告老师，还要报警，还要回来告诉爸爸妈妈。因为很多情况下老师、警察都认为不过是小孩间打打闹闹，我们小时候都有过，愿意息事宁人，但这种息事宁人，其实是一种不负责任的姑息养奸。所以必须告诉爸爸妈妈，爸爸妈妈在这样的问题上，在涉及你的问题上，绝对不会接受任何私了，这是爸爸妈妈的底线。"

2016-03-13

学会优雅表达

丫头碰到一位好久没见面的同学，那位同学的一门功课一直比丫头好，不久前她们一起参加了一个考试，丫头问同学考得怎样，同学照例像过去一样趾高气扬，说："肯定比你考得好啊，××分。"

丫头一听，好高兴，这次那位同学竟然比自己还低了1分！丫头报出了自己的考分，对方愣住了，不太相信。

"她的表情就像吃了屎一样。"丫头有些乐不可支地向我们形容。

我一愣，为什么这样来形容啊？

"唉，现在的学生语言都这样，跟我们不一样。"太座插嘴。

"佩佩，你是女孩子，女孩子首先要学会正常表达，优雅表达，骂人的话、恶心的话很容易学，学了就甩不掉。学会优雅表达，你才显得有水平。我相信汉语之美，基本情感都能从中找到中正平和的表达，爸爸正在琢磨做一组汉语之美的选题呢。"我跟丫头说。

"对啊，佩佩，你不能学这样的话，就算是骂人的话也能正常表达。"太座帮腔。

"可是，她的表情，就像狗吃了屎一样啊。"丫头说。

"你见过狗吃屎的样子？爸爸可见过，再说，狗吃屎也不是不高兴，很高兴啊。"我接着说。

"朱学东你帮闺女想一个。"太座跟我说。

"比如，你可以说像被针刺破的气球一样，趾高气扬的人泄气之后就是这样，一下子委顿了。"我告诉丫头。

"像斗败的公鸡一样。"太座插嘴。

"对，妈妈说的像斗败的公鸡一样，表达也不错。"我说。

"可是，她的表情，就像吃了屎的狗一样，又不是完全不高兴，就像我们常见到的那条黄狗一样。"丫头辩白。这条狗我没见过，她和太座见过。

"这个表达虽然形象，但很不文雅，很粗鄙，过去乡下没文化的人都用这种市井俚语表达。但这种表达不太适合受过教育的女孩子，你应该能避免则避免。爸爸小时候也会骂很多乡下骂人的话，但爸爸读过那么多书了，再这样骂人，不是要被人骂'书都不知读哪儿去了'吗？乡下这样骂是很文雅的了，却是骂读书人最重的一句。可见骂人不是说骂得难听才有力。

"爸爸过去要骂人，都让人无法反驳，但这些表达都上得了台面。爸爸最近在微博上骂人，骂得也很难听，这不对，因为爸爸几年前曾经发过誓，不再用粗鄙的字眼表达自己的情感，但最近因为疫苗，爸爸没忍住破戒了，你小时候打疫苗，爸爸妈妈都担惊受怕的，爸爸总是去咨询，如今果然有问题，爸爸通过骂人释放压抑的情绪，能理解，但不对，有些字眼太粗俗，所以，爸爸也反省呢。就像刚才爸爸和妈妈讲的，这种情绪能找到更好的表达，既表达了情绪，也很文雅，这才好。"我继续教育丫头。

"切——"丫头做了个鬼脸。

2016-03-27

看世界

"春天了，外面风和日丽，风景很好，想去哪儿，爸爸带你出去转转。"

前段时间我批评丫头较多，她烦我，父女俩处于冷战中。不过，今天她态度尚可。中午吃饭时，我跟丫头这样说。

"唉，哪有时间啊，作业太多了，我忙着写作业呢。"丫头叹口气。

"周末晚上，写完作业，跟爸爸出去转转，看看北京夜景，也是一种特别的体验，你也没怎么晚上出去过啊。爸爸觉得，你先跟爸爸在城里走走，爸爸可以给你讲一些地方的风俗和传说。城里走得多了，了解了，有兴趣了，我们再走远一些，让妈妈开车带着我们，去远郊走走，你妈不是老批评爸爸不带你们出去吗？"

"我班某某这个假期就出去玩了，但我明天约了同学一起玩。"丫头有些羡慕，但她自己有了安排。

"是啊，她都能出去，你怎么就不能呢？该学学，该玩玩，安排好，两不误。北京周边跑烦了，放了假我们就去其他地方跑跑，出去玩不只是看风景、散散心，更是看世界长见识呢。"

"佩佩，你吃过的冰糖葫芦最长的有多长？"我换个话题问她。

"就正常长，普通的。"丫头用手比画了一下。

"哦，尺把长，你知道过去老北京最长的冰糖葫芦有多长吗？"

"不知道，大概姥爷知道吧。"

"有差不多一丈（3.33 米）那么长，你想有多长！"

"那么长？"丫头不相信地看着我。

"喏，你边上这本书里写的，过去老北京的冰糖葫芦，长的有丈把长呢。"我指着饭桌边上那本陈鸿年的《北平风物》说。

"也许姥爷见过。"丫头说。

"不一定，这本书里写的很多东西，主要是 19 世纪 20 年代的事，你姥爷也未必见过。"岳父出生于抗战期间，抗战前的事，估计他也不会知道太多。

"嗯，书里讲的很多东西，爸爸也不知道……"我说。

"您当然不会知道，您又不是北京人，再说，您说的都是一百年前的事啦。一百年，变化会多大啊。"丫头打断我的话。

"嗯，那倒是。所以啊，等爸爸看完这本书，你可以和妈妈一起看啊，保不齐还可以用它来做导游，看看将近一百年前的北京，各个地方都是什么样的，比如爸爸上班附近的花市大街名字怎么来的；比如过去东便门庙会，都是坐船去的……"

"我才不看这书呢，没时间。"丫头一句话，把我噎了回去。

2016-04-02

什么才是伟大的科学家

晚上吃晚饭时，丫头陪我们聊天。我提醒她还是要多看书，她抱怨没时间，作业太多，没时间之外，还辩白了一句："我现在每天都看书啊。"

"那你看什么书？"我有些意外。

"课本啊。"

"课本上的内容很少，太单薄。"我说。

"老师还给我们推荐了书……"

"什么书？"我赶紧问。

"《你没有任何借口》，是写美国西点军校的书，说这个学校出了三个总统。"

哦，我很惭愧，没读过这本书，大概比较励志吧。我告诉丫头，美国西点军校是世界上最有名的军事学院。至于这个学校出了三个美国总统，在美国很正常了。我说回头找这本书看看，到底写的什么。其实我有些担心。

"那语文课你们学什么呢？"

"邓稼先啊。"

"哦，科学家，中国核武器的主要功臣。"

"杨振宁写的。不过邓稼先好惨哪……"丫头打断我的话。

我点头回应，因为那个时代太残酷了，邓稼先他们因为从事与国防科技相关的工作，命运算是好的了。

"作为科学家，邓稼先很不错了。而且，你要知道，世界上还有许多真正伟大的科学家，比如，奥本海默……"

"奥本海默和邓稼先是同学。"丫头截住我的话头。

"那个时候，邓稼先他们也是在西方受的教育。"太座插了句。

我点点头，接着说："那个奥本海默，邓稼先的同学，是'原子弹之父'。他看到原子弹在美国新墨西哥州爆炸时的景象后，沉重地说，人类造出了一种毁灭性的武器，打开了潘多拉魔盒——就是给人类带来灾难的魔盒。美军在日本投放原子弹后，奥本海默跟美国总统说，他自己的手沾满了鲜血。后来美国人还迫害他。

"喏，爸爸刚看完的这本《时间简史》里，作者半开玩笑地说，如果有个最高的诺贝尔和平奖，应该颁给奥本海默那些研发原子弹的科学家，有了核武器后，形成了恐怖平衡，大国之间再也不敢打仗了，因为打仗意味着自取灭亡。"我指了指饭桌上刚看完的《时间简史》说。

"原子弹的研发成功，跟很多科学家的努力有关，包括爱因斯坦，他的理论发现对原子弹的研究也有贡献，为了跟德国人抢时间，他也在敦促美国总统批准研究原子弹的信上签了字。但爱因斯坦是个和平主义者，他在美军投放原子弹后，一直对原子弹对人类带来的伤害抱有悔意，并致力于和平运动。

"还有一位名叫萨哈罗夫的，是苏联科学家，以前给苏联设计了很多武器，是苏联的'氢弹之父'。但是他后来也投身于和平运动，人权运动，还得了诺贝尔和平奖。

"这些都是伟大的科学家，他们的伟大，不仅在于他们发现或者发明了什么，更在于希望这些能够造福人类，而不是给人类带来伤害，他们与许多伟大的科学家一起，最后都走上了追求和平的道路，这是他们伟大的地方。这就是科学家的良心，科学家的伦理。将来你长大了，读书多了，就会明白，爸爸为什么说这才是伟大。"

2016-04-18

爸爸的歉意

午饭之后，我带丫头先去银行，给她办了张卡，然后父女俩一起去超市，买了些日用品。回家的路上，丫头兴致很高，不停地跟我说话，还夹杂着撒娇，全无昔日父女冷战的气氛。我自然很高兴。

"佩佩啊，爸爸也经常犯错误。比如，爸爸老是对你过于严厉，这就是一个错误，要向你道歉。"

我总习惯抓住一切机会，扮演一个教育者的角色。太座就批评过我，好为人师，不分场合，常让很好的氛围尴尬起来。

"什么错误？"

"你看，你现在个头儿都比爸爸高好多了，爸爸老是有个错觉，你这么大的个儿，是大孩子了，应该承担大人的责任。所以，爸爸过去一直对你很严厉，给你提了很多要求，这是爸爸的不对，是爸爸的错觉，爸爸老把你当大人，其实你还是个孩子，才12岁，爸爸老是疏忽了这一点。

"其实你妈妈提醒过我好几次，说别看个儿高，你毕竟还是个小孩，我又是爸爸，怎么都得宠着你让着你，而我却非要你有和爸爸一样的见识，这当然很不合适了。你妈妈的话点醒了我，爸爸知道自己的问题在哪儿。可是，爸爸有时听到你说幼稚的话，看到你做幼稚的事，总是忘了你是小孩，忍不住要批评你，这是爸爸不对，爸爸向你道歉。爸爸努力去改，但有时难免还会继续犯这个错误，你知道爸爸爱你就行。"

丫头跟我吐了吐舌头，扮了个鬼脸。

"爸爸过去也跟你说过，谁都会犯错误，没关系，犯了错就认，就改，知道自己错了，改了就好，没啥大不了的。爸爸不也经常犯错吗？认错改错就行。比如说，今天早上，你跟你妈妈闹别扭，你也知道是你错了，就该道歉。道歉就要说出来。如果晚上你妈妈回家，你跟她说一声对不起，你妈妈心里一定会非常高兴，会为你懂事而高兴，会更宠着你……"

"哼，我才不呢！"丫头脖子一拧，又使出她一贯的跟我们撒娇的腔调来。

2016-05-14

补刀 vs 求同情

晚上洗完澡，吹干头，我对着镜子撩了下头发，蓬松的头发在莹白的灯光下一片灰白。

"啊，竟然白成这样了。"我有些伤感。

"谷丽影，你过来看看，我的头发是不是全白了？前些天好像还没这样白啊？"我喊客厅里的太座过来瞧瞧我的头发。

"爸爸，您叫我妈过去看是什么意思啊？难道您要叫我妈给您补刀吗？"我的喊声还在空中飘着，隔壁房间的丫头截住了我的话头，来了这么一句。

"什么意思？爸爸叫你妈妈来看看我的白头发，怎么就是叫你妈补刀了？"这家伙，"补刀"都出来了，"补刀"是一个人在危难之中，另一个人乘机再来一下子，加重危难，类似落井下石。我有些不解，走到丫头房门口问。

"您头发本来就白了，叫我妈看，难道我妈会说没白？她要说'嗯，白了，白得还不少'，不就是补了您一刀，补刀吗？"

丫头伶牙俐齿，叽里呱啦一通，我和太座忍不住乐了。

"那哪儿是补刀啊，爸爸这叫求同情，头发白了，伤感，让你妈宽慰我，对我更好点，这不叫补刀，懂吗？"我教育丫头。

"求同情？求同情您要说陈述句，应该这样说，'我的头发都白了'，这是陈述句，陈述句就是用来表示事实，事实是您的头发白了。可您说的是疑问句：'我的头发是不是全白了啊？'疑问句表示不确定，不确定期待答案，答案就很可能是补刀了，妈妈说，'嗯，是白了，白得很厉害'，妈妈不能说谎话啊，可要说实话，要回答您的疑问，就是补刀。你要求同情，就必须用陈述句。"

丫头躺在床上，连珠炮似的，噼里啪啦一通，一点都没卡壳，一口气给我们夫妻俩上了堂陈述句和疑问句的语文课。这语速，这语气，这表达，让我们夫妻俩面面相觑。

"好吧，好吧，就算爸爸不是求同情，是求你妈补刀，行了吧？"最后忍俊不禁，一家三口哈哈大笑。

我没想到她竟然这样来理解，真是学以致用了，估计我若当语文课代表也没此能耐。

毕竟丫头还小，她还不懂生活，只能从语法、语义上去分析，不能从世俗生活的本真去发现。

2016-07

父女订约

8月6日，丫头去看了场演唱会，买的是高价票，票价很高，是她妈妈买的，我是8月5日晚上才知道的。我很不高兴，批评她妈妈太"娇纵"丫头。

8月6日晚上，我正在值班，太座发微信告诉我，说丫头表态，以后要挣钱。我余气未消，跟太座说，要让丫头知道，只有她自己挣钱，才能去看这些东西。太座建议我直接跟丫头讲。

于是，我在家庭群里留言：

"佩佩，要想挣钱，很容易，先从爸爸这儿开始。每周读完我推荐的一本书，30元；每写一篇读后感，800~1000字，300元（不准百度抄袭）。很容易你就挣到钱了。建议从《双城记》开始。"

我给她发送了一个微笑的表情。《双城记》是放暑假她们学校要求她读《水浒传》和《三国演义》时，我推荐给她的，但她至今还未开始读。狄更斯的书虽然是旧时代的产物，却有着未曾消逝的人道力量，很多伟大的作家都从他的作品中得到过教益，如奥威尔、布罗茨基等。布罗茨基甚至在诺贝尔受奖演讲词中说过，与一个没有读过狄更斯的人相比，一个读过狄更斯的人，更难因为不同的思想而向自己的同类开枪。

300元一篇800~1000字的文章，稿酬水平比国内许多媒体都要高了。我的意思不外乎两个，一个是同工同酬，就像我的实习生写文章，只要够发表水平，稿酬按报社标准走。另一个是反正是给孩子的。

当然，读书给钱，在许多人看来，似乎是靠金钱引诱刺激，不好，我却不这样认为。当她真的按照我的推荐去读完那些书后，她会有自己的思想，那从我这儿读书挣钱，也就是一乐了。

"读《江南旧闻录》，50元一本，读后感800~1000字，300元。"我接着写。

《江南旧闻录》是我自己的作品，是我关于故乡，关于我的少年时代生活的实录。读写这两本书，费用高于其他，是因为这两本书对于丫头理解她爸爸和她爸爸的家族，理解她爸爸的故乡，有着特别重要的意义，这会培养她对从未真正了解的江南故乡的认知，知道自己从哪里来，这块土地意味着什么。

"另外，锻炼也可以从爸爸这儿挣钱。每跑一次或走一次，3公里以上30元，5公里以上50元。自己做一次饭，10元，洗一次碗5元，扫一次地10元，自己洗一次衣服（3件以上）10元，帮妈妈叠一次衣服5元。"

我开出了所有条件。丫头半晌没开腔，好一会儿，才幽幽来了句："这么贵……这么多钱。"

"如果一个月各项累计多（单项10~15次），还有额外奖励，按完成多的项目的总额的20%奖励。一年下来，能挣不少钱。这钱你挣了，要买什么邓紫棋、TF男孩的票，随你，爸爸照样每周请你吃顿大餐。怎么样？"

我继续利诱。

"太贵了我有心理负担，"丫头回应，"怎么都上千了？"

"没事，爸爸还拿过2元钱一个字的稿费呢（当然要缴税啊）。"我发了个缴税肉痛的表情，"凡事买不到爸爸喜欢。你这样做，爸爸喜欢，爸爸乐意。怎么样？成交吗？"

"读后感 60 元，3 公里 10 元，5 公里 20 元，做饭 4 元，洗碗 2元，扫地 3 元，叠衣服 3 元，"丫头打了一串字，"这样吧，你说的太贵我有负担。"

"但我今天走了 11.99 公里。"丫头发了一个笑到哭的表情。

"50 元！"我说。

"我觉得按我发的来吧，这么多钱我瘆得慌。"丫头回道。

"好，成交。"

"我就想攒钱买一个单反，然后去看演唱会。"丫头吐露了攒钱的目的。

"好，美少女有志气。今天的演唱会门票，虽然贵，但算爸爸友情赞助了。以后就按你定的价格执行。"我应承下来，同时不忘补充，"但以后走路，不能把在家里和教室里走路的步数计上，要单独一次性计算。"

"那就先计着钱，到月底打我卡里。"丫头倒是一点不客气。

2016-08

您是怎样成为今天这样的人的

"爸爸，我能问您一个问题吗？"

2月26日，中午，刚吃完午饭，饭桌边上，丫头问我。

"没问题，你想问什么，随便问。"我很高兴。想起太座昨天跟我说，丫头曾跟她提过，想问问我关于未来职业选择的问题。她从美国回来，赶上我开会、夜班、生病，我们俩还没好好谈过呢。

"我们老师让我们想想，将来想干什么。我不知道，所以想问问您，您是怎么成为今天这样的人的，当初您为什么选择做这一行？"

"哦。这个问题，爸爸在几篇文章中都写过，这涉及爸爸的个人史。其实没那么复杂。爸爸当年也没想到会成为这样一个人，只是一步步走过来，就成了今天这样的人，爸爸自己也挺自豪的。

"这样说吧，爸爸小时候，压根儿没有什么远大理想。能够吃饱饭，冬天能穿暖和些，这是爸爸最初的想法。

"为什么这样想呢？爸爸小时候日子苦，你爷爷奶奶还偷过生产队的荷花郎（学名苜蓿），那个东西今天算好东西，可那时没油盐，吃多了会中毒。爸爸小时候，虽然没有这样挨过饿，可也吃不饱，爸爸那时候个头儿特别瘦小，就是营养不良，所以到考大学时，家里人都担心，即使考上了，体检也过不了关，太瘦弱了。另外，那个时候冬天冷，每个人手脚都生冻疮，那个红肿难受，痒啊，什么叫痒比痛难受？生过冻疮的人都知道。

"农村人要吃饱饭穿暖衣，只有两条路，顶班、当兵。

"什么是顶班？就是家里有人在厂里、在国家的单位工作，退休时可以选个子女，接着干，这叫顶班，可咱们家世代都是农民，没有谁在国家单位里干过啊，所以，顶班改变命运这条路就被堵死了。

"第二条是当兵。当兵在部队可以吃饱穿暖，复员转业还可以安排工作，但当兵也得找关系，再说了，那个时候，爸爸个儿那么小，不合格，不能当兵的。

"所以，这两条逃离农村过上吃饱穿暖生活的路就没了。"

"爸爸有些累，躺着跟你说啊。"身体尚未复原的我挪到了沙发上，半躺着，接着说。

"爸爸运气好，小学毕业时，国家开始恢复高考，就在顶班、当兵之外，给我们这些农村孩子多了一条逃离农村苦日子的路 —— 考大学。

"爸爸从来没有觉得学习是件苦事，从来没有逃过学，因为不上学，回家干活更苦啊。

"所以，那个时候恢复高考、中考，初中毕业可以考中专、中师，爸爸很多成绩很好的同学，都考了中专、中师，那些人成绩都比爸爸好，所以，那个时候出来的小学老师，都是最聪明的人。爸爸有个小学同学，叫钱晓东，他家就紧挨着爸爸的小学。他考上了前黄高中，被他爸赶到了南夏墅师范，他逃回来，又被逼走，最后当了小学老师，当然现在是名师，可是他想上大学啊。如果他上高中，一定会考上一个很好的大学，就像潘叔叔似的，上个清华没问题。但家里就想让他上师范，在师范读书有补贴，还能早些工作，早为家里挣钱。

"爸爸也想考师范，但爸爸的成绩没到师范的录取分数线。当然，爸爸的成绩当年正好在重点高中录取分数线上，也参加了体育加试，后来就考大学，目标只有一个——考大学，至于将来要成为什么样的人，爸爸没想过，也不会去想，就想考上大学。佩佩，你读过《范进中举》吗？你们语文课本里应该有吧？"

"没有，我们课本里没有。"

"哦，爸爸上中学时课本里就有范进中举的故事。这个你可以看看。爸爸那个时候，就像范进一样，什么都没想，就想考上大学。当然爸爸考得不错，后来考上了中国人民大学，填志愿时，我不懂，你爷爷奶奶也不懂，我就填了个哲学系，第一是受中学老师影响，第二是哲学系当年在招生简章上排第一，我那个时候也挺傲气啊，大学要自己考，专业要自己选（当然自己也搞不清），结果就上了。那个时候，人民大学在乡下还挺神化的，别人见了爷爷奶奶就说，你们家儿子考了人民大学，出来就是县长啊。其实没那回事，爸爸毕业，当了大学老师，工资很低，但至少全家都有了安慰，家里终于有个旱涝保收的人了。

"你叔叔小学毕业时，恰好赶上那几年我们读的小学毕业生不让上前黄中学了，要去政平中学，这个学校跟前黄中学比就差远了。你叔叔上学时跟一些家庭条件比较好的同学混在一起，就没有好好读书，其实你叔叔比爸爸聪明啊，他要是好好学习了，一定比爸爸更强。那个时候爸爸还有一个妹妹，是你爷爷奶奶的干女儿，跟叔叔在一个学校上学，她就很努力，后来考了大学，又出国留学，如今在美国，挺好。她每次回来，都会来看你爷爷奶奶。这就是当年努力和不努力的差异。你叔叔现在挺好，但他也有后悔的时候啊，你叔叔手艺好，但文化水平低，现在的设备都是数控的，摆弄电脑很费劲啊，你叔叔就跟我说过，要是当初好好上学，现在就会完全不一样。

"爸爸今天变成这样，从来不是一开始就选择要成为这样的人，爸爸换了很多工作，但有一点，爸爸一直很坚定，就是读书改变命运。爸爸今天这样，也很自豪啊，而这些，都是爸爸读书看世界的成果，一点一点改变自己，最后变成今天这样的，一个独立的有尊严的人。

"所以，爸爸的意见是，你永远不会像爸爸小时候那样受苦了，所以你也不用多想，好好学习，第一目标，就是考上十五中高中部，你不是想上十五中吗？离家又近，那就第一步先把这个目标定下来，课本学习之外，多读一些爸爸给你推荐的书，周末有时间，就和爸爸一起出去走走，多见识外面的世界，爸爸也会多跟你聊天，把爸爸的人生经验和教训，都讲给你听。这样，你自己的世界就会慢慢养成，慢慢形成对未来的看法。现在说其他都太早。你未来会成为什么样的人，不是因为你的职业，而是你现在要开始不断地努力，职业不重要了，不像爸爸那个时代，一切要为生存努力，现在你需要的是逐渐涵养自己的内心世界、涵养自己的人格，这对你一辈子都有用。爸爸真正开始这样的努力，是从上大学开始的，有些晚了，但只要认识到，什么时候都不晚。你现在开始最好不过了。"

"明白了？"

"嗯。"

"那我们拉钩？"

丫头伸出手指，要跟我拉钩儿。

"不，击掌吧。"

父女俩击掌成交。

2017-03

166

从胡适到庚款

丫头突然问起关于胡适的话题。我很惊讶，问她问题何来。

丫头说，她们的语文课本前面是鲁迅的《藤野先生》，后面是胡适的《我的母亲》，老师为了让她们更好地了解课文，给她们讲了三小时的胡适，丫头好奇，回来就问我。我大赞老师，竟然给丫头她们讲胡适。

"你知道胡适是白话文运动的发起者吗？"

"知道，老师说了。"

"今年是白话文运动100年，我们今天这样读书写东西，是胡适他们当年发起的新文化运动的产物。胡适还是中国第一首白话诗的写作者，诗是这样的：

两个黄蝴蝶呀，双双飞上天呀，

不知为什么呀，一个忽飞还呀……

"爸爸记不住……"

（记录对话时，我查阅了胡适的原诗，我记忆有误，胡适原诗为《两只蝴蝶》：

两个黄蝴蝶，双双飞上天；

不知为什么，一个忽飞还。

剩下那一个，孤单怪可怜；

也无心上天，天上太孤单。）

"这诗真逗。"丫头笑了。

"这诗可是中国新诗的开山祖师啊。当时赵元任——一个语言学家，也是我们常州人，他的祖先是大诗人——就很喜欢胡适的诗。当然也有很多守旧的人不喜欢。胡适这诗呢，是受了西方的影响。胡适还是新文化运动的旗手，你们老师说了吧？"

"嗯，说了。"

"胡适和鲁迅，是新文化运动以来两个最有影响的人。鲁迅呢，是留学日本。日本当时对中国影响很大，中国的很多词汇包括'社会主义''共产主义'，大多是从日本传过来的。鲁迅的《藤野先生》写得很好。爸爸去过上野公园，鲁迅说上野公园都是头上顶着富士山的清朝留学生，现在头上没了富士山，但上野公园里，也多是中国人，讲着上海话、四川话、北京话、东北话，太多了……

"胡适是美国留学回来的，他的老师是杜威，当年很有名的哲学家。胡适受他影响，就提'少谈些主义，多研究些问题，大胆假设，小心求证'，很多人也不喜欢。没事啊，有自己的立场总是好的。

"胡适去美国，考取的是庚款留学生。什么是庚款呢？就是义和团事件之后，根据《辛丑条约》清政府赔偿给列强的钱，这笔钱很多，你们历史书上应该有，爸爸记不住多少了，其中美国人呢，就把实际损失减掉后，把超出实际损失的部分退还给清政府，全部用在培养中国学生身上。1900年，按中国纪年，叫庚子年，所以这笔赔款叫庚款。美国人退还的这笔钱资助的赴美留学的学生叫庚款留学生，胡适就是庚款留学生。

"所以呢，这是世界上新兴的大国和古老的国家之间的关系，它拿了赔款，把超过损失的部分又还你，供你的学生学习，培养了很多了不起的中国人，这些人后来在中国的改变中发挥了重要作用，胡适就是其中一个。你要知道，清华大学也是用庚款办的。"

"啊？！"

"清华大学有个校长叫梅贻琦，祖上也是咱们武进人，他是个了不起的教育家，掌管着庚款的基金。1949年国民党败退台湾，他把这笔钱带到了台湾，又在台湾办了个'清华大学'。

"1949年，胡适也跑到了台湾，后来又从台湾跑到了美国。他给蒋介石当过中国驻美大使，这是他难得参与的政治。"

"嗯，老师给我们看过一张胡适和蒋介石的合影，胡适显得很随意，倒是蒋介石显得很拘谨。"丫头说。

"嗯。胡适不求官嘛，就不用像一些人一样拍马屁，见了官就低头哈腰的。

"鲁迅在国民党时期就名震天下了，死的时候棺材上盖了'民族魂'三个大字，这就是最高评价啊，爸爸喜欢胡适，但爸爸更喜欢鲁迅，咱们家有好多鲁迅的书。

"胡适跑到美国呢，他作为精神领袖，又在台湾办了本杂志叫《自由中国》，蒋介石父子心里恨他烦他，又不敢怎么着他，名气大啊，但把《自由中国》的负责人雷震整得死去活来的。

"台湾有个大学教授，也是著名的自由主义知识分子，叫殷海光，他也是《自由中国》的主要写作者，他就瞧不上胡适。观点不同立场不同，很正常。你要了解这个，可以问爸爸，也要多读书。"

2017-03

电报？还用电报？
不是胡适那个时候才用电报吗

　　3月11日，周六中午，在报社附近的一家烤串店，我和丫头等着上菜的时候聊天。是关于胡适话题的延续。

　　话题谈到1989年6月，我回老家，赶上农忙，拔秧插秧，重新过上了害怕而辛苦的农村生活。

　　"有多苦？"丫头问。

　　"那个季节，故乡叫黄梅天，下雨的时候，下个没完没了，什么都潮乎乎的。如果下地干活，无论是拔秧还是插秧，雨披穿在身上，不透风，闷热，难受。拔秧的人，可以撑把伞插地里……"

　　"伞怎么插地里啊？"

　　"把伞张开，伞柄绑在竹竿上，插在秧苗地里，人坐在下面拔秧，雨天可以挡雨，其实也挡不住什么雨，身上总是会湿的；晴天的时候可以挡太阳，这也算是让自己尽量舒服一些的发明创造吧。但插秧就不行。天晴的时候，太阳很毒，晒得插秧的人后背烧灼般的疼。没干过这活的人，不知道这种疼。

　　"拔秧插秧，秧地里蚂蟥很多，叮在腿上，吸你的血，非常讨厌。还有一种虫子，也会咬人，咬得还挺疼的。插秧的时候，地里可能还有碎碗片，插秧时手指戳到，或者脚踩上，那真是倒了血霉，手疼脚疼啊，可插秧总是避免不了会遇上。

　　"插秧最苦的还不是这些。最苦的就是弯腰插秧，一整天都弯着腰，这腰都要断了。所以，插秧的时候，时不时要在秧地里直起腰杆来缓解一下。要命的是，这个活不是一天两天就能干完的，通常要好多天才能干完。爸爸考上大学后，总以为再也不用干这活了，没想到，大学快毕业的时候，又赶上了，那个苦啊。

"有一天，爸爸和你爷爷奶奶在秧田里插秧，那天是最后收尾了，大队里有人在远处喊你爷爷，说你儿子大学里来电报了，要他回学校。爸爸一听，高兴极了。插完最后一棵秧，直起腰，把手中剩下的秧苗一把撒向天空，狂喊了一声，'老子这辈子再也不种田了'！"

"什么？等等，电报？还用电报？不是胡适那个年代才用电报的吗？"丫头瞪着眼睛看着我。

"嗯，是电报啊。那个年代，整个大队只有一部电话，手摇的，基本是个摆设。电报是通过邮局发送的，邮政系统从晚清就开始建了，爸爸年轻的时候，有急事都是拍电报，虽然没几个字，但都能收到，而且快。大概那个时候学校要通知我们返校，没有其他方式，电话是找不到的，只好拍电报了吧。不像现在，手机微信，随时随地都可以找到，你想躲都躲不掉。这是技术进步嘛。

"接到电报，我赶紧收拾行李，第二天一早搭农公车进城到常州买火车票，然后就回北京了。从此，爸爸再也没干过农活。现在你爷爷奶奶叔叔还干，但比过去轻松多了，不是机器干就是请人干，拔秧插秧都不用亲自动手，而且地也比过去少了。不过，爸爸想，等你让爸爸可以放心离开的时候，爸爸就回老家种菜。这个，跟当年干活就不太一样了。"

"你还会种吗？"

"不会可以跟着你爷爷奶奶再学嘛。"

"好吧。"

2017-03

今天高考的孩子怎样选择专业

前两天谈了高考的学生怎样选学校，今天我们谈谈怎样选专业。

几天前开会，遇到一个大学女同学，她女儿今年高考，填报了与父母当年一样的专业：历史！

她女儿的父亲竭力反对，母亲倒是蛮认可的。女同学说，自己工作中确实感受到了学历史的好处。

我的看法是，只要孩子喜欢，学什么专业都挺好。

这个话，我去年跟另一个同学讲过，他女儿读了北大中文系。而我对当年某记者采访省高考文科状元，文科状元问记者上新闻系如何，记者极力反对一事，很不以为然。这个态度与我前述跟同学交流时谈到的看法，其实是异曲同工的。

但这个态度，与我当年填志愿时完全不同。

我 30 多年前填志愿的时候，一来是无知——我上的是哲学系，哲学系读什么，其实我是不知道的；二来是无论什么专业，只要能上就行，上了就可以吃"皇粮"，不仅喂饱自己，还能救济家人。所以，对于我这种乡下愚顽小子来说，能上大学吃上"皇粮"就不错了，什么专业都不重要，没有爱好，只有肚饱——毕业有个稳定的工作才是唯一的目标。今天我们的孩子生活优越，是无法理解这点的。

后来中国社会发生了巨大变革，经济快速发展，很多新的实用性专业迅速成为流行，如经济、法律、金融等，原来文科和综合性大学王牌专业，如中文、历史、哲学等，统统靠边站——毕业连工作都不好找了。我后来那些师弟师妹，无论是学法律的，还是学金融的，一个个小日子过得都非常滋润，以至于我后来跟太太开玩笑说，男怕入错行，女怕嫁错郎。我算是入错了行，你算是嫁错了郎，所以我们的生活才会这么艰苦。

入错行的前提是专业选择出了问题。但是，事实上，玩笑归玩笑，我从来没有认为自己学哲学错了，相反，我特别感恩于自己曾经受过的粗浅的哲学教育，塑造了我精神的底色，让我成为今天这样的人。

我今天对孩子怎样选择专业形成了自己的看法，即使是我自己的孩子，我也会以这种态度对待。

我在怎样选学校时提到了目前高校的教育环境和教育质量问题，专业自然不会有特例。但是，无论如何，选择总是要进行的，这是我们躲不开的现实。与我选择高校的保守不一样，我对孩子专业的选择，持一种非常开放的态度，什么专业都行，只要孩子喜欢，有兴趣。

这个态度来自我对社会变革的认知。

前面说到，我和我的师弟师妹们，包括今天还有许多农村孩子的专业选择，都是非常功利主义的，与毕业找个好工作密切相关。我非常非常理解这一点，这是一种无奈的历史必然。

但是，今天我们这一代人的孩子，如果还是为了求职选择专业，就不只是我们的失败，或许，同样也是对我们所爱的孩子最大的伤害。

以今天社会的物质财富和机会的充裕，以及我们奋斗之后的微薄积累，对于绝大多数城市家庭的孩子而言，他们再也无须为生计压抑自己的个性、兴趣和爱好，也无须承担我们这一代人必须要承担的莫须有的光宗耀祖的责任。

今天的环境下，一个真正受过良好教育（尤其是人格教育）的人，无论他所学的专业如何小众或者不流行，我相信有尊严的生活是一定能过上的。所谓有尊严的生活，就是自食其力，内心充实，有自己的精神世界，不在意别人眼中的挣钱多寡、是否光鲜亮丽，这会让他一辈子过着平和快乐的生活 —— 当然，这一点，功利主义者是很难理解的。

当然，如果孩子有鸿鹄之志，那也很好，那就支持他。

要说孩子的兴趣就像夏天的天气，变得快，那也无妨。我们上大学时，调换专业是非常艰难的事，现在调换专业和跨学科的学习，已经很简单。所以，这个也不是问题。

今天的孩子，所面临的世界是一个开放的世界，文明的普及已经很广泛。与我们年轻时所能接触到的图书典籍相比，他们今天不知要比我们多接触多少，我们同龄时的知识容量和对世界的认知，与今天的孩子有着霄壤之别。尤其今天的孩子生活在一个互联网时代，互联网时代最大的特点，就是分享互通。学校的教育，只是专业规训的一部分，更大的世界，需要孩子通过阅读，通过与外部世界的接触来达致，包括专业都可以，各种名校的公开课以及科研文献都可以很方便接触到。这一点，一定程度上可以抵消国内任何高校、任何专业的缺陷，而使自己成为一个丰富且个性鲜明的人，一个有独立主张的人。

所以，在如何选择专业上，我个人的态度就是，开放，开放，服从孩子内心的主张，由他们去。

2017-06

饮食，日常生活，世界观与富养

中午吃饭，我炖了锅咸猪头冬笋汤，这是江南名菜腌笃鲜的变异版，没想到姑娘还挺喜欢。

吃饭时，姑娘跟我嘀咕了一句："爸爸，笋是很好吃，我很喜欢，但每次吃，稍微多一些，就觉得有点呛嗓子似的。"

"嗯，那是笋里有草酸。爸爸已经用开水焯过了，应该好多了。爸爸很喜欢吃笋，尤其是笋汤，以后给你做。

"爸爸就喜欢大年三十跟你爷爷和叔叔一起拆猪头，那快乐从小时候到现在爸爸满头白发了，都伴着爸爸。你要学会吃各种东西，不能挑食。爸爸有空会带你去各种地方品尝，可惜现在你不能吃辣的，今年暑假到成都去，会是大遗憾……"

"我能吃辣的，"姑娘急忙辩白说，"我还常和同学去吃呢。爸爸，冷锅串串为什么要在冷锅里啊，跟火锅里的涮串串一样吗？"

我挠挠头，说："这我还真不知道，爸爸有个朋友开过冷锅串串店。火锅里的，该叫热锅串串了吧？哪天爸爸带你去尝尝辣菜，吃串串，请教一下。"

"去成都，我要去都江堰，我要去看熊猫，我要去吃好吃的……"说话间，姑娘已经用手机查了成都的情况。

"哇，这么多好吃的。"姑娘一声惊叹。

我笑笑，说："到处都有好吃的好玩的，成都当然是特别好的地方，不仅好吃好玩，人也好，爸爸在成都有很多好朋友。暑假去成都，爸爸带你尝个够。"

姑娘忙不迭地点头。

"你出去旅游，吃过一些东西，觉得好吃，就会想为什么这个东西在这个地方就好吃，到了北京味道就不一样，比如说你喜欢吃的小面、冷锅串串，为什么北京人就做不出来，做不好，只能做好炒肝、炸酱面之类的？

"你在原产地吃了你喜欢的东西后，到北京再吃这些，一定会这样想。这背后有许多人不注意的东西，你真想了，一定会很有收获。爸爸也是这样。这样想，你就会问为什么，就像刚刚一样，问题多了，知道的多了，最后会有结论说，很多好东西，只有在其他地方才能吃到。我在北京吃不到，凭什么瞧不起其他地方，觉得北京就高人一等呢？有能耐做出这么好吃的东西的地方和人，一定也很有意思，跟北京一样有意思。这样，我们经过的地方，吃过的东西，想过的问题多了，不仅长了见识，更开阔了胸怀。对其他任何地方的人都怀有一颗平等的心，永远不轻易瞧不起北京之外的地方和人，永远对世界抱着敬畏、同情、理解之心。这样，你的视野和胸怀就渐渐地高远宽广起来，也就不会陷入无知无畏的困境。"

姑娘点着头。

"现在社会上常讲'穷养儿子富养女'，他们说的穷养富养，都是胡说八道。真正的富养，不是要锦衣玉食，不让吃苦，养出富贵娇小姐，以为吃过、用过、见过不容易被骗，就是见识。这是多窄的见识啊。爸爸认为真正的富养，是通过经历各种事情，比如日常的饮食、外出旅行、探亲访友、识字读书等，养出孩子的心胸和一颗善良的心，就像你吃了东西好奇，好奇有追问，有追问并有了解，这才有富养。开阔的视野和胸怀及善良的心，才是真正的富养。光

锦衣玉食是没用的，反而容易养成"骄娇二气"，不过吃饭倒确实是
富养孩子的好方向，小丫阿姨以前给爸爸写文章，说过'厨房即天
下'，多好。但得有心才行，有人一辈子锦衣玉食，也就知道那些锦
衣玉食而已。一切富养，都在日常生活中，无论多普通的生活，都
有富养之道。"

2019-03

与姑娘谈季鹰思归及其他

5月25日，父女俩出门。电梯里我跟姑娘通报了近期南下的安排，其中提到要去苏州打秋风。

姑娘一听"苏州"两字，就接过话头说："爸，要是回老家，我想去吃一种鱼，我们语文老师跟我们说的，有个人很有名，叫什么鹰来着，就喜欢这种鱼。我们老师一直在找这种做法。"

"张季鹰，鲈鱼，鲈鱼莼菜羹。"我迅即反应过来。

"对，对，张季鹰，老师说他官都不当，要回去吃鲈鱼羹。"

我哈哈大笑，告诉姑娘，张季鹰可不是单纯的吃货，遂将张季鹰的故事给姑娘讲了一遍。

我告诉她，张季鹰大名叫张翰，季鹰是他的字。张季鹰是楚汉相争时刘邦最有名的谋士张良的后代，父亲曾是三国时吴国的大官，后来吴国被灭了，他也就成了亡国之人，虽是亡国之人，但也是江南望族啊，再说，他也很有才华。

当时西晋气数将尽，司马昭的孙子齐王司马同掌权，欲用季鹰，辟季鹰为大司马东曹掾——相当于现在的国防部部长的首席文职助理。季鹰人极聪明，他觉得乱世将至，跟江东名士顾荣说："天下纷乱，祸难难已，像我本山林中人，不能在这种地方。"说得顾荣也表示要离开官场。于是，就有了天下传颂的《世说新语·识鉴》一段，我拿出手机，搜到原文，给姑娘读了一遍：

> 张季鹰辟齐王东曹掾，在洛，见秋风起，因思吴中菰菜羹、
> 鲈鱼脍，曰："人生贵得适意尔，何能羁宦数千里以要名爵！"
> 遂命驾便归。俄而齐王败，时人皆谓为见机。

"这菰就是未驯化的茭白籽。张季鹰这一走，文学史便有了'莼
鲈之思'之典，大家都喜欢用，后世写思乡之词，没有超过'莼鲈
之思'这四个字的。张季鹰提到的茭白、莼菜、鲈鱼，都是水中之
物，也是江南故乡旧物的代表。

"后世用季鹰典故，最为有名的，莫过于辛弃疾的《水龙吟·登
建康赏心亭》。"

我又搜了这首名阕，读给姑娘听，姑娘会背这首词：

> 楚天千里清秋，水随天去秋无际。遥岑远目，献愁供恨，
> 玉簪螺髻。落日楼头，断鸿声里，江南游子。把吴钩看了，栏
> 杆拍遍，无人会，登临意。
>
> 休说鲈鱼堪脍，尽西风，季鹰归未？求田问舍，怕应羞见，
> 刘郎才气。可惜流年，忧愁风雨，树犹如此！倩何人唤取，红
> 巾翠袖，揾英雄泪！

我告诉姑娘，写故乡旧物，诉思乡之情的，除了张季鹰，还有
个常州老乡黄仲则。与张季鹰出身江南豪门不同，黄仲则出身贫寒
之家，性格孤傲，一辈子穷困潦倒，才活了不到35岁，但他是清朝
最有名的诗人，他那句"百无一用是书生"，大家都知道。我每天抄
他一首诗，好几个熟悉他诗的朋友劝我不要抄，因为太过悲苦，怕
我受影响。其实他不仅写悲苦的诗，也写豪情万丈的诗，他的好朋
友洪亮吉说他的诗直追李白、杜甫，还真不是过誉，郁达夫很喜欢
黄仲则。豪情万丈的诗，比如我喜欢的那句："请将诗卷掷江水，定

不与江东向流！"听听，这自信，这气魄，哪像末世衰朽之作！

黄仲则当年在北京，农历二月，北京还有雪，贫病交加的他住在法源寺，有朋友去看他，一起留宿法源寺，烛光下聊到江南春二月："江乡风味，渐燕笋登盘，刀鱼上箸，忆著已心醉。"寥寥数语，真是堪比季鹰思归。

黄仲则写的江南故乡旧物，都是春季之物，与季鹰的秋季之物不同，所以，我说黄仲则的是春思，张季鹰的是秋思，都是思乡的经典。

我把自己写黄仲则的《燕笋之思》翻出来，发给姑娘，让她一读，其实以前她读过了。

那张季鹰为什么要思归呢？

其实真不是什么被馋虫勾引，而是要避开乱世的借口啊。但这借口借得好，一借唱千古啊！

张季鹰这个人很有文才，性格放荡不羁，当时人们把他和阮籍并提，称他为"江东步兵"。因为阮籍当过步兵校尉，别人叫他阮步兵，阮籍，"竹林七贤"之一。而张季鹰是江东人士，所以别人叫他"江东步兵"。

阮籍最有名的，除了好酒狂放，还有"穷途之哭"，以及"时无英雄，遂使竖子成名"，这两句话，在后来也常被人引用，就像季鹰的"莼鲈之思"。比如，王勃的名篇《滕王阁序》就有："孟尝高洁，空余报国之情；阮籍猖狂，岂效穷途之哭？"不过，阮籍好酒狂放，是那个时代逼的，逼得他要装疯卖傻，才能自保，这和张季鹰思鲈鱼、莼菜、菰菜，其实是殊途同归，异曲同工，都是为了乱世自保。

"菰黍正肥鱼正美，五侯门下负平生"，秋天回江南，吃鲈鱼、茭白、青豆去！

2019－06－01

学着管理情绪是成长的一部分

佩佩:

听你妈妈说昨晚（6月9日）你又闹脾气了，爸爸没在家，不知原因。我想，是不是因为放假把心放野，收不回来了?

你现在是大姑娘，不是小孩子了，要学会控制自己的情绪。

爸爸像你这个年纪时，早已"没有"脾气了——也不是真没有，爸爸脾气大着呢，但是当时不敢有。那个时候，爸爸在前黄中学读高一，成绩也不算好，可是，真遇到烦心事，只能自己努力，想办法去克服、解决，发脾气有用吗? 不努力，再大的脾气也没用。要是不想读书，就得回家种田。爸爸跟你说过，过去种田苦啊，面朝黄土背朝天，考不上大学，在当时，就意味着"修地球"，什么少年的幻想、梦想，就都化为乌有了。而你爷爷奶奶，他们已经尽全力供爸爸读书了，爸爸哪还敢发脾气? 跟谁发? 跟你爷爷奶奶吗? 跟老师吗? 以爸爸受过的教育，打死也不敢啊。那叫不懂事，叫不孝。那跟自己吗? 自己跟自己发脾气，伤害自己，不是自讨苦吃吗? 一个人好好的，干吗要自我惩罚呢?

不是爸爸没有脾气，从不烦躁，而是爸爸烦躁的时候，就躲一边，去读小说，让自己沉浸到别人的世界中，去体会别人的人生，想象自己的未来; 或者去干活发泄，让躁动的心沉静下来，沉静下来后回头一看，自己那点脾气，多傻啊?

你烦躁时，不妨试试爸爸过去的方式。现在爸爸烦躁的时候，就躲在书房读书写文章，如果写不动，就换着干其他活，或者就背着书出去徒步，逐渐冷静下来，爸爸也觉得行之有效。你难道没感觉到爸爸这两年脾气变得好多了吗？

学会管理自己的情绪，实在太重要了。爸爸在职业生涯中，看到很多才华横溢的人最终一事无成的悲剧，就是因为不能很好地管理情绪，包括你才华不那么横溢的爸爸。

爸爸年轻时曾经在机关给领导当过秘书。人家都很奇怪，像你爸爸这么大脾气的人，怎么能当秘书？

爸爸不是因为当了领导秘书脾气大，而是原来脾气就大，拧巴，眼睛里揉不得沙子，当了秘书也没改掉。当然，爸爸当秘书时，做得其实也不错。因为爸爸有业务能力，有职业操守啊。

这个世界上，能够容忍自己脾气的，只有两种情况：一种是亲人、爱人，因为爱，能容忍自己孩子或其他亲人的毛病，包括脾气；另一种是一个人有才华，不可取代，或者说在当时有不可取代性，那他的上司、下属也都能暂时容忍他的脾气。如果这两种都不存在，他凭什么跟别人发脾气，耍威风啊？

莫名其妙跟人发脾气，其实就是绑架了亲人的爱，绑架了职场同事的尊重。你想想，一个人对着陌生人突然发脾气，那会怎样？

所以，即使面对爱你的人，发脾气也要适可而止。小姐发脾气适可而止，那叫可爱，依然会获得亲人、朋友的爱。但脾气耍到家人、同事都受不了的时候，就成孤家寡人了，才华再高，也还是孤家寡人，成功没有亲人、朋友分享，痛苦没有亲人、朋友分担，那得多孤独、多郁闷啊。郁闷憋屈在心里，不仅精神上容易出问题，也会出现器质性病变，中医不是说，气伤肝嘛。

脾气谁都会有，尤其小孩子，难免。人成长的一个重要内容，就是学会管理脾气。管理脾气是承担责任的开始，也是成长的标志，也就是我们俗话说的，懂事。懂事不是鉴貌辨色，阿谀，而是能认识到与自己年龄相应的责任。责任也是随着成长一点点加重、加大的。什么年龄，什么身份，什么角色，总有相应的责任需要承担。于你，也是一样。

爸爸跟你讲过，爸爸不到 8 岁，就脚下垫着凳子在灶台上炒青菜，割草，干各种活，到你这个年纪的时候，爸爸就下决心要做新时代的范进，考上大学，就像范进中举，因为只有考上大学了，爸爸才能改变面朝黄土背朝天的命运。所以，那个时候，爸爸不能追求自己的兴趣，甚至也不知道自己的兴趣，考上大学才是爸爸唯一的责任，爸爸不仅背负着改变自己命运的追求，还背负着全家的期望。如今，你条件好了，完全可以不用像爸爸当年那样，但是，即便如此，你也有自己的责任，爸爸妈妈也无法替你包揽，那是你的人生。这就是人生，每个人都无法躲开逃避的人生。

现在你还能跟爸爸妈妈发脾气，爸爸妈妈容忍，因为爱你，这是你的福气。再有一周就是你 16 岁的生日了。16 岁，大姑娘了，而且，你比爸爸妈妈都高许多了，许多事，应该学得更好，比如，尽量学着管理自己的脾气，尽量体谅爸爸妈妈的难处，尤其你妈妈，多辛苦啊。

佩佩，爸爸这两天没和你在一起，无法跟你面谈，就写了这封信。如果有什么事让你烦心，如果是外面的干扰，不要搭理，不要用别人的错惩罚自己；如果生于内心，不妨就用爸爸前面信中推荐的方法，试试，看管不管用。

爱你的爸爸

2019-06-10

如何和同学交往

佩佩：

今天早上，你妈妈告诉爸爸，你又闹脾气了。你妈妈既生气又伤心，爸爸劝慰了你妈妈，但我想和你着重聊聊你妈妈跟爸爸提到的一个问题，那就是如何和同学来往。

每个人成长过程中都有自己的好朋友、好同学，女生称闺密，过去的文雅说法叫手帕交；男生，爸爸小时候称穿开裆裤的兄弟。当然，自小一起长大的，长大后关系一直密切的，无论男女，也称金兰之交，总角之交。

人有要好的同学、朋友是好事，越多越好。就像你看到的，爸爸朋友就多，而且是真朋友。

爸爸的朋友无论年龄、性别、地位、财富，都喜欢找爸爸喝酒、饮茶、聊天，不是爸爸长得帅——你知道爸爸长的窘样，更不是爸爸有钱——爸爸其实就是个普通市民，经济条件比你叔叔略好而已。但是，他们喜欢找爸爸，其实是因为爸爸为人良善坦诚，有定力，有见识，且乐于助人——只要力所能及。而且几乎不给朋友添麻烦。概括起来，就是爸爸说的人品好。

爸爸跟人交往的原则，就是投契。什么是投契，契就是合的意思，就是意气见解相投，合得来，聊得来。诗经上有"死生契阔，与子成说"，阔是离的意思。哪怕只是一面之交，也会倾盖如故，心心相印。很幸运，爸爸有不少这样的兄弟朋友，甚至生死可托，这是爸爸的幸运。尽管在别人看来，这些似乎只是酒肉朋友。

投契的朋友，有在各方面都聊得来的，甚至能够走进内心隐秘世界的朋友，但这样的朋友非常难得，很难遇上。有些投契的朋友，投契的只是某些方面，他们的另一些方面，也未必就合我意，但我依然会和他们投契，包容他们与我的不同——前提是，我不喜欢他们的方面如果偶尔暴露出来，我就会委婉提醒；如果提醒后对方依然如故，照样在我面前出现，我就会悄然抽身，不再视其为投契的朋友，渐行渐远之后，跟普通熟人相见一样，不撕破脸。

这个叫内心有底线，有定见，且从不动摇。

但爸爸小时候，没有这样的定见主见，也总是跟在其他人尤其是大孩子屁股后面跑，这在成长岁月很正常。

但是，同样正常的，就是随着年龄的增长，阅历和学识的增加，这种跟在别人屁股后面，别人一说风立马就是雨的状态，应该逐渐被自己的判断所取代，很多事情，不能别人一说就干了，而是要有自己的主见，自己来判断是不是应该再言听计从。这就是成长。

爸爸小时候虽然个小力弱，但到小学三年级时，虽然依然还会和大家一起玩，但再也没有别人说什么就是什么了。你爸爸那时，无论学习、家务活还是农活，或者那些农村小孩都喜欢的，钓鱼、捉鱼之类，甚至小孩玩的游戏，都不比同龄人差，干吗还要跟在别人屁股后面呢？他力气比我大，他家比我家有钱，与我何干？生活都是各过各的。

如果成长过程没有发展出自己独立的主见和独立的生活，一个人很有可能成为别人的"小弟""小妹"，实则上就是别人的马仔、跑腿、跟班。失却了独立的判断和生活，凡事仰人鼻息，听人任意驱遣，这过的就不再是自己的人生，而是别人的人生，毫无意义的人生。

所以，爸爸对你这个年龄段和同学之间的来往的基本态度就是：

一、鼓励交往，要好的同学越多越好。

二、交往中要有自己的定见，不能人云亦云，也不跟人家比，尤其不能用其他人的判断取代自己的认知。

每一个家庭，生活环境都不一样。有富人有穷人，有良善之家也有不良之家。每户人家对孩子的教育也大不相同，家长会根据自己的人生经验，对孩子做出指引，这种指引，影响着孩子主见的确立。

爸爸上初中时，开始流行白衬衣、白球鞋，村上一位姐姐受同学影响，非要买白球鞋，那个时候她们家的经济条件很差呀，一双白球鞋，抵好多生活费呢，这就是喜欢跟人比，没有定见。但爸爸从来不会产生这种非分之想，因为爸爸能够理解父母的难处，这叫有主见。你现在 16 岁了，该看到爸爸妈妈的努力和艰辛。想想，你妈每天多累，还依然为你操碎了心。

三、与同学交往时，对同学不太好的言行，要劝阻，而不是跟着模仿；劝阻无效，就要保持距离。

要对同学的话做出自己的判断，比如，同学说到不能得遂心愿时跟父母撒泼闹脾气，并把这种做法作为经验介绍给你时，作为朋友，你应该直接或委婉指出这种做法不好，不应该这样。如果对方后来还这样，你就应该重新考虑与他（她）的关系。我记得你小学时，曾有一次你认为你们班班长做得不对，而跟全体男生站在一边反对班长，班里很多女同学因此对你抱有敌意，你跟爸爸讲你的做法，爸爸就认为你做得对。遇见好朋友不对的，就要指出，如果对方不改，就要选择远离，你会遇见其他好朋友。

四、要多交三观正的朋友。爸爸说的投契的朋友，核心就在三观正，三观不正而为伴，那叫臭味相投。那些愿意跟爸爸来往的朋友，就是因为爸爸三观正啊。过去爸爸有个年轻同事叫阎小青，不知你是否还记得，她大学毕业就在爸爸的单位工作，她妈妈是爸爸的粉丝，专门跑北京来见爸爸，跟爸爸说，你小青姐姐跟着爸爸工作，她放心。你一龙叔叔跟爸爸一起工作时，他爸爸也跟你一龙叔叔说，要认识一下自己儿子的领导。他爸爸专门和我喝了顿酒，然后觉得你一龙叔叔没跟错人。没跟错人，多和三观正的人交朋友，不仅自己成长快，家人也放心，对吧？

这也就是古人所说："蓬生麻中，不扶而直。白沙在涅，与之俱黑。""久入芝兰之室，不闻其香；久居鲍鱼之肆，不闻其臭。"

2019-06

考前夜话

姑娘下周一（6月24日）起参加高一会考。跟我上高中时不同，如今教学改革，高一会考，相当于毕业考试，考试合格可以拿高中毕业证书并有资格参加两年后的高考，不合格则参加补考——我其实不明白高一会考的意思，初中毕业证书刚拿到一年，高一读一年会考合格，即可拿高中毕业证书，这种教育改革的"大跃进"，到底何为。但考试是统一的，我不明白也没用，姑娘该参加考试还是得参加考试。于是，周六晚上，父女俩有了一场考前对话，源自姑娘看到北京高考成绩出来，发出的惊叹声。

"北京的高考成绩出来了，这么快。哇，分数好高啊。"姑娘半自言自语，半是跟我说。

"北京的分数不是最高的，考试也不是最难的。以后你看到那些有兴趣又有疑问的高考题，可以跟爸爸讨论。"我正好经过姑娘门前，随口漫应了一句。

"嗯。可北京的文综是最灵活的。"姑娘跟我到了书房。文综是文科考卷中的综合卷，姑娘选了文科，追随了她爸爸的脚步。

"嗯，可能。文综还是考综合运用灵活机变的能力，而综合运用灵活机变的能力需要靠平时的累积、阅读、阅历、观察、思考等等。就像爸爸跟你说过的，一些平常考试成绩似乎很好的人，遇到需要灵活机变运用，换个角度思考的时候，却很难适应，就是只知道埋头死读书，读死书。读死书就只会跟着书上的标准答案思考，但题目如今越出越活了。记得爸爸说的，多读书，也看看《新京报》的评论，当然也可以多问爸爸。"

"嗯，知道。不过爸爸，我又把丘吉尔放下了，我读着犯困。我在读东野圭吾，我喜欢他的悬疑小说。最近读完的叫《时生》，我很喜欢，两天就读完了。"姑娘告诉我，她昨晚读到 10 点。

我没读过东野圭吾的小说，但我不少朋友读过，按他们的说法，小说还不错，所以，我没反对姑娘读他的小说。

"我喜欢读悬疑推理小说，能培养逻辑推理能力。"姑娘跟我说。我则问她，读了东野圭吾这本小说，有什么感想。姑娘则给我普及了一下这本小说的大概内容。

"你会考准备好了吗？"我问。

"没问题，肯定过。"姑娘信心满满地跟我说。

"那我周一中午去学校门口等你，饭爸爸不做了，就从饭店买吧。周二中午爸爸也可以去，不过下午爸爸有事。周三爸爸要出差，你自己考。放松点，合格就行。"

"喂，爸爸，会考只有合格与不合格。放心吧。"

"爸爸，我原来想暑假去成都之前去趟西安的……"

"行啊，西安爸爸陪你去。"我打断姑娘的话。

"爸爸，听我说完，我本来想 8 月去成都之前再去西安，我们同学告诉我，有一个国际义工组织，不过今年这个项目不做义工，就是夏令营，我很想去……"

"应该没问题，不过爸爸要了解一下你说的国际义工组织，看看是真的还是骗子。"我跟姑娘说，姑娘点点头。我想起了段钢兄跟我讲过他大闺女参加国际义工组织的故事，如果去做义工，对孩子会有很大的锻炼。

"参加义工活动，关键是你要自立，会管理自己，就像爸爸前两天跟你说的，管理自己的能力，就是自我成长的空间。你连衣服都不会洗……"我看了姑娘一眼。

"谁说的？我会，我过去参加夏令营就自己洗。"姑娘有些激动。

"好好。"我哈哈一笑，以示歉意。

"爸爸，如果我上大学后要染头发，您反不反对？如果不反对，能容忍我染什么颜色，染到什么程度？"姑娘笑嘻嘻地问我。

"我不反对你上大学后染头发。染什么颜色都行……"

"真的吗？我妈肯定不同意我染灰绿的那种颜色。"姑娘笑嘻嘻地瞪大眼睛盯着我。

"嗯，但是，头发的颜色总是会跟个人气质相一致。比如，一个温文尔雅的人，就很少会去染那种特别张扬跋扈的颜色，因为性格不合，对吧？"我反问一句。

"有些人家，家长开明，或者接受西方流行文化较多，他们的孩子钉耳钉、肚钉、文身，家长也不会觉得有什么特别。但你爸爸妈妈和你都不太一样，你爸爸妈妈没这么前卫，相反比较传统，而你也没这样叛逆过，如果染一个跟自己性格不合的颜色，你自己也会感觉别扭的。"

"爸爸，我才知道妈妈年轻时染过棕色的头发，她竟然这么前卫！"

"那不稀奇啊。不过后来你妈遇到我，我不唱歌跳舞，你妈也就放弃了。你要染什么头发，是好几年后的事，那时你已是大人了，自己决定就行。爸爸不要求你去做爸爸那样的事，爸爸只有一个要求，无论什么情况，三观要正。"

"我觉得我三观好像挺正的。"姑娘笑嘻嘻地跟我说。

"嗯，还好还好。"我点头表扬。

"爸爸，我还想趁高二的寒假，去韩国玩。"姑娘得寸进尺。

"怎么去，跟你妈妈？行。"

"不，我不想跟妈妈去，我想跟同学一起去。"

"你们俩小姑娘？那不行。"我摇头。

"我们同学的爸爸还跟着呢。"姑娘有些着急。

"你下学期期中考试，进入年级前 15 名爸爸会考虑。"这是我第一次把玩与考试成绩挂钩，即便支持见世面，也得有附加性回报吧。

"那咱们就说定啦？"姑娘笑着跟我说。

"另外，爸爸说过，尽量多跟着爸爸出去走走，见见人。爸爸妈妈为什么不放心你一个人出去啊？因为你太单纯，你不知道现在的世界上还有很多坏人，而且坏人太坏，坏到我们都不相信。你知道湖南中学那个老师被埋在操场里的事吧？"

"嗯，知道。"

"爸爸叫你跟着出去，想让你看看更多的世界，听着，看着，不要不耐烦，慢慢地，你对世界的理解就会丰富许多，你对日常遇到事情的处理应对能力，也会提高很多。这样经历的、看到的事多了，爸爸妈妈才放心让你一个人出门，你终归要一个人出门的。"

"好吧。"姑娘趴在我面前的椅子上，叹了口气，结束了今晚的父女夜话。

（那天晚上，她妈妈回来后，母女俩又为去韩国较上了劲。因为我背叛了太座，支持了姑娘，太座只得投降，不过她也认同我提出的条件。姑娘一听她妈妈松口，立马拿张纸，自己草拟了一份契约，签上自己的名字，并让我们俩也签字画押。女大不由爹娘啊）

2019-06

提前交卷，真爽

"爸爸，我回来了。"中午我打开出租屋的房门，姑娘在屋里喊了一声，未见其人，先闻其声。

"你不是12点才考完吗？现在还不到12点呢。"我很惊讶。今天姑娘参加会考，规定12点交卷，负责后勤保障的我一看12点还没到，还优哉游哉呢。

"嘿，我都给您发微信了。"

估计刚才我在超市买东西，没顾上看微信，不知姑娘已回家。

"你怎么这么早就回来啦？"

"考完了，就提前交卷了呗。"姑娘笑嘻嘻地回答，"也许我答题快呗，我半个小时就做完了。我看周围人都还在吭哧吭哧地写，老以为自己有遗漏没做的页面，检查了几遍都没有，就交卷了。提前交卷的，也不止我一个人。"

我哈哈一笑，很自得地说："真是有其父必有其女。佩佩你这真是遗传了爸爸的风格。1985年爸爸参加高考时，第一次出现语文卷有超多页的，爸爸做完提前交卷了。爸爸的语文老师很吃惊，觉得那年考试题特别难，量又大，怎么会提前那么早交卷，弄得爸爸当时也怀疑自己是不是少做了几页。后来高考历史卷也是类似的情况。不过爸爸考得还不错哦。但当时，别人看爸爸高考提前交卷，就像看怪物一样，那么严肃隆重决定人一生命运的考试，你爸爸就跟平常一样看待了。"

"考试提前交卷，真爽！"姑娘得意地说，"反正会就会，不会就不会，我也不耗着，耗着也没用，还不如提前交卷呢。"姑娘嬉皮笑脸。

"我记得你中考时好像也提前交卷了吧？"

"中考不让提前交卷。要让提前交卷，我肯定就提前交了。中考时我睡觉。"

我突然想起当年中考结束后，姑娘和同学一起要出去玩，当时在考场外我接她的时候，她同学说："朱佩玮，真有你的，在考场里竟然睡觉。"

姑娘其实平常考试也睡觉，老师大概认为她是个不可救药的孩子，如果我是老师可能也会这样认为。但姑娘跟我说："我会做的，早早做完，也检查过了，就是有错，再怎么检查也检查不出来；不会做的，再怎么想也不会做，不能提前交卷，还不如在考场睡觉，养足精神准备下一场考试。我才不让这场不会做的题弄得筋疲力尽，影响下一场呢。"

啧啧，这理由还挺充分，见识还似乎很高明。

姑娘其他时候心理素质一般，尤其受委屈的时候，总过不去。奇怪的是，一到考试，心理素质就超级强大，无论是期中、期末，还是中考、会考。除了中考前我曾帮她快速过了一遍语文、历史、政治之外，我们基本不谈考试。尤其是这次会考前，她除了完成日常的作业，还在看综艺节目，读推理小说！考试前夜我们父女俩聊天，关于会考的话题，只有我说了简要的三句她回了一句，我的三句是：一次过；万一一次过不了，也别放在心上，无所谓；放松心情，等闲视之。她回的是"肯定能过的啦"。哪有一点会考的样！

我确实没有在考试前见她紧张过，无论是期中、期末还是中考、会考。我很自得，认为这既有性格遗传，也是因为我们平常对她的考试成绩不是特别在意，因而她考试就比较放松。

一个女孩子，长得不错，成绩也还不算太差，提前交卷其实也正常，但在考场上睡觉的，恐怕就不多见了。

2019-06

第四部分

青年·父亲与价值观

今天，我们这样做父亲

我们现在怎样做父亲？

沧海桑田之后，重读 1919 年鲁迅先生在《新青年》上的设问，墨迹如新，问题依旧，且更沉重如铅，直坠入人心底。

先生之问，在于如何从封建专制的父权社会中解放孩子，让孩子获得新生。故先生更早在《狂人日记》中，就已发出了"救救孩子"的呐喊。

"一个孩子在一小时中所受到的干涉，一定会超过成年人一年中所受社会指摘的次数。在最专制的君王手下做老百姓，也不会比一个孩子在最疼他的父母手下过日子更为难过。"费孝通先生在《乡土中国》一书中这样描述父权社会中的孩子。

幸运的是，时过境迁，封建专制的父权社会如今在理论上已经不复存在。中国大多数孩子，尤其是城市的孩子，已经获得了一定的自由。但小鸟虽挣脱了父辈的掌心，却不幸又落入了一张更大的无形罗网。这罗网，却是父母和社会有意无意共同编织的。

将近百年之后，我们对于如何做父亲，观念已经有了巨大的改变。我们不再把孩子当作自己的私产，我们认识到，让孩子依着天性快乐成长，至关重要。

然而，每个人都是历史的人质。父母价值观的变化，只是社会价值观变迁中的一环，诸多因素影响甚至支配着父母价值观的调整。

在经历了可怕的物质匮乏之后，田园牧歌般的理想主义迅速淹没在物质至上的冰水中，成功教育抹去了一切向来受人尊崇和令人敬畏的灵光，把一切归原为简单的物质标准。

更为严重的是，很多已经公认过时的价值体系和教育方法，依然掌握着重要的社会资源，影响和调配着家庭教育，从而让为人父母的价值观和行为方式，不得不扭曲，屈从于过时的价值观和教育方式。

于是，孩子的纯真过早地被带有强烈意识形态色彩的价值观浸染；成功教育终成为社会的金科玉律，孩子被迫放弃个性化成长。

即便如此，这依然无法解决父母们的现实困惑，如何让孩子在一个过分相信丛林法则的社会里，面对各种现实冲突，确立相对正确的价值体系不动摇？

生活的艰辛，资源的集中，金钱的崇拜，传导到今天如何做父亲之问上，能让最坚定的父母也困惑而动摇。

每个人都可能成为龚自珍笔下的病梅。这也是一个劣币驱逐良币的过程。美国电视剧《成长的烦恼》中的故事，则可能成了中国家庭无法实现的梦想。

孩子的未来，表征着社会的未来。今天我们如何做父亲，这个问题无论如何无法回避。

鲁迅先生当年所言，依然令人醍醐灌顶：父母对于子女，应该健全的产生，尽力的教育，完全的解放。第一，便是理解。孩子的世界，与成人截然不同；倘不先行理解，一味蛮做，便大碍于孩子的发达。第二，便是指导。长者须是指导者、协商者，却不该是命令者。不但不该责幼者供奉自己，而且还须用全副精神，养成他们有耐劳作的体力，纯洁高尚的道德，广博自由能容纳新潮流的精神，也就是能在世界新潮流中游泳，而不被淹没的力量。第三，便是解

198

放。子女是即我非我的人，因为即我，更应该尽教育的义务，教给他们自立的能力；因为非我，也应同时解放，全部为他们自己所有，成一个独立的人。

所以，觉醒的父母，便须一面清结旧账，一面开辟新路。"自己背着因袭的重担，肩住了黑暗的闸门，放他们到宽阔光明的地方去；此后幸福的度日，合理的做人。"

这是一件极伟大的要紧的事，也是一件极困苦艰难的事。今天犹是。

（本文为《中国周刊》2011 年 5 月号卷首语）

一个父亲的纠结

孩子是父母的希望，亦是社会的未来。

100多年前，鲁迅在《新青年》撰文：我们现在怎样做父亲。当是时也，千年帝制瓦解不久，旧秩序被颠覆，新秩序却迟迟没有建立起来。迅翁谈如何做父亲，看似小问题，其实大有深意。因为，在过去的父权社会中，老子对儿子"有绝对的权力和威严"，"老子说话，当然无所不可，儿子有话，却在未说之前早已错了"。新文化运动，把"儿子"从礼教束缚中解脱出来，用鲁迅的话说，父母要"健全的产生，尽力的教育，完全的解放"，孩子可以"幸福的度日，合理的做人"。

那一时期，不唯鲁迅，胡适、叶圣陶等诸多先贤都谈论过此问题。中国几千年从没有过的"健全人格"的概念，从彼时开始发轫。

100多年过去，中国社会发生了天翻地覆的变化，但鲁迅所揭橥的问题，依然是我们需要面对的问题。所不同者，如今已不再是父权社会，而母亲的角色也日益显得重要。

微博上，身边，不时听到父母的困惑：应该把孩子培养成何等模样？

今日之父母，为何有这般困惑？回顾近代以来的社会发展便会发现，凡值社会有确定规则、社会价值观相对统一的时期，父母困惑便少，比如，新文化运动之后，"人"的观念确立起来，"健全人格"教育便蔚然成风；比如1949年之后至改革开放，"螺丝钉"教育便无处不在。而自改革开放以来，社会从一元转向多元，在这一人性觉醒的历史进步过程中，追求个人发展一度成为社会主流风气，虽无大偏差，却也带来一些社会问题，不诚信成功者有之，投机成功者有之，居高位而不义者有之，如此等等，造成今日父母之困惑。

诚实、正直、善良……是我们民族原本就追求的品质，而今天"觉醒的父母"所面对的，不仅是要把这些教给孩子，还要教育他们如何对待规则，如何对待权力，如何对待契约……

有什么样的孩子，便有什么样的未来社会。

而这一过程中，一个父亲的纠结，不是因为慈父严师的形象在丫头面前坍塌，而是自己过去几十年所遵循的价值体系和知识体系，在目下这种荒唐的不知所以的调整面前，竟然如此不堪一击。

我有一个女儿，8岁了。婚后10年才要孩子，自然宠她。

丫头3岁时，我把她留在北京，南下广州游历。双城生活，让我对丫头更多一分歉疚之心。

丫头是个非常敏感的人。3岁多时，就有"如果我还没长大，你们就老了，怎么办"之问。2009年年初我从《南风窗》总编任上辞职回京，丫头受幼儿园老师影响，又有了"爸妈都不工作，我们家怎么办"之问，让我更是心疼。

古人说："养不教，父之过，教不严，师之惰。"于丫头，我是慈父严师，但我更是一个纠结的父亲。

纠结，来自在一个充满不确定性的社会里，内心深处对丫头的爱与责任。

我的博客里，专门有一栏"我们今天如何做父亲"，主要就是原生态地记录丫头成长过程中的故事与冲突。

但在一个繁杂混乱的社会里，到处充满着悖论。连我这般内心还算非常坚定的人，在孩子的教育问题上，也常感无力"肩住了黑暗的闸门，放他们到宽阔光明的地方去"，只有选择妥协甚至投降一途。

（1）

说起来，丫头的学习也算让我们省心。我们很少辅导丫头的作业。

不过，学校要求家长签字，签字时，我自然也会瞧一瞧做的都是啥。

去年某一天，丫头写"出口"的"出"字，写成了上宽下窄。

我说：丫头，错了吧？"出"字应该是下宽上窄，偶尔只有书法或毛笔字帖里才会有上宽下窄的写法啊。

不对，是上宽下窄，老师教的。丫头回应。

我问，是不是你记错了？

丫头摇头，坚持没错。

我翻《新华字典》给丫头看。

字典上也许也会有错，老师就是这样教的。丫头坚持不肯认错。

老师也难免有错啊。爸爸也当过老师，还是大学老师呢，字典上也是这样写的。你就按爸爸说的改了吧。

"就不改，就不改，上次您给我写了个字，有连笔，我照您的写了，老师就批我错了，这字老师就是说上宽下窄的，我要听老师的……"丫头急赤白脸地哭了起来。

我也急了起来。太太听见了，过来居中调解，在那种风口浪尖上，我只得缴枪认输，以息事宁人。

在孩子的心目中，老师才是最后的裁判者，无论对错。

有一次，我偶然看到丫头的周记里边，写了"林阴道"几个字，我赶紧自以为是地让丫头改过来。

丫头说，没错，书上就是这样写的。她拿来了语文课本。

我看了课本，很肯定地告诉丫头，语文课本上错了。

语文课本怎么会错呢？丫头不服。

上次你的数学课本里，不也有错的，你还记得吗？数学课本会错，语文课本自然也会错。我举例证来说服丫头。

叽里咕噜中，丫头拿来了词典，一查，竟然是我错了！

词典上，白纸黑字，"林阴道"！

我一下子抓狂了，要崩溃。

不是因为慈父严师的形象在丫头面前坍塌，而是自己过去几十年所遵循的价值体系和知识体系，在这种荒唐的不知所以的调整面前，竟然如此不堪一击！

我一直与文字打交道，但确实孤陋寡闻，我竟然不知道那些搞字典的人把"林荫道"改成了"林阴道"！

第二天上班，我问单位的校对，校对说早就改过来了。我说，以后我写的文章，凡是写到"林荫道"的，一律不得按字典改！

丫头还在上二年级，类似的情况却已非一次，我不知道到她自己有判断力的时候，还会发生多少次。

（2）

丫头上的还算是一所不错的学校。

丫头是语文课代表，不过，几次都因考试成绩，摇摇欲坠。

丫头当语文课代表，是在她第一次写周记之后。

那一次是她们学校参加"国剧进校园"活动，去听了一场京戏，老师要求她们上学后交一篇周记。

丫头问我周记怎么写。我跟丫头说，周记，你就写一周里记忆最深的一件事，前前后后记录下来就行。自己看到什么，想的是什么，就写什么，不用管其他。

那老师看了，要是不喜欢，怎么办？丫头有些担心。

你写的是真事，真话，真实的想法，老师不会不喜欢。我告诉她，老师也喜欢诚实的孩子。

我们小时候做作文，可完全不一样。假大空、无病呻吟的八股式写作，从小学时代就渗透了。现在许多学生，这方面同样有问题，我可不想丫头也染上这样的毛病。

你可以试一下，看老师喜不喜欢真话。我对丫头说。

再说了，你写周记，不是为了给老师看，是要给自己看的。当你像爸爸这样年纪的时候，回过头翻看自己小时候写的日记、周记，都是真事真话，你心里会多高兴啊。

我鼓励丫头。

现在也有些老师家长不一定赞同我的观点。但我清楚，丫头成长过程中，会有许许多多的人当她的老师，不能把其中任何一个人的话，当成圣旨般。假设现在的老师不喜欢这样的表达，谁又能保证她未来的老师不喜欢这样的表达呢？

真实记录成长过程中印象深刻的事情和感受，便是自己成长的轨迹，是自己的历史。

当然，这些话，丫头现在还听不懂。

不过，在我心中，对这样的表达方式的追求，不仅仅是一种写作方式，更是一种价值观。

我希望丫头能够牢牢记在心里。

很幸运，那一次丫头的周记，老师认为她写得很好，给她的周记打了"优"，一半以上文字，老师都在下面画了波浪线，包括丫头写的"看京剧听不懂，但看着很热闹"之类的话，亦即是我希望她尝试的真话。

（3）

我在乡村长大，从小没有上过任何学习班，没这个机会和条件。

如今，我们与许多家长一样，也让孩子参加了各种各样的学习班。

这不是怕孩子输在起跑线上。

想想，如今成年人混江湖，不是也要看几本书，学个一招半式，说几个普世价值的词汇吗？

不过，丫头参加的学习班，都是兴趣班，是丫头自己做主选择的。

兴趣班大致有三类，一类是老师推荐的，一类是丫头自己提出要上的，还有一类就是我们的要求。

不过，老师推荐的，我们只管交费，接送孩子，学得如何，一概不过问。只当在校多停留一个多小时，让她有机会跟其他孩子玩，也解决早接孩子的痛苦。学校现在要求3点10分离校，对太太这个自由职业者来说，总比那些要冒挨单位批评的风险早退或请假接孩子的强多了。

当然，也并非所有老师推荐的我们都让她参加，也会考虑家庭具体情况。比如，老师推荐她参加国际儿童合唱团，她很喜欢，也考上了，但因时间排不开，我就没让她上（每周六是绝对散养放松的一天）。

我们要求的，就是让她业余时间多参加锻炼身体的课程。比如，舞蹈、游泳。舞蹈对女孩子保持形体有帮助，我们支持。丫头很小，我们就逼着她学会了游泳，这是救命的本事也是锻炼身体的好方法。现在丫头的游泳速度和持久力，已经超过了她妈妈。

对于这些有助于身体健康的课程，我们都是大力鼓励。

丫头自己想学的，有两个，一个是电子琴，一个是画画。如今还在学，虽然老师夸她聪明，进步却很慢，因为她只在上课时学，自己从来不练。我们也不管她。

不过，最初丫头还在幼儿园，提出要学画画和电子琴，我答应时有一个前提，就是丫头自己想学的，一旦开始，可以不考级，也不用成为专业，学他个子丑寅卯出来，却绝不能半途而废，喜欢要坚持，不喜欢也要坚持。

学习有时会很枯燥。丫头不敢跟我直接说不学了。她妈妈疼她，跟我谈，说美术课能不能不上了。我拒绝了。

我说，她自己有承诺，是自己提出要学的。

而画画和音乐背后，是相对比较感性的思维方式，从小让她接受些专业训练，对培养她观察世界的视角大有帮助。我从来没指望她现在就能听懂，但我在接送丫头去少年宫学画画的路上，总是不厌其烦地向她灌输这个道理。

更为重要的是，如果她提出的每个要求，我们都答应的话，会让她感觉得到容易，放弃也没事。世界上哪有这么容易的事！这对她的未来，没有一点帮助。

坚持是一种难能可贵的品质，不到万不得已，绝不轻言放弃。

（4）

我小时候，父母能够教我们的，其实很简单，却也最根本，那就是做个好人，善良诚实，守规矩。

到目前为止，这一点上，我们还算欣慰。

在南京，我们曾听闻朋友谈起给学校老师送礼之事，情形之荒唐可怕，让我们大为震惊。

只有在教师节或者新年到来之际，丫头才会在她妈妈指导下，或者做个手工，或者自己画幅画，送给老师，以表达对老师辛劳的感谢。

就像我的生日，丫头有时也会画幅画送我，虽然笔法稚拙，在我的心中，却比任何礼物都宝贵。

丫头自幼儿园至小学，我们除了缴过择校费外，没给丫头的老师送过一分钱的财物！

但说实话，我们也不敢确定，能这样坚持多久。

我对家人带孩子过马路，一直强调走天桥或人行道，除了安全考虑，也是希望从小在丫头心中确立遵守规则的信念。

不过，这也会遭遇打击。

有一次，我带着丫头在楼下步行。

途经一小区门口，一辆挂着901字样的运钞车迎面驶来，毫无顾忌。

车在我们面前停了下来，满脸横肉的中年司机朝我瞪了一眼。因为，我和丫头在第一时间，没有让开路。

"老爸，他怎么能这样开车呢？"丫头问我。

"瞪什么？这是你走车的地方吗？连小丫头都知道的道理，你这么大的人干吗呢，不懂啊？"我看他瞪我，心里更来气。

这一路空地，是人行道。人行道刚好有一辆车的空间。挂着901的运钞车，就是在这一路人行道上逆向驶来的。

连我们家丫头，都知道车不应该这样走。

司机没吭声，坐旁边的保安赶紧跟我们打招呼道歉。

"老爸，他怎么能这样开车呢？是不是这样的车都可以这样开？"丫头还在问我。

"这个开车的司机不守规矩。要是人人都像他那样不守规矩，就乱套了。"我告诉丫头。

"不守规矩，是不是就像一团线成了一个结，解不开了？"丫头问。

"对，就像一个死结，怎么也解不开。"

说话间，就到了十字路口，虽然红绿灯闪烁分明，但自行车和行人，当然还有若干不守规矩的车，不管交通规则，原本就狭小的路口，全部纠结在一起了。

这就是丫头必须面对的社会。

有时，我甚至有些怀疑，自己从小教导丫头遵纪守法，在这个纲纪废弛的社会里，是否合时宜。

这会不会将来反而害了她？

（5）

我从来不读那些如何教育孩子的专著。我只是希望丫头能尽可能地健康快乐成长。但现实生活中，这想法多少也有些奢侈。

前些天与几个比我稍微年轻些的朋友一起聚会，他们的孩子与丫头年龄相仿。聊到孩子们，大家都有相似的苦恼，但解决办法却寥寥，要么逃离，要么妥协。他们中好几个已经让孩子入籍加拿大了。

既然我不选择离开，只有认同妥协。

如今的社会环境和学校教育，存在诸多我们无力改变的问题，如果现在不跟社会教育和学校教育妥协，完全按照自己理想化的价值观和知识体系来教育她，那她在学校，在同龄人中，一定会变成一个特立独行的人。

一个特立独行的人，必然被孤立，对于一个未成年的孩子来说，这同样会在她成长的岁月留下阴影，未来要么成为天才，要么走向崩溃——要有多坚定的信仰、多坚韧的神经，才能让一个孩子面对颠覆自己所受教育的社会环境而不动摇？

我未必能做到，遑论小丫头了。

我宁愿她成为一个能够在复杂环境中生活得有些色彩的普通人，也不愿她成为一个特立独行的人。

不过，人生就是充满了妥协和矫正的过程。成人如此，孩子也是。为何在孩子的教育上，却要坚持我们成年人自认为始终如一的正确呢？

想明白了这一点，我释然了。

我相信时间的纠错能力。这绝不是阿 Q。

（本文原载于《中国周刊》2011 年 5 月号）

我们今天如何做父亲

（1）

2011年6月，我在执掌《中国周刊》时曾做了组封面报道，《我们今天如何做父亲》。

今天我们怎样做父亲，对于中国人来说，这是个伟大的难题，纠结难解。

虽然，古人早已说过，养不教，父之过；教不严，师之惰。

不过，传统的父师之教养，虽然原本有明确而固定的价值观，但这种价值取向，在中国走进前现代化的进程中，在西方新观念的冲击下，迅速崩塌。而新的价值体系却尚未建立起来。

传统已崩塌，新规却难立。

在这一过程中，处于新旧社会更替时代的父亲们，如何做父亲，却成了刻骨之痛。

除非那些有超越历史的眼光，内心深处有极其坚定信仰的慈父严师。

不过，人不能自外于社会。对于普通中国人来说，要做到这一点，和做圣人一样难。

所以，近世以降，新民之说盛行。

高傲如鲁迅，先是为立新国民，喊出了"救救孩子"，惊天动地；接着写了《我们现在怎样做父亲》，给失却了定海神针彷徨犹疑中的父亲们，指出了现实社会中如何做好父亲的蓝图和路径。待他写遗嘱，也不忘提醒自己的家人孩子：

"孩子长大，倘无才能，可寻点小事情过活，万不可去做空头文学家或美术家；别人应许你的事物，不可当真；损着别人的牙眼，却反对报复，主张宽容的人，万勿和他接近。"

只是，沧海桑田之后，如何做父亲的难题，依然没有答案，反而更趋复杂。

想想，我们这些普通人，不都在逼着自己的孩子，成为这家那家吗？

如果仅仅如是，还简单些。

毕竟，望子成龙也是传统中国人固有的价值取向。

可怕的是，孩子本该有的纯真，却过早地被具有浓烈的意识形态色彩的教育方式所浸染。

比如，2010 年，宣武区和西城区合并，原本是北京市行政区划的一个调整举措，但调整的一个结果，是一些学校的小学二、三年级学生，却被要求写赞美新西城的儿歌！

北京市的小学生，很早就被要求自己去查询优秀模范共产党员的事迹并学习了！2011 年，海淀一所小学，三年级的学生，竟被要求撰写如何成为一名优秀的共产党员的作文！

我实在无语了。

我不知道，有几个公立学校的家长敢说不让孩子做这样的作业！反正，如果是我，我不敢。

也正是在这样的背景下，才有了 2011 年 6 月《中国周刊》这一期《我们今天如何做父亲》的封面报道。记得当时讨论选题之前，恰好又出现了五道杠新闻，更是让已为人父的我感慨万千。

"我们若观察一个孩子的生活，有时真会使我们替他抱不平。他很像是个入国未问禁的蠢汉。他的个体刚长到可以活动时，他的周围已经布满了干涉他活动的天罗地网。孩子碰着的不是一个为他方便而设下的世界，而是一个为成人们方便所布置下的园地。"

费孝通曾经在《生育制度》一书中写过这样的话。

但上述为成人方便而灌输价值观的种种，不知道那些自己有孩子的政策制定者，又做何想。

结果是一代不如一代。想起了鲁迅小说的预言，九斤老太太生的儿子是七斤。

社会何以进步？

与朋友交流，个个心怀忧虑，解决之道，要么远走他乡，要么妥协接受。

我选择了妥协，接受，让时间来矫正。

想起鲁迅当年振聋发聩的呐喊，真是哲人其萎，遗响犹在。

这是我当时主导《中国周刊》做这组选题的背景。当年杂志下厂之前，我在封面上写下了这样几句导读：

"当搀扶一位跌倒老人都需要几番考量，当最朴素普遍的道理都被颠覆的时候，面对孩子无辜的眼神，如何做父亲，尤其是一件极伟大而困苦的事。"

（2）

记得当时有同事问道，既然做的是父母如何教育孩子，文章中有父亦有母，为何用"如何做父亲"，而不用"如何做父母"？

传统中国是一个父权社会。"父亲"是父权社会的代名词。

在《中国周刊》的这组报道中，"父亲"一词属于泛指，泛指父辈对孩子进行的教育。

另外,《我们现在怎样做父亲》,是鲁迅先生的名篇,其中"父亲"概念,已成共识。而我们的同名题材,于我内心深处,也有向鲁迅先生致敬之意。

当时《我们今天如何做父亲》一组报道体的文章,包括我自己撰写的一篇《一个父亲的纠结》,实际上是一组小人物的群像,背后指向的是小人物在孩子教育问题上的喜怒哀乐,其背后的情绪,具有广泛的群众基础。

我与许多朋友就此话题进行过探讨,无论他们身为中国人,还是已经移居了美加日,他们对于如何做父亲,都有切肤之痛。

所以,话题的广泛性和关怀性,毋庸置疑。

当期杂志,美编在封面和内文都使用了张晓刚先生的画作,这些画作要表达的内涵,与本期话题的内涵,高度吻合。张晓刚先生授权《中国周刊》使用这些作品,它们让当期报道增色不少。

我的媒体生涯中,自打做杂志开始,除了专业杂志传媒,综合性杂志我从来没有把知识传播当成重点。无论在《南风窗》,还是《中国周刊》。我总是把更多精力,不厌其烦地放在了价值观传播上。

比如,《我们今天如何做父亲》这期,虽然我们也提供了成功名流的具体做法,但显然,我们要传递的不是这种具体的知识,而是他们的立场和基于立场的判断和行动。

同样,我个人在过去做媒体时,希望通过集中性的报道,强调问题的严峻性(事实上,众所周知,实际问题比能报道出来的更严重),激发公众普遍存在的情绪,引发大家更深刻的思考。毕竟,每个人面临的难题,既有相同的,更有不同的。

指望杂志的报道,提供解决方案,那是不可能的。毕竟杂志不是专家，这个问题恐怕连专家也解决不了。我身为父亲，其实也无解决之道，理性情感和亲人自己的选择总有冲突，纠结，难以下决心。

所以，媒体所能呈现的，只是对此理性的思考、反省和真诚的关切。

毕竟，这与我们每个人相关。

这些问题，也不会因为我们做了，就能解决。那是痴心妄想。所以，这才是难事，才有刻骨之痛。

鲁迅说得对，觉醒的父母"便须一面清结旧账，一面开辟新路"，"自己背着因袭的重担，肩住了黑暗的闸门，放他们到宽阔光明的地方去；此后幸福的度日，合理的做人"。

无论有多难。

（本文为《中国周刊》2011年6月号封面报道《我们今天如何做父亲》的业务总结）

小升初，一个父亲的纠结

女儿过了暑假就要上五年级了，学习成绩不坏也不算最好，属于中上。我的苦恼却日渐增多，耳边弥漫的，都是朋友关于"小升初""坑班""奥数"的劝导和指点，未经过这阵仗，我有些不知所措。

（1）

我有两个中学同学，都是事业有成，一位是跨国公司老总，一位是金融投资家，各有一个女儿，都刚经历过小升初。跨国公司老总的太太也是女强人，孩子在校成绩也很好，却从来没有上过什么课外班；金融投资家的太太专职在家带孩子，每周休息日带着孩子奔走于各种小升初"坑班""网校"。前些年聚会，投资家太太总是绘声绘色讲述各种与小升初有关的故事，形象生动，常让我们目瞪口呆。投资家同学笑称自己太太是"虎妈"。

但他太太总是批评我们太不拿孩子的未来当回事。到快小升初时，两位同学都四处托人，也有朋友给予各种建议。跨国公司老总最后是凭着自己杰出校友的面子，找了无数人，才勉强让孩子进了自己母校的附中，没去成孩子想去的学校，根本没有给孩子考试的机会。

上了"坑班""网校"的投资家的姑娘是幸运儿，最终考上了一所心仪的中学。学校招考时，200 名学生参加了目标学校的英、语、数考试，20 名获得了面试机会。面试时，老师问完家庭情况，问孩子有何特长，孩子说英语，以及参加过话剧演出。招考老师问她都演过什么，小姑娘说演过莎士比亚的《哈姆雷特》《威尼斯商人》等。老师问小姑娘，能不能背一段，小姑娘张嘴就来，一段鲍西娅的台词，折服了招考老师。小姑娘成了仅有的两名通过面试的幸运儿，省了她父亲不少心。

我的另一位好友，也算有些地位、财富，儿子成绩也很好，前不久为儿子小升初的事，放下尊严，低三下四，四处托人，费尽了心思，才算有些眉目。

当他跟我们夫妇讲述那些小升初故事的时候，看我漠然无关的样子，气得直说"你们家朱学东啥都不知道，简直就像头蠢猪一样，将来有得你们受"。

（2）

我们家孩子的作业都是她自己做，我们基本不管。偶尔看看，还常与孩子发生冲突，最厉害的是那次关于"林荫道"的，丫头写成"林阴道"，我固执地认为错了，孩子委屈地说语文课本就是那样写的，后来我才知道，原来是我落伍了，没跟上语文革命的时代，委屈了孩子。这次冤假错案，吓得我更不敢辅导孩子了。

我也带孩子上各种班，画画、练琴、游泳等。但没有一个是我们要给孩子报的，都是孩子受诱导后，回家提出要学的。

我对于孩子的这种要求，也认同。我出身农家，自小没有条件机会，也没有这方面的修养，如今孩子想学，我也觉得，在语言文字之外，学着用声音、色彩表达自己对世界的看法，多好。我只有一种要求：自愿，可以不参加考级不成为行家里手，但不得半途而废。我说，这是韧性的训练。

但身边那些各种学习班的故事听多了，我也难免心动。去年在犹豫是否也让孩子上什么奥数、"坑班"时，北京市下发了一个通知，大意是不准再让奥数、"坑班"、"网校"与小升初挂钩。有许多北京有名的中学，都随之公开表白，坚决执行有关政策规定。

"季布无二诺，侯嬴重一言。"我这个人容易相信人，尤其相信光天化日下白纸黑字公开的承诺。既如此，我跟太太商量，就不让孩子上那样的班了。

"你们怎么就这么傻啊，这话也能信？"投资家的太太"虎妈"听说我们的决定，直怪我们，劝我们改弦易辙，以免误了孩子。

但我们还是决定相信政府、相信学校公开的承诺。一开始，奥数、"坑班"似乎偃旗息鼓了。我们觉得自己的选择颇为明智，孩子在家干喜欢的事，心宽体胖了。

然而，很快，奥数、"坑班"、"网校"又似星星之火，势不可当了。身边朋友邻居的孩子，都进了奥数什么之类的班。

虽然我依然坚持不让孩子上这样的班，但我忍不住给孩子念叨，要好好学习，将来考个好学校。

平常我们聚会，都带着孩子，孩子听我们讲多了，自然也知道一鳞半爪，心思也重了。

有一天，孩子问我："爸爸，将来我跟您当校友怎么样？"

我玩笑着回说："好啊。那你就要努力学习，争取考上人大附中，考上人大附中，就是今天学习不努力，明天也直接进'隔壁'了。爸爸可没钱没势，全要靠我们自己努力。"

"人大附中这么难考吗？"孩子沉思后突然问我，"爸爸，要是我自己考上了人大附中怎么说？能给我买个平板电脑吗？"

我感动得差点掉下眼泪："什么平板电脑，买，最好的。你想去哪儿就去哪儿，想要什么就买什么，只要爸爸能办到。"

孩子看我回答得如此干脆激动，有些迟疑了："那万一考不上人大附中，考个四中、八中之类的，行吗？"

"行！都一样！"

现在看来，这简直是一对傻瓜父女的对话——北京早就取消了小升初的统一考试，考名校只能偷偷摸摸进行，且要提前上名校组织的"坑班"，丫头没上过"坑班"，几乎连考试的机会都没有。

（3）

我是一个传统得有些野蛮的父亲，但一直没有在学习成绩上逼过孩子。

我只是希望，孩子在学校里能够受到正常的教育，不仅有分数，还有知识；不仅有知识，更有人格。

但是，我清楚，我们的学校，虽然也很努力，但这方面的缺陷很多。比如，关于爱的教育，关于人性向善的教育，远远不够。我也是从我家孩子的身上，学到了如何让孩子补上这一课的。

孩子大概6岁时，从书架上找了一本《汤姆叔叔的小屋》，让她妈妈读给她听。我认为这书不适合孩子，但她非要她妈妈读，读了几天后，还跟我提问书中的问题。虽然我认为她这个年纪本该是读童话故事的，但我突然间感到，能够在这个年纪接触这样的书，于她也许是个好事，书里所描述的那些感伤的残酷的场面，以及闪耀的爱可以战胜奴役的故事，也许会因此而埋藏在她心灵深处。

在一个浮躁且竞争残酷的现实世界里，读书是非常奢侈的，尤其是小说，更何况是经典小说。也许她长大后再也没有机会去读这些书了。

也就是从孩子听《汤姆叔叔的小屋》起，我开始逐渐向孩子推荐那些世界名著，那些关于人道人性，关于自然的书，我送了一套全新的世界名著给丫头，鼓励她在课外阅读。

甚至，我说，当你在上中学之前，把这一套几十本世界名著都读完了，上哪个中学都行，因为，你会从中学会爱，学会关怀，学会尊重，学会同情，学会勇敢，学会一个人应该具有的品格，以及懂得如何有尊严地去面对挑战和苦难。

我一直像生活在乌托邦里，用自认为合适的方法"逼迫"孩子，而不是考试的方法。后来在各种公开场合和私下场合，我也不断地传播自己的"谬论"。

太太也听了许多小升初的传奇故事，但常不服气，难道不上重点中学就不行了？我清楚，不是不行，但是有差别。就像我和我弟弟一样，我们在同一所小学，到他上中学，划片到另一公社的中学，那个中学比我的中学差许多，社会身份的差异由此种下。

如今听多了、看多了小升初的残酷荒唐的故事，虽然扭曲人性、浪费钱财，但我们都只有一个孩子，在这个残酷的不拼爹便拼孩子的非常态世界里，既然不能选择逃离，那也只好硬着头皮去努力，谁都大意不起。即便是我逼迫孩子读书的方法，某种意义上其实也是一种剑走偏锋的路子。

我不知道，面对越来越大的小升初压力，我是否还能挺住。

（本文原载于《中国周刊》2013年9月号）

《教师月刊》访谈：
找到抗衡人性之恶的力量

（1）我终于有比较充分的时间跟孩子在一起

《教师月刊》 朱老师您好！您离开《中国周刊》总编辑任上已有一段时间了，不过似乎还是很忙，出游、讲学、写作，一点也没有"赋闲"的意思。

朱学东 可能停不下来吧。不过一点变化是明显的，那就是有更多的时间陪孩子。这是我做了父亲以后最大的成就：终于有比较充裕的时间跟孩子在一起。所以我说，我现在最大的任务，就是在学校教育之外，尽一个父亲的教育责任，跟学校争夺孩子。

《教师月刊》 为什么说是"争夺"？

朱学东 这听起来有点刺耳，但确实是争夺。你不用力抓住，再用力往回拉，孩子就被那个无所不能的考试机器卷进去了。我不是说学校不好，教师不好，我的意思是，考试的指挥棒给孩子带来的伤害太大了。在这个指挥棒下，学校的教学基本上成为一种控制，一种逼迫。

孩子回家最重要的事情就是写作业。那些作业不是重复训练就是过早训练，孩子自由活动的时间，游戏的时间，发呆的时间，都被剥夺了。我家丫头，有一次作业竟打印了 30 多张 A4 纸。你说，这么多的作业，长年累月的，有多少是对学习、对人生真正有用的？我们的孩子都很听话，一般都会认真完成，这得付出多大的代价啊！

我的家庭还稍微过得去，你看我要给孩子准备多少"学习设备"？打印机、复印机等。那些家庭条件不好的孩子，就可能被学校的种种"要求"给排斥掉了。

《教师月刊》　我曾经听一个朋友说过，他的孩子一回家，第一件事情就是取出作业本开始忙活，而不是先跟爸爸妈妈问个好，孩子来不及、顾不上。

朱学东　现在的孩子，从小就有一种作业的焦虑、考试的焦虑、分数的焦虑。我家丫头告诉我，她的成绩在班里不算高。我跟她说没关系，因为小学生考 98 分跟考 96 分没啥差别，不必放在心上。还好，她听进去了。

《教师月刊》　您以什么样的方式去"争夺"？

朱学东　主要就是跟孩子分享我的学习心得、成长心得，用自己的经验告诉孩子，学习有很多种方式，成长有很多种途径。还有很重要的事情是，引导她看更多的书，培养阅读的习惯。读书不是为了增加知识，囫囵吞枣也没有关系。对于人生来说，阅读就是播撒种子，合适的时候总有一些种子会萌芽。

今天吃午饭的时候，我们父女俩还一起探讨了打小报告的话题。丫头告诉我，她们班有个同学，带了手机上学，忘了关声音，课间休息时，去上洗手间，手机响了，有同学报告了老师，结果手机被老师没收了。丫头说，我才不报告呢，我上次看到同学带了，就提醒他小心藏好，不要玩。我夸赞她做得对，打小报告是个特别不好的习性。我说学校有规定不许带手机，你带了是不对，但打小报告的人更不对，私下提醒在学校别玩才是对的。

还有什么比这更好？我的女儿，对身边的人和物都心怀善意。

《教师月刊》 您自称现在是"失业的老汉"，其实是专职的父亲。我觉得这个"职业"更好，至少对您的孩子来说。

朱学东 我经常跟丫头讲，父母的知识和经验会为你挡阻人生的风浪，减少人生的险情。这个道理，她慢慢地在懂。

《教师月刊》 您教过孩子写作文吗？

朱学东 很惭愧。我的丫头不相信我。她说自己写可以得七八十分，按爸爸说的写估计不及格。

《教师月刊》 您主要让孩子读什么样的书？

朱学东 大体上说，就是书中要有爱的教育，有人性的教育，有不同的人物命运。

我鼓励孩子读欧洲文艺复兴以后的作品，它们中有人性的复苏、有人道主义的元素。当然，还有像《诗经》这样的文本，其他唯美的文本。

（2）为了职业的阅读

《教师月刊》 近些年您似乎特别关注西方自由主义的东西，读了很多西方自由主义的著作。

朱学东 应该说既是职业的需要，更是自我思考的需要，是有意识的阅读，主要是以赛亚·伯林的书。

此前做《中国周刊》，我提出一个理念，就是"触摸活的中国"。如何把这个理念转化为实实在在的杂志内容？作为总编辑，我需要各种理论支撑，包括社会学、经济学、法学、政治学等，从中找到分析当下中国问题的框架、方法、工具，同时转化为自己的判断。当然，我们只能"触摸"，触摸人的命运和社会的真相，但很难深入多少。

《教师月刊》　为什么主要选择西方学者的理论？

朱学东　我的个人感受是，西方的理论，西方学者的研究，有足够的实证支持，观点、结论比较可靠。

《教师月刊》　这是不是同时意味着您对中国本土理论研究的失望？

朱学东　当代中国缺乏原创性的思想，除了费孝通。

《教师月刊》　李泽厚呢？

朱学东　李泽厚先生曾经是我的思想导师，当年他的《美的历程》《中国近代思想史论》《中国现代思想史论》等，都对我产生了深刻影响。近些年他的书，我没有读。但思想导师是一辈子的。

《教师月刊》　为了职业的阅读，因阅读而不断拓展职业的宽度、提升职业的高度，让职业与阅读水乳交融、相得益彰。在这个方面，您可以说是典范。很多年轻的媒体从业者，都尊您为导师。我相信，这一定跟您的这个"读书人"的职业态度有关。

朱学东　我要感谢这些年轻朋友的信任。我不是作为学者的那种阅读，不是为了研究的阅读。另外，我不能读原著，只能读译本，这是很遗憾的。比如普鲁斯特的《阅读的时光》，中文版译自法文，译得不好，但我只能看这个。这是我们这一代人的先天不足：英语基础太差。

（3）我愿意为未来社会的更加美好而努力

《教师月刊》　您在一些博文中提到中小学生活，对于当年的老师，您总是用那种比较温情的笔触。

朱学东　《中国周刊》曾经做过一个清华专题，在那一期的卷首语《大学何为》中我说道，我求学时代的老师，知识水平、文化视野，自然无法和现在的老师比，但他们没有功利之心，有真正的言传身教的力量。对于我的大、中、小学老师，我一直心怀感恩。

《教师月刊》　您的心目中是否有一个好教师的形象？

朱学东　我觉得，最关键的是要有一颗真诚的心，对自己真诚，对学生真诚，对真理真诚，对事业真诚。具体说来，"师范"二字是最合适的解释，学为师，行为范，就是通过言传身教，教授有用的知识，培养健康的人格，渗透积极的情感，然后促进知识、人格、情感转化为成长的力量，推动社会进步的力量。

《教师月刊》　我可不可以这样理解：好教师是推动社会进步的重要力量？或者说，好教师的人生是围绕促进人的成长、促进社会进步而展开的？

朱学东　对的，我不是教师，但作为一个父亲，作为一个媒体研究者，我有两个人生维度，一个是我愿意为未来社会的更加美好而努力，一个是我必须为孩子未来的幸福而努力。

《教师月刊》　这两个人生维度，应该是对自己人生的长期反思之后而逐渐明晰的吧？

朱学东　是的。我出生在20世纪60年代江南的一个普通农家。那个年代，中国人尤其是农民，哪怕身在鱼米之乡，哪怕非常勤劳，也难逃困顿的生活。即使是这样，我的父母对我们兄弟的教育，依然是"勤劳能够改变命运"。虽然，勤劳一辈子的他们，命运并无多大改变，但老人们至今仍然持守着自己的人生信仰。毫无疑问，父母顽固的信条深深地影响了我。

天道酬勤，自此深深地烙在了我的心里。但是，彼时我对天道酬勤的理解，还流于表面。因为我还不能理解，我的父辈如此勤劳，却不能过上优裕的生活，一定是哪儿出了问题。

我离开体制后做媒体，从北到南，从南到北，在政治和市场夹缝中的经历和努力，让我渐渐地把对天道酬勤的理解，更多地指向一种建设性的努力，而不仅仅是与个体、事功关联。

我之理解，勤勉之余，更要在这个时代允许的空间里，认真做好自己有能力做好和应该做好的每一件事，而不把自己应该承担的责任推给社会之恶，更不因社会之恶而放弃努力，随波逐流。我时时惕厉自己，也经常提醒我的朋友，纵使千万人堕落，也不是自己堕落的理由；哪怕是在螺蛳壳里，也要有一颗做道场的心。

我很喜欢一句话"用创造对抗破坏，尽管规模很寒碜，但终究有所作为"。这是被苏俄放逐的俄罗斯文学家奥索尔金在回忆过去岁月时的感慨，也是对"天道酬勤"的另一种解读。现在我失业了，我把这句话印在名片上，就像用一首诗激励自己。

《教师月刊》　说实在话，刚才您的这番话，听起来有点悲怆。

朱学东　这么多年做媒体，我觉得自己越来越孤单，世界越来越陌生。当年批判的问题，现在更严重；当年是个案，现在成普遍现象；当年呼吁的事情，现在依然要呼吁，而呼应的人却越来越少。

个人的觉醒和担当，当然很重要，但如果这个社会的进步只是靠个人的努力，而不是由制度性的力量推动，那是很可悲的事情，也是无法持久的。

每个人身上都有一个魔鬼，这个魔鬼一直蠢蠢欲动。谁敢说，我管得住这个魔鬼呢？

《教师月刊》　对于普通老百姓来说，遭遇不公的时候，这个魔鬼最容易跑出来。比如，你的亲人受到伤害但没有得到应有的赔偿，你的"复仇"之心可能就出来了。

朱学东　现在我每天早晚都会抄诗，我称为晨课、晚课，除为了与人分享我的阅读与发现外，还为了锁住心中的"魔鬼"。

《教师月刊》　我发现，您的晨课以现代诗为主，而晚课则以古典文化为主，如《诗经》《楚辞》。是有意为之吧？

朱学东　是的，为了有一个平衡，避免自己钻进牛角尖。

《教师月刊》　不管在北京，还是出游在外，您基本上都坚持每天暴走，这是很考验人的毅力的。

朱学东　为什么每天暴走？我曾经说过，一是为了陪女儿成长，二是为了和那些坏的东西比寿命。

《教师月刊》　这么多年，您一直在写"流水账"，每日一篇，一两千字，事无巨细，坚持不懈。大凡聚餐、喝酒、出游、沙龙，乃至家长里短，在您的笔下都显露无遗，几乎就是自我曝光。我也注意到，"感谢"一词出现得尤为频繁。

朱学东　确实如此。家人、朋友、同事、行业前辈，有太多我应该感谢的人。活在当下，把日常生活当作自己的殿堂，当作自己的宗教。这是纪伯伦对我的教导。

《教师月刊》　我觉得您是一个特别怀旧的人。

朱学东　前不久我出版了《江南旧闻录》一书，主要是写那些已经失去、正在失去的东西。丫头看到这本书，表示疑问：我们老家真有这些东西？我跟她说，你没有在爸爸游过的那条河里游过泳。你说，那么多东西没了，它还是我的故乡吗？它不过是一个"物理的故乡"罢了。

前不久《生活月刊》杂志要做一个地方文化册子，约我写一篇，说是要以"江南名士"的身份。我写了一篇叫《碧水青天是故乡》的小文章，我说只有碧水青天才能养育我的灵魂，呵护传统之美。水清则灵，水清则有淳朴的民风。现在这样的环境，灵魂怎么可能干净？人们怎么可能心平气和地做事情？

《教师月刊》 对于以后的生活，您有什么打算吗？比如回到大学教书，或者重新做媒体？

朱学东 我本来就是浙江传媒学院的兼职老师，每年都会去一些高校讲学。离开《中国周刊》以后，确实有一些大学找过我。不管以后从事什么职业，或者不做什么职业，我都要做一件事情，就是收几个弟子，主要讲怎么做一份优秀的媒体，跟年轻人分享我的经验和思考。我相信，影响的人越多，社会、未来越有希望。这个社会，诱惑太多，商业、技术的诱惑太多，我想以合适的方式，以足够的内容，守住自己，守住一生。

（本文原载于《教师月刊》2014年11月号，感谢林茶居老师）

人性良善，阅读之基

孩子的阅读教育，对于我们这样的父母来说，自然是念兹在兹的。尤其是像我这样的人，出生于乡村，幼时很难有正规阅读教育，一路走来，常有遗憾。自己有了孩子之后，自然希望能让孩子一开始就有良好的阅读接触，这既有望子成龙的期待，也暗合追偿之意。

（1）爱上《汤姆叔叔的小屋》

我要孩子比较晚，自然比较宠爱。不过，在对孩子最初的阅读培养上，我与大多数中国父母一样，总是从中国古诗开始。

我最初给她翻弄的，是中华书局 20 世纪 90 年代后期出版的《千家诗》选本，小薄册。彼时我在广州工作，丫头和她妈妈在北京，小姑娘没有认真读，她妈妈没有认真教，我也没有认真督促。

我一开始就在孩子的房间摆放了一个书架，书架上摆满了各种读物，从小孩常读的古诗词，到各种童话、图画书，动植物的图书，以及一些中外文学名著。其中一套全新的广州出版社出版的世界文学经典名著，是我蚂蚁搬家一样从广州带回北京的，这套书当时就摆在了孩子的书架上。我跟她妈妈说，这套书就送给孩子做礼物，等她长大一些，慢慢阅读，读完这套书，会对她的人格和对世界的理解有很大帮助。"耳濡目染"，我一直坚信这个词。

2008 年 11 月中旬，我回北京，太太告诉我，她现在每周晚上睡觉前，要抽时间给孩子读一段《汤姆叔叔的小屋》！

　　我很惊讶。当时丫头才 6 岁，我觉得她这个年纪听这个小说还太早，听不懂，还不烦死她？应该给她朗读古诗词，让她跟着朗读就行。我试图纠正太太的做法。

　　太太笑着跟我说，还不是因为我在孩子房间的书架上摆了这些书，她自己随手挑了一本，都不知道什么意思，就缠着太太读给她听，结果还很喜欢，每天睡觉前都惦记着要太太读给她。

　　我确实很意外。她这个年纪，更应该听些童话之类啊。

　　尽管我在孩子书架上摆放了这套书，也希望她能有机会去读，但在内心深处，我并没有刻意指望孩子今后也会像我一样认真阅读这些经典作品。我一直认为，一代人有一代人的命运，在启蒙的时代，这些经典作品曾经对我及我的同辈、前辈产生过深刻的影响，但现在生活方式等许多方面发生了颠覆性的变化，我们那种主要从图书中汲取养料被启蒙的方式，在今天也发生了变化。甚至，我想过，也许，对于丫头这一代人而言，《战争与和平》《红楼梦》这样的作品，可能只会作为知识的显示出现在考试卷子上，或者通过影视作品知道这些经典的故事梗概。

　　但即便这样，我也并不悲观。每一时代启蒙都有自己的表现方式。没有了这些经典，他们会有《狮子王》《宝莲灯》等等。通过这些，他们也能接受我们必须通过图书理解的价值观。

　　所以，当我听说丫头竟然每晚睡觉前要她妈妈读一段《汤姆叔叔的小屋》时，我的心里，真叫意外之惊喜。

　　一年之后的 8 月，彼时我已经回到了北京，我的日志里，记录了父女俩曾经有过的一段关于《汤姆叔叔的小屋》的对话，主要是孩子问我《汤姆叔叔的小屋》里，主人公有哪些的。

　　我确实记不得了，结果孩子嘲笑我之后，扳着手指一个个数过去："我告诉您吧，除了汤姆叔叔，还有谢尔比，还有哈利、伊娃……还有奴隶贩子，哎，爸爸，什么是奴隶贩子？"

我很奇怪，快一年了，尽管《汤姆叔叔的小屋》还没读完，但孩子竟然兴致没减！

我在当天的日志里写下这样一段感慨："在一个浮躁而残酷竞争的现实世界里，读书是非常奢侈的，尤其是小说，更何况是老小说。也许她今后再也没有机会去读这些书了。

"不过也好，这本书里，所描述的感伤的残酷的场面，以及闪耀的爱可以战胜奴役的内涵，也许会因此而埋藏于她心灵深处。"

（2）不赞成过早读中国经典小说

正是丫头对《汤姆叔叔的小屋》的追捧，让我开始认真地思考，如何引导孩子阅读经典小说的问题。

我后来在引导孩子阅读的时候，曾经希望陪她一起重读那些经典小说，惜我为稻粱谋在外奔波，不能坚持，于是只好退而求其次，引导她自己读。当然，我希望她读我在她书架上摆放的那些书。

孩子上小学认字多后，开始自己在书架上挑书了。有一次，她抽了本《少年维特之烦恼》，因为"少年"两个字吸引了她，我不建议她读，因为不太适合她。结果，有一次我出差回来，她满不在乎地跟我说，《少年维特之烦恼》她读完了，没什么嘛，不明白我为什么不让她读。

我有次推荐她读《麦田里的守望者》，她拿着书跑来问我：爸爸，您真的确定推荐我读这本书？您读过这本书吗？这本书里可全是逃学、骂脏话的哦。

我告诉满脸疑惑的她，我读过，我书架上还有塞林格女儿写的回忆录呢。这本书刚出来的时候，美国的家长们都恼了，但是，哪个孩子成长过程没有经历过这样的反叛期？我小时候也经历过，不过没那么厉害。我们小时候，祖父母、父母都是我们的守望者，今天我们也是孩子的守望者。

很多朋友奇怪，我几乎从来没有谈起向孩子推荐阅读中国经典的四大名著。事实上，我的孩子只读过《西游记》，以及课本里选编的《红楼梦》和《水浒传》的段落。她也不喜欢读《水浒传》。

我一直反对在孩子未懂事之前过早让孩子读这几本中国的经典名著。前些年我在许多公开场合表达过这个观点。很多人不同意我的观点，撰文批判我。

我个人认为中国的所谓的四大名著里，尽管对人性世事刻画得非常深刻，但是，反映的大多是人性不好甚至恶的一面，无论是《水浒传》《三国演义》，还是《红楼梦》，到处充满着机心，缺少人性向善的东西，恶的东西太多，又没有与之抗衡的力量、与之抗衡的另外一面，小孩子不懂辨识，但记性好，容易误入歧途。

这是一个父亲的担心。我希望孩子在书中读到的，不只是描述用词的形象精当，她还要通过书中不同人物的命运，接受爱的教育，人性良善的教育。

我希望能够找到与"英雄之恶""有才之恶"抗衡的力量。这种抗衡的力量是什么？像《简·爱》《呼啸山庄》，里面虽然也有残酷的命运，但同时包含人性的光辉，两者形成一种相互抗衡的张力。

所以我鼓励孩子读欧洲文艺复兴以后的作品，它们中有人性的复苏、有人道主义的元素。当然，还有像《诗经》这样的经典，既有未压抑的人性，也有山水草木之美，也有规矩。我从不反对她读古诗，比如说古诗十九首，首首是好作品；比如说唐朝的那些伟大的诗人，尤其写的山水篇章，很有想象力。山水是自然性，自然性跟我们人性是相通的，当然还有其他唯美的文本，都很适合孩子读。

我后来常跟孩子说，她书架上和我书房里的书，随便她乱翻，只要她喜欢。我从来不担心这是浪费时间，人总得经历一个"乱翻书"的阶段。我小时候也有过这么一个阶段，乱翻书，读各种在大人眼里无用的书。正是那些"无用"之书，构成了我们人生的底色。

这是一个与社会、与学校"争夺"孩子的战斗。

当然，这种阅读孩子也会有挫败感。去年年底她在书架上选了本陀思妥耶夫斯基的小说《罪与罚》，我劝她不要读，读不下去的，她没听，结果，当晚就把书扔了，气呼呼地说，一个名字也记不住。

从此，她的兴趣被电视综艺节目所吸引，再也没有回头，因为她身边的同学都在看这些综艺节目，这是她们的话题、她们的生活。

我很有些无奈。但我相信，书房里和她书架上堆放的图书，她读过的那些图书，最终还是会改变她。

就像我最近问她读过的书里最喜欢哪6本时，她认真地扳着手指跟我盘点：《简·爱》《小妇人》《格兰特船长的儿女》《汤姆·索亚历险记》《小王子》《我是猫》。

我问她喜欢的理由，丫头理直气壮地回答我：喜欢一个东西不需要任何理由。

2016-06

我靠什么来清除传统四大名著的遗毒

　　去年六一前后，我给腾讯大家写过一篇文章，《我为什么不希望自己孩子过早读四大名著和中国的儿童文学》（腾讯大家发表时把题目改成了《为什么孩子不该过早读四大名著》）。文章发表后，就像捅了马蜂窝，不，掘了一些人的祖坟，遂陷我于一片"围剿"痛骂之中。其中不乏所谓名流大腕学者，甚至有人这样批我"走了李洪林，来了朱学东"——李洪林先生在20世纪80年代就是我尊敬的前辈、学者，在"文革"后首倡"读书无禁区"——批判者以此命题，其心昭昭。可惜，我读了当时部分所谓名流学者的批判文章，只能叹息一声，确实可以看出中毒至深。

　　在过去一年中，这篇文章经常被翻拣出来，最温和的探讨是，朱老师，你不也是读四大名著成长的，你不也好好的吗？确实。但今天我就想专文来讲讲，我个人是如何摆脱四大名著之遗毒的。

　　在《为什么孩子不该过早读四大名著》一文中，我谈到了四大名著真正之遗毒：在被政治封闭的阅读环境中，由政治推崇的四大名著，在形塑当代中国人性格方面居功至伟——暴戾乖僻，阿谀强者，怒凌弱者，为己私利，钩心斗角，机关算尽，成则骄横跋扈，败则悲悲戚戚……如果非要说正面一点，除了有限的人物故事，绝大部分所谓讲义气拔刀相助，不过就是卖法市恩，拉帮结派。人性之肮脏不堪，还被津津乐道，四大名著几乎就是大全，无出其右者。

　　小时候读这样的书成长起来的人，很难不受影响，至于这种影

233

响是直接发酵，还是潜移默化，各人造化，当然，在一个外在压力比如法律等愈益严苛的时代，这种性格形塑的影响，常常被压抑住，伪装起来，但总是会择机选择宣泄。

微博上曾经有一个广为流传的故事：传早年某某人与友人在石家庄一个洗浴城，被敲竹杠，某某人身份特殊，随即招来一群特别人员，把洗浴城砸了。故事流传，微博上一片叫好鼓掌声……

这个故事真假不论，其宣泄的情绪却有着巨大的隐喻。第一，以事主身份之尊荣国家之干臣，遇事不能循法处置，而是唤来辖下儿郎行私刑，这并不少见。但纵使鲁智深拳打镇关西时，最多也就是骂镇关西以平民而妄称镇关西，自己也没有以提辖身份唤来手下儿郎帮忙，而是靠一双拳头行了私刑。倒是高太尉，要绝灭林冲，派了陆谦这个虞候出马，算是动了手下儿郎行私刑。第二，围观群众一片欢腾，认为惩处恶霸，大快人心，全忘了这不是为正义、为公序良俗，而是简单的泄愤，是一种权势与另一种权势的情绪利益对决，而且这种对决泄愤，甚至传说动用了不该动用的力量，这更可怕，但围观群众只知道叫好。

权势人物一怒，法治正义便形同虚设。

我每每看到这样的故事，心里就瓦凉瓦凉的。没有是非，只有情绪宣泄，力量是唯一解决之道。

四大名著面世后，古人接触到所谓四大名著的机会其实并不多，即使接触到了，他们还有更经典的传统价值伦理的熏陶，如儒家的经典著作，这些都会对冲、抵消所谓四大名著这样的作品带来的价值观的震荡。恰恰是到了现代，在当年举国推广四大名著的时候，并没有什么有伦理价值的书籍可以与之抗衡，实现对冲、抵消；相反，革命和阶级斗争，更强化了四大名著中斗的一面，并赋予诸多不道德的东西。在这样封闭的环境里滋养出来的人，包括我，又怎会缺少暴戾践踏法治之气！

本质上，我属于比较幸运的一代人，当四大名著还未来得及真正生根的时候，我们的世界一点点开放了，我们开始接触到了四大名著和阶级斗争之外更多的世界，接触更多的传统经典和世界名著，世界在我的面前打开了一扇窗，四大名著不再是唯一的指引，只是万花丛中的数株而已。

从高中时代尤其是大学时代开始，大量阅读带有现代文明价值的作品，从欧美的小说、诗歌到理论著作，到影视作品，那种建立在近代物理学基础上的关于人道主义的作品，给我打开了通往真正的人的世界，这些作品，无论是对人性黑暗的探索，还是对人性良善的褒扬（《俄罗斯的良心——索尔仁尼琴传》里谈到俄苏时期为何会形成一个世界文化的奇迹时说得非常精当：因为这个时期的俄苏文学艺术作品，具有"普世的德行"，与之相对应的，其实是我们的所谓名著，缺乏人的基本德行），逐渐让我从由四大名著和阶级斗争构建的世界中走了出来，觉今是而昨非，心灵和智慧都得到了洗涤。

但是，这一过程，从来都不是一帆风顺的，小时候被四大名著影响的心灵，尤其是暴戾的一面，时不时地会冒出来袭扰自己，因为外部有太多适合它闯出来的气候环境。所以，那些说我自小读四大名著也没见变多坏的人，是没有看到我为镇压内心深处的黑暗所付出的努力和代价——我曾经在社交媒体上表达过，我是靠读书、靠强制性的早晚课、暴走、写字等外在性的努力，靠自己精神上的形而上的追求，努力压制内心的魔鬼冲动的。没有这种强大的自我克制、自我努力，也许，我也会变成一个冲动的魔鬼。

我并不反对阅读所谓四大名著，我反对的是过早让不懂事的孩子去阅读所谓四大名著。我们都应该庆幸的是，今天孩子的生活中，不仅有四大名著，更有各种经典作品，这些真正的带着人道、人性光辉的经典作品，对于我们的孩子确立悲悯心、是非观、公平正义、权利义务等现代文明的观念，以及现代的审美情趣，才是最重要的。

至于是不是中国经典，一点都不重要。

2017-6

"陪写作业陪出心梗"，到底哪儿出了问题

最近有两件与孩子教育相关的事在网上特别火。一个是《当小学生遇见苏轼》，说的是清华附小学生的大数据苏轼研究；另一个则是一条近乎段子的跟帖，一个家长在一篇谈家庭辅导的文章下留言："陪儿子写作业到五年级，然后心梗住院了，做了两个支架，想来想去命重要，作业什么的就顺其自然吧。"

这两个看似不相干的红遍网络的事件，其实背后有着高度的相关性，亦即孩子的家庭作业以及父母在孩子的家庭作业中扮演的角色。清华附小的作业中，不少地方都有"爸爸"的影子，这其实是另一种家庭作业里的父母形象，不过相较"陪作业到心梗住院"的背运父母，似乎还是让人羡慕的成功典范。

如今孩子的家庭作业，是所有中国父母挥之不去的创痛，身为父亲的我，内心的痛恨，几乎无以复加。

学校布置家庭作业，本来也很正常，我们小时候也有。但是，如今学校布置的家庭作业，不仅数量巨大（我孩子小学时，放学回家做作业，常做到将近午夜，叫她别做了，不交作业，她又不敢，一边哭一边写），而且要求古怪，微信布置，督促家长。如今的家庭，更是没有打印机都不行；有些作业，简直哭笑不得——像统一要求学生看《开学第一课》这样的电视节目都是小儿科了，前些年海淀区一小学竟然要求小学生作文写如何做一个合格的共产党员，而武汉幼儿园的孩子，还要背社会主义核心价值观！

这样的环境下，孩子的父母不抑郁，该有多坚强的神经！

许是我工作忙乱的缘故，我几乎没有陪孩子做过作业。孩子过去跟她姥姥说怕写作文，她姥姥跟孩子说："你爸写文章不是挺好的吗，为什么不问你爸？"丫头回答说："写作文要是听了我爸的，我都得不到高分。"我最初告诉孩子写作文，要写真情实感，后来才明白，如今语文教育中，大多是模式化的作文要求，是矫揉造作，而不是真情实感。诚实作文，确实很难得高分。但我提醒孩子，在漫长的人生中，她会遇到很多老师，这种写作文的方式，只会在特定阶段存在，不会跟随你一辈子，跟随你一辈子的，是诚实做人和作文，这样写的文章，才能真正宣泄自己的情感，并引发共鸣。

在类似的冲突之后，丫头再也没有找我辅导过，我也没有机会辅导她。直到去年，鲍勃·迪伦获诺贝尔文学奖，她主动问我鲍勃·迪伦是谁，又说《三国演义》她看不懂，让我简单给她做了介绍和梳理，她还挺高兴。

这些年来，除了孩子主动找我问（我也跟她说过，有问题可以问我），我们几乎没有陪孩子做过作业，更少辅导她写作业——很多东西，我们也遗忘了，尤其是数理化方面，她的作业多是她自己完成，我们所做的，就是签字。我一直跟她说，作业和考试都不是最重要的。小学的时候，考85分和100分有差别吗？当然，在绝大多数人眼中，有，在许多地方几分或许就会改变一个人的命运。但我并不多看重，从小学到现在，我从来没有问过孩子考试成绩，她也很少告诉我。我觉得考试成绩过得去就行，我更希望培养孩子健全的人格，我们会在与孩子的日常交流中跟她分享我们对于世界的理解，向她推荐一些书，但也从没强迫她阅读。

当清华附小炫耀自己学生的"成就"时，当父母哀叹陪孩子做作业陪出心梗时，我想到的是，为什么家长要陪孩子做作业？辅导孩子写作业，难道不是学校教师的责任，怎么就成了家长的责任？怎么教学相长最后变成了家庭内部的事？我真的不明白。

我小时候上学，也有家庭作业，我的父母从来就没有辅导过我一次作业，他们都挣扎着养家糊口，母亲又近乎文盲，她怎么能辅导我的作业？我的父母所给我的最大的教育，就是以身示范做一个诚实善良的好人，像他们一样。当然，我父母在极其艰难的环境中，为给我提供学习的机会，像那些受过良好教育的家长一样，从来没有犹豫迟疑过。有一点我一直很庆幸，小时候虽然困苦闭塞，但我们就像被放养的野孩子，是在自然中成长，与蓝天大地万物为伴，这种馈赠，今天很多人是无法想象的。

除了教育体制的异化，学校教师转嫁责任，其实绝大部分家长也在积极为这种异化添砖加瓦。

有朋友说我，像我们这样"不管不顾"会耽误孩子，毕竟优质资源有限，现在不抓紧帮孩子辅导补课，让孩子输在了起跑线上，将来孩子长大成人会责怪父母"不负责任"的。我觉得这种思路，还是旧式科举思维的余孽，就像范进为中举所付出的努力。

我跟孩子说，我从来没有讨厌过做作业，孩子反击说，那是因为我怕待在农村。她反击得对。我告诉过她，我们那个时候，苦读既不是兴趣爱好（我们甚至不知道自己的兴趣爱好和真正的天赋是什么），也没有远大理想，更不是为中华崛起而读书，最大的理想就是考大学。所以，恢复高考后，我们这一代农村出身读书的孩子都不是代表自己一个人，而是承担着全家的期待。

但是，现在跟过去大不一样了。我的孩子不用再追求"皇粮"了，也不会再忍饥挨饿了。

清华、北大又如何？常春藤又如何？如果没有兴趣和热爱，最好的大学出来，也不过就是"职场狗"。我不希望我的孩子变成这样的人，我希望她能成为热爱生活的普通人。这个问题，我跟许多同龄朋友讨论过，大家都认可，却难以抗拒社会的压力。

我的孩子，如今再也不用像她父亲当年一样背负着自己考上大学全家就有希望的重负，她不需要因此而埋没自己的兴趣（我很高兴我的孩子找到了自己的兴趣爱好，她能够一坐4小时，心无旁骛专注于自己的兴趣），不需要像她父亲当年一样，花费很多时间专门应付考试，考完即忘。我希望我的孩子接受的是正常的常识教育，而非其他附着。她长大成人后只需要为自己生活，为自己的兴趣和热爱努力。我相信这样的生活，在我的孩子这一代一定能够成为现实。我自己是经过相当长的职业生涯后才找到自己热爱的事业的，并通过自我努力让自己成为这一行的佼佼者。这也是我不在乎她的作业、她的考试的原因。这是她的幸运。这也是生活的真谛。

还是鲁迅在《我们现在怎样做父亲》一文中说的："没有法，便只能先从觉醒的人开手，各自解放了自己的孩子。自己背着因袭的重担，肩住了黑暗的闸门，放他们到宽阔光明的地方去；此后幸福的度日，合理的做人。"

如果将来孩子要责怪，那是我们的失败，也只能随她去。命运最终都是自己选择的。

2017-10-23

我们那个年代怎么给老师干活

西安交通大学药理学博士生跳楼自杀身亡，是最近发生并且引爆了舆论的一起悲剧性事件。在早先的相关报道中，对于该博士生导师日常差遣学生为自己干私活的描述，更是引发了舆论的声讨，甚至上升到声讨导师将学生视为"家奴"。

西安交通大学于1月8日成立了专项调查组，对该博士生女友发帖反映的问题及该导师的情况展开调查。学校对该导师的多位同事及该博士生生前好友、舍友及该导师其他研究生展开调查，发布调查结论说，有多位教师、多名学生反映，该导师"比较关心研究生，包括该博士生的生活学习及科研，但确实存在让研究生到家里打扫卫生、陪同超市购物、洗车等行为，平时在与学生的交往通信中，也有说话比较随意的情况"。

大学里的师生关系，其实早就被诟病，早些年把导师叫作老板，其实背后隐含的也是一种不正常关系。

但是，师生关系，在中国，曾是一种最基本的社会关系。

左丘明作《国语》，论"民生于三，事之如一。父生之，师教之，君食之。非父不生，非食不长，非教不知生之族也，故壹事之"。

《荀子·礼论》中记载："君师者，治之本也……故礼，上事天，下事地，尊先祖而隆君师，是礼之三本也。"

后来儒家将天地君亲师列为祭祀对象，可见师位之隆。钱穆先生说：'天地君亲师'五字，始见荀子书中。此下两千年，五字深入人心，常挂口头。其在中国文化、中国人生中意义价值之重大，自可想象。"

"有事，弟子服其劳。"夫子论孝之语，后世也常用作谈师生关系上。而我自己，后来也始终谨记这句教诲。

我们这一代出身农家的人，人生自有老师起，就没有少帮老师干过活。

我们小时候，老师中有一些民办教师，家里有自留地。人民公社的时候，赶上农忙，除了学农及放忙假回家干活之外，常常还会有一个附加的义务，就是到这些民办教师的自留地里帮忙干活。后来分田之后，我的同学中，还有到老师家帮忙割稻的。

这种干活，既有乡里乡亲的相互帮忙，也有师有事弟子服其劳的古老传统，虽然没有报酬，但家长、学生都毫无怨言，也没觉得这是阶级剥削。没有经历过的人，是无法想象的。

不过，随着教育的正规化，中考高考的恢复，学生的生活重点转移到学业上，到老师家帮忙干农活这一现象，即使在我们那样的乡村，也迅速走进了历史。

我上初高中的时候，试卷和复习卷最早都是在钢板上刻蜡纸然后油印的，这样的活通常是在放学后进行。老师会找字写得不错、干活又利索的学生到办公室帮着刻钢板，油印复习卷。我曾短暂地干过这活，后来没干下去，不是因为其他，而是我在蜡纸上刻不好，水平不行。

在那个刻钢板的年代，帮老师干活，可是荣耀得很，那是老师看得起自己，说明自己棒啊。

到大学时代，我的一位同学，因为家境贫寒，系里一位老师，主动提出让他帮着干点杂活，倒不是家里的，而是办公室的，相当于今天的秘书助理一类，然后老师适当付一些报酬。我的同学非常乐意并做得很好。这是勤工俭学的一种，而且，老师之举，充满了善意。

我的同学后来还从那位老师那里找了个活给我干，就是誊写论文。彼时电脑还很少，著书立说，全靠钢笔誊写。老师写的论文著作多，给媒体出版社投稿时，要清晰干净的底稿，同学的字不如我，便把这活交给我做了，当时的价格是千字一元。

那个时候，不给老师誊写论文书稿清样，我也抄诗玩。誊写书稿还有收入，这何乐而不为呢？于是业余时间我专心致志给老师誊写书稿，甚至，功课不紧的时候整天抄，最多一天挣了17元钱！17元，什么概念？我弟弟当学徒，第一个月才拿19元；17元，意味着你一天抄了1.7万字啊！抄得手指都僵硬了，中指第一节关节处厚厚的老茧，光滑闪亮，直到今天，仍有余迹。

那个时候，我从没有产生过被老师廉价剥削的痛苦，倒是有了凭自己本事挣到了买酒钱和买书钱的愉悦得意。如果说有遗憾，是后来回想起来，那个时候自己只顾死抄，根本没有留意琢磨一下老师写的内容，如果自己当时是有心人，也许，抄了这么多，多少也应该给自己留下些东西的。除了金钱，一无所得，这才是我后来惭愧遗憾的地方。这自然是事后诸葛亮了。

我大学毕业后在高校当过老师。不过，我从来没有叫学生给自己干过什么活。倒是有学生曾从我这儿借走了鲁迅的《野草集》，后来遗失了，让我非常痛心。因为我当年阅读时的诸多心得笔记涂鸦在上面，让后面阅读的感觉，完全不一样了。当然，我那个时候年纪也轻，一些学生的年龄跟我相仿，我们课余常厮混在一起，全无师道尊严。不过他们毕业工作后这么多年，倒还是与我保持着密切关系。

我在媒体工作时，带过年轻的部属，也带过实习生，大多数人都叫我朱老师，我确实也是他们的老师。我的记忆中，只有我在《传媒》杂志当头时，曾经有一次，单位的女同事帮我干过私活，但不是我要求的，是大家一致提出的。那一年，我太太36岁生日，我此前从未给她送过花，谈恋爱时也没送过，在单位跟大家聊天提到时，单位女同事多，大家七嘴八舌，对我的态度很有意见，强烈建议我补救，撺掇我买花送给我太太，说出其不意，太太一定会非常高兴。征得我同意后，她们帮我去花店买了花，因为我工作比较忙，她们又代我送花上门了。这一次，倒算是我让学生辈的部属帮我干了一次活，虽然这还是她们主动提议的。

在《新京报》时，我分管的部门也是年轻人为主，也有实习生。如果算让他们帮着干活，其实也就是把我要讲课的PPT做好——我不会做PPT，或者，就是把我写的文章或工作总结，转成微信文档——因为我不用电脑版微信。但这些PPT或者文章，所有内容，都是与工作相关的。直到离职前，自己独自搬运书籍去邮局寄送时，部门的年轻同事主动帮我送过去，我倒是没有再拒绝。包括离职时请同事帮我删除电脑上一些没必要留下的东西（我技术盲）。

我一直很庆幸，自己年少时遇到的老师都是朴实善良的人。所以，即使到了今天，过去的老师若有事，只要力所能及，我依然会像过去一样帮忙，毫无怨言。2016年因为我的一篇文章被选入了故乡高考模拟试题，高考结束后，母校几位老师想请我做个小范围的分享，因为与我不认识，遂托请我的高中语文老师出面相邀。虽然我暑期回乡探亲早已排了行程，但为了配合老师的行程，我自己做了调整，提前请假回乡。无他，在我心中，力所能及，应该的。

我一直称自己是不新不旧不东不西的人，身上传统的烙印甚多，与师长之间的关系，颇多旧传统，因为只是对自己的要求；而与部属同事之间的关系，则讲精神平等、公事公办，这也是自我要求，同时也是对现代社会个体权利的尊重。

随着这些年的发展，年轻一代的个体意识、权利意识已经有了很大的觉醒。他们可以自愿为自己喜欢或者尊敬的师长前辈做许多事情，而不追求利益交换，这与我们小时候懵懂地认为理所当然不一样，这是在权利觉醒基础上的清晰的新认识。

但是，一些老师的认识并没有跟上这种觉醒。

当下社会对权力的崇拜和滥用，同样波及高校。一些高校的教师无视学生的权利，还滥用了老师的权力和学生的信任，以及教育体系的规则，视学生为给自己项目打工的义务劳动力。更有甚者，如新闻所言，还要学生到家里去打扫卫生。一旦遇上学生抱怨、舆论批评，还振振有词：老师叫你们做点事，你们还推三阻四讲条件。

这样的老师是不合格的。他们既不能理解现代意义上权利的觉醒和平等自愿的精神，以及对他人尤其是对学生的尊重，同样也不能理解传统的师道尊严讲的是什么——没有学为人师，行为世范，就不可能有真正的师道尊严，最多也就逼使学生暂时屈服于某种淫威而已。

2018-01-10

我这样跟女儿谈阅读

这些年，越来越多的朋友让我给他们，尤其是他们的孩子推荐一些书。这于我，几乎是不可能完成的任务。我只在前些年因推却不掉的情面，应约公开给媒体开过一个六一书单，里面是给孩子的6本书：《千家诗》；《繁星》，作者冰心；《爱的教育》，作者［意］亚米契斯；《海底两万里》，作者［法］儒勒·凡尔纳；《木偶奇遇记》，作者［意］卡洛·科洛迪；《假如给我三天光明》，作者［美］海伦·凯勒。这个书单，我给过自己的孩子。

我一直认为，阅读是私人的事，与个人成长和追求密切相关。

我曾比较过自己和我父亲的书单，也曾和我最后的职场生涯的搭档小猪老师比对过同龄阶段各自阅读的书单，那真是完全不同的世界——我中学时读的书，也是我父亲当时在读的书；小猪老师中学时在读的书，我中学时一本也没读过，一些甚至是我现在才读的书。小猪的中学语文老师阿晴曾跟我说，小猪上中学时读完了一本我很晚才读到的学术著作。而我中学时读过的书，小猪老师几乎一本也没读过，也永远不可能再去读——今天还有多少人会去读《说岳全传》《东方》《新儿女英雄传》《三侠五义》《第二次握手》《虹南作战史》《刑警队长》《魂兮归来》《清贫》《蓝屋》……

我父亲在和我同龄时无书可读，他到了我阅读的年龄，才能接触一些书；而我小学后期到中学时代，生活在清贫的乡下，阅读从纯粹的政治读物到开始带有对人性的描写的文学作品，但凡能接触的，都像海绵似的，如饥似渴地阅读，根本无暇更无力判断书的好坏，也没有选择。而小猪老师成长的阶段，书籍出版已经很丰富，她能够选择自己喜欢的图书了。正是不同成长环境能够接触的书不同，构建了我们三代人完全不同的精神世界，严谨地说居功至伟。

我的阅读虽然庞杂，但其实依着一定之逻辑，而这逻辑，服从于我的人生选择，服从于我的精神追求，而许多赫赫有名的名著，我也并不熟悉。我读的这些书，于我，可能是蜜糖，于他人，则为砒霜也未可知。

所以，以我阅读之个人偏执爱好，以我过气而顽固的价值观，担不起为他人选书的重任。所以，只是谈自己在读、已读过什么。至于朋友们愿意看一下，甚至追随买书，那是朋友们自己的选择。我只有在极少的情况下，才向自己身边亲近的人推荐一下自己读过、觉得可能也适合他们读的书——因为我对这些亲近的人多少有些了解，知道他们大概的精神偏好。

如前，我自己年少时的阅读，完全不足以为今日少年之师——我女儿6岁就知道了《汤姆叔叔的小屋》，而我，那时还没开蒙呢。我后来自己也没有认真学过发展心理学，自己读过的适合少年的书也非常少，所以，无力给别人的小孩推荐书目，不是借口，而是真怕误人子弟。

至于我自己的孩子，因为是自家孩子，自己清楚对孩子的责任以及期待，所以，敢"乱"开书单——这种"乱"，是建立在自己对孩子的期待上，清楚自己希望孩子成为什么样的人，所以才敢放开束缚，给她"乱"开书单——放在大的社会环境中，可能政治很不正确，天下有几个父母，敢从幼儿园到中考，从来没问过孩子考试成绩的？有几个父母，敢公开跟孩子说，成绩无所谓，过得去就行，上什么样的高中甚至上不上高中都无所谓的？

所以，我在跟我孩子谈到阅读的时候，在两个方向上展开。一个是我反对读什么，一个是我希望读什么。

从反对角度看，我不仅严厉批判学校语文课本中选的一些范文，也抨击学校强制推荐给孩子的一些读物。我抨击语文课本高度政治化——我抨击这种与现代价值观相悖的政治化文章——我小时候的语文课其实就是政治课，我也坚决反对强行要求未成年孩子阅读两类图书，一类是中国经典四大名著，一类是国产儿童文学。至于她有了一定判断能力后，读什么也就无所谓了，遵从自己的选择即可。

因为这样的观点，颇有大逆不道的意味，很多人在网上对我口诛笔伐，我毫不动摇，唯一使我动摇的是，语文课考试要考，而他们要考的内容，不少是我反对的，而且根本与真正的阅读无关，只关乎考试！我无力对抗考试制度，我只能通过另一种方法，通过向我的孩子展示书中的另一个世界，以平衡她受的教育，与学校、社会争夺自己的孩子。

我清楚，我们的学校，虽然也很努力，但在这方面的缺陷很多。比如，关于爱的教育，关于人性向善的教育，远远不够。我也是从我家孩子的身上，学到了如何让孩子补上这一课的。

孩子大概6岁时，从书架上找了一本《汤姆叔叔的小屋》，让她妈妈读给她听。我认为这书不适合孩子，但她非要她妈妈读，读了几天后，还跟我询问书中的问题。虽然我认为她这个年纪本该读童话故事的，但我突然间感到，能够在这个年纪接触这样的书，于她也许是件好事，书里所描述的那些感伤的残酷的场面，以及闪耀的爱可以战胜奴役的故事，也许会因此而埋藏在她心灵深处。两年以后，孩子还曾经考我这本书的内容。

也就是从孩子听《汤姆叔叔的小屋》起，我开始逐渐向孩子推荐了那些世界名著，那些关于人道、人性、自然的图书，我送了一套全新的世界名著给丫头，鼓励她在课外阅读。

我甚至说，你在上中学之前，把这几十本世界名著都读完了，上哪个中学都行，因为，你会从中看到完全不同的世界，学会爱，学会关怀，学会尊重，学会同情，学会勇敢，学会欣赏美的东西，学会一个人应该具有的品格，以及懂得如何有尊严地去面对挑战和苦难。

当然，她没能做到。这也无所谓啊，这个年龄，她的兴趣在漂移，做什么都是正常的。

要说我的孩子也算幸运，她成长过程中有些老师，无论是语文老师、历史老师还是政治老师，在给她们课外阅读的推荐书目中，都挑选了不少相当不错的书。我们父女俩讨论的《麦田里的守望者》《人类群星闪耀时》等，都是老师推荐的书目。

我希望，孩子在学校里能够受到正常的教育，不仅有分数，还有知识；不仅有知识，更有人格，还有审美趣味。所以，我给自家孩子推荐，没有一丝成功学的意味，跟学习也毫无直接关系。那些与学习有关的东西，是学校的责任，我去管那叫越俎代庖，而学校不能教的她应该知道并理解的，是我作为父亲的责任。

当然，孩子有自己的潜力，这种潜力也常常是我们做父母的难以体会到的。小学六年级时，某个晚上我带她逛三联书店，她指着书架上的外国文学栏说："这个我读完了，这个我读了一半，这个我读不下去，这个是你们不让读。"今年有一次我们俩去医院，我读纸书，她读电子书。我好奇地问她读的什么，她把电子书塞了过来，原来是罗曼·罗兰的《名人传》。我哈哈一笑，说："你老爸喜欢读普鲁塔克的《希腊罗马名人传》。"

现在孩子明事了，我把自己的书房，完全向她开放，允诺她只要喜欢，哪本书都可以看（我说要和她一起重读经典，我今天自己的重读经典系列，其实念头最初来源于想陪女儿阅读时跟她一起重读一些书），可以在上面画，不懂可以问我，读不下去可以先扔一边，就像当年她选了本陀思妥耶夫斯基的书，我劝她不要读，不适合她，她最后扔在了一边，说连名字都记不住。这狠狠打击了她阅读的积极性，也就是从那时起，她放下了读书，兴趣转向了。不过，我知道，她会重新捡起那些书来的。当然我知道，她最多也就是选些小说、散文、诗歌看看。但这就够了。

再也不用具体书单，有书房就行，哪怕只是父亲的。我知道她会慢慢建起自己的书房，这应该是她认识并理解世界的基础之一，她会从中学到一些与这个世界相处的方式。去年她自己就买了好几本东野圭吾的小说——尽管我一本也没读过，不知道是谈什么的，但我也没反对。

在一个浮躁而残酷竞争的现实世界里，读书是非常奢侈的，尤其是小说，更何况是经典小说。也许她长大后再也没有机会去读这些书了。但这些伟大的经典读物，曾经许给我现在，许给我未来，我相信，也同样能许给我的孩子以现在，以未来。因为千百年来，人性没有变化，这就是阅读经典的重要性。

在女儿11岁生日那天，我在写给她的一封祝福生日的信里，这样结尾："就像爸爸跟你说过的，如果你把爸爸送你的那些书读完了，那么即便你面对最残酷的现实，都能保持自己的人格和生活，都会拥有自己想要的美好生活。"

（原文写于2018年，本文是应媒体之约所撰）

与女儿谈怎么写作文

侄女上高中的时候，我偶尔读到她写的一篇作文，大吃一惊，文字都是当时流行的各种抒情表述，辞藻堆砌，虚情假意，完全不是发自内心的表达。侄女笑我大惊小怪，说这叫写作模板，不这样写，考试就拿不到高分。我由此才知道，现在学校还这样教写作文。

女儿小学时向我讨教怎样写周记，我告知她写真话、真想法——看到什么有什么发自内心的感想，记录下来，就是一篇好文章——我自己写文章，除了一些言论作品用词用典讲究，其余大部分，都是平民语言，真实诚恳，也有一些拥趸。她当时的语文老师大概也认同我的观点，当时姑娘依此写老师布置的周记作业，得到了老师认可，还当了语文课代表。

后来续任的语文老师，对这种作文方法并不感兴趣，更喜欢辞藻华丽、立意高远宏阔，所谓锦绣文章，全是流行假大空，姑娘平铺直叙记录真实想法的作文遂失宠。姑娘郁郁寡欢，我很认真地告诉姑娘，作为父亲，同时作为一个以文字立身的人，她当时那个年龄段的语文老师的观点是错误的，真实诚恳才是文章的生命力。我告诉姑娘，在她的人生岁月里，会遇见很多老师，有喜欢真实写作的老师，也会有喜欢华丽辞藻的老师，但是，对于自己而言，永远只有一种，那是文章的根本之法，就是真实和诚恳，言须为心声。辞藻只有在此基础上才有意义，否则最多也就是金玉其外而已，内藏的，多为败絮。

姑娘口才很好，比她父亲强许多，无论是对具体事件的清晰描述，还是表达过程中的逻辑自洽，都非常好。所以，在与姑娘之间的交流谈话中，我很认真地跟姑娘指出，对于她而言，写作文，真的很简单，就是把日常跟我说的事，转化成书面语言，稍加修改——比如将口头叙说时的情绪也转化到作文中，便是一篇好作文。这样一篇一篇地积累，遣词造句，起承转合，都可受到很好的训练。

姑娘仍然半信半疑。但我告诉她，我写我小时候的故事，就像是将跟小时候玩伴的对话，转化成文字，出版的《江南旧闻录》系列，最初也不过是博客上的大白话，却在故乡受到了无数的追捧，无他，就是真实诚恳。

对于这样的写作方法，并非是我一个人的认知。我所钦佩的大学问家钱穆，跟学生谈作文时，也是这样说的：

"余告诸生，出口为言，下笔为文。作文只如说话，口中如何说，笔下即如何写，即为作文。只就口中所欲说者如实写出，遇不识字，可随时发问……说话须有曲折。"

说话须有曲折，钱穆举例让学生作红烧肉文，一学生寥寥数语："今天午饭，吃红烧猪肉，味道很好，可惜咸了些"，这最后一句即是高于同人的地方。

我跟姑娘谈作文之道时，并未读到钱穆的这段话，但这是我的经验，也算是与前辈大家异时同曲。

当然，这样写作文，只是基础之道，但很关键。我对于文章好坏，无论是普通作文，还是新闻报道，抑或其他作品，评价好文章好作品的基础，就是桐城派的"义理、考据、辞章"这六个字，义理就是价值观，是否符合人性良善或者普世的德行，而发自内心的声音是一切价值观的基础；考据则是事实依据、细节、逻辑等；辞章则是文采变化。义理为干，而后文附之。基础之道正了，才能再次千变万化却不离其宗。所以，我跟姑娘说，作文首先是言为心声，实话实说，然后通过观察、阅读等，逐步再给文章增加其他细节、氛围、辞藻等围绕核心内容变化的东西，才会有真正的锦绣文章。

　　"当我写这篇作文时，我知道了写作可以给人带来难以想象的自由解放的力量，写作可以使你进入实际生活难以达到的境地，甚至是被禁止的空间，它可以将你的客人邀请前来，这是最重要的。"事实上读书也是如此。以前我读伊凡·克里玛时读到他写的这段话，我愿意把克里玛的这段话送给我的孩子。

2018-04

爸爸，您的钢笔字是怎么练成的

昨晚酒后回家，姑娘刚做完作业。

"爸，又喝多了吧？"我刚一坐下，姑娘笑嘻嘻地过来。其实她知道我没喝多，真要喝多了，她才不搭理我呢。

"有啥事啊？"一般姑娘很少主动找我，都是我找她聊天。不知道她葫芦里卖的什么药，我警惕起来。

"爸爸，我就想问问您，您的钢笔字是照什么字帖练的？"

哦。我一下子放松了下来。

"老爸从来没有练过钢笔字帖啊，所以也就谈不上照什么字帖。"

我说的是实话。我年轻的时候，钢笔字帖曾经流行过，最有名的是庞中华的，后来好像还有席殊的。我看过，但没买过，没闲钱买这样的字帖；我也没练过，因为不喜欢他们那样的字体。而且，我对近似于标准的统一审美，从年轻时就比较排斥。

"那您的钢笔字怎么练出来的？"姑娘追问。

"其实很简单，看多了，写多了，看的时候写的时候留点心，字就会越写越好。

"我上大学的时候，钢笔字也不好，但比大多数同学好一点，这就是村里无大树，茄棵遂称王。上大学的时候，电脑还不流行，老师写了书，都是找学生帮着抄，我上大学的时候就帮老师抄文稿，属于勤工助学，一千字一元钱，最多一次，一天一夜抄了1.7万字，挣了17元钱！要知道，那时我一个月的开销，也不过30元左右。"

　　不仅帮老师抄文稿，碰上不喜欢却又点名的课，我还在课堂上抄诗，直到前几年读《肖斯塔科维奇回忆录》，我才知道这种做法，被肖斯塔科维奇称为"会议缪斯"。当然，那个时候抄了那么多诗，从来没有想过送给某个女同学。但抄多了，手熟了（右手中指上的老茧，直到使用电脑多年后不再握笔时才脱落），字自然会有长进。

　　"当然抄字若不用心，虽然熟练了，也难有长进。什么叫用心，就是自己觉得写得难看的字，下回一定换一种写法，尽量让它写得感觉顺眼。顺眼，就是自己内心满意，这是一种自我要求。

　　"当然平常有机会接触字帖或碑刻，看看别人怎样写的，自己写不好的笔画，人家怎么处理的，并在内心里默写。这就是看的时候留心、用心，其实也是一种虚心学习的态度。我有时看到人家的字体写得好，会用手指在空中画符，尽量记住人家怎么处理的。"

　　我告诉姑娘，我的中学前黄中学，过去曾经很重视学生的书写。我上初中甚至到高二，每天都有20分钟写字课，虽然没有严厉的督促，也没有要求大家练字帖，甚至有时只是老师在黑板上板书几个字，大家就用毛笔随便写，但至少形式上是存在的，所以我们那时同学的钢笔字，整体还不错。当时我同村一个老大哥，送了本柳公权的《神策军碑》给我，我求父亲在供销社又买了本《玄秘塔碑》，没有老师指导，就是写字课上自己依样画葫芦似的写过几次，但印象深刻，至今没忘。但很遗憾，那个时候不懂事，浪费了太多时间和机会。

　　"真要练钢笔字，那些钢笔字帖都没有用，浪费时间。我会推荐柳公权、颜真卿的字帖，颜筋柳骨。比如，柳公权的《玄秘塔碑》《神策军碑》之类。"我告诉姑娘。虽然自己的毛笔字写得也不咋样，但我觉得自己的眼光和审美还是有的。

"那不是毛笔字帖,练毛笔字才用吗?"姑娘问。

"是的。但是,如果你想练钢笔字,我就是要你照着毛笔字帖练,绝不要练钢笔字体,主要学古人书法的间架结构。间架结构端正稳重,字就好看了一大半。至于撇捺笔画,更是要学毛笔字帖。可以从柳体开始,柳体端正稳固,法度严谨,爸爸觉得学练钢笔字最好。"

姑娘听完,立马下单,买了柳公权的《玄秘塔碑》。

2018-04

我这是为生活所迫

晚上 11 点了，在姑娘房间陪她的太座提醒姑娘早点睡。

"我不睡。我要复习到 12 点。"

不久后就要参加中考的姑娘淡淡地回应妈妈的提醒。

过去学校布置作业太多时，我和她妈妈坚决赞成她能做多少就做多少，做不完的不做，不想做的也可以不做，老师批评，由爸爸妈妈去处理。但姑娘当年都是一边哭一边也要坚持把作业做完，她妈妈只好陪着。姑娘后来跟我们说，反正老师批评的也不是你们。结果，丫头养成了无论如何也要把作业做完再上学的习惯，无论多晚。

太座一听，姑娘这么自觉，乐了："你知道你爸爸今天怎么说的吗？"

"我爸怎么说的？"姑娘懒洋洋地问。

"你爸说，一天不看书就觉得难受。"

今天跟太座聊天，她批评我活在书里，有些烦家里到处乱放的书，客厅的书桌、饭桌、电视柜、钢琴、凳子上，到处凌乱散落着我的书，而厕所、屋里过道的柜子上、卧室床头也到处放着几本书。我告诉她，读书跟喝酒、喝茶、吃饭、写字一样，都是我的日常生活方式。一天不吃饭难受，一天不读书自然也会难受。

"嗯，那确实是我爸的心里话，"姑娘头也没抬，漫应，"学习使我快乐……"

"真的吗？"太座一听姑娘这后半句，有些小激动，站了起来。

因为"学习使我快乐"这样的话从姑娘嘴里说出来实在难得，她平常最多的，就是抱怨为什么要做这么多作业。虽然她小时候在黑板上写过八个字"好好学习，天天快乐"，但她上学后，真的很少体会到学习的快乐。甚至，我跟她说我上学时从来没有讨厌过上学、做作业时，她回了我一句："那是你怕干活。"—— 我以前跟姑娘聊天，聊到小时候乡下生活的艰苦，尤其种田的辛苦时，跟姑娘说过，我要是不能考上大学，就要回家"修地球"，亦即务农，那就很悲惨。我没想到，后来这种原本为励志教育她的话，被她当成炮弹回攻了我，颇有些自作自受的味道，弄得我当时语塞。

"嘿，真不愧是父女俩，连说的话都越来越像了啊。"太座夸奖姑娘。

"是真的。不过我是为生活所迫。这也是我的心里话。"姑娘淡淡地回答。

"你这孩子……"太座被噎得不知说什么好。

2018-05

天时·地利·人和

姑娘明天参加中考，今天下午我陪她先去找了下考场所在地。

"考场有什么好去的？又不让您进去。"姑娘一开始不乐意去，觉得没什么用，明天直接去参加考试就行。

"考场又不是在你们中学，那地儿我不知道在哪儿啊。地方陌生，路况各方面也不熟悉，明天早上送你，临时到附近再找，弄得紧张兮兮的，干吗呀？明天考试，我们俩正好出去散散心，你也放松一下，顺便去看看考场周边的环境嘛。"

姑娘嘟囔着和我出门了。不过，尽管有些嘟囔，但她这几天还算听我的。她复习准备应考时，我觉得看不下去，快速翻过她的教科书后，用很短的时间，跟她梳理了一遍语文、政治和历史，她还是有点佩服了。

"除了突发性大事，爸爸会临时随机应变处置外，一般情况下，我从来不打无准备之仗。"

路上我跟姑娘嘚瑟："什么叫不打无准备之仗？打仗讲究天时、地利、人和，这三者占全了，有了优势，就是有准备之仗，不打则已，打必赢。

"天时是什么？天时，最初指气候情况。拿破仑打莫斯科，赶上大冬天，冰天雪地，法国人没经历过这阵仗，首先战斗力被天气削弱了一大截。后来希特勒又犯了这个教训，他想速战速决，结果他的部队，同样沦陷在苏联广袤的冰天雪地里，坦克也没用。这就叫

259

天时。后来天时也从自然气候情况喻指为规律、天命等。做事循规律遵天命，自然占了优势。你们历史书上有武王伐纣，但书上没说，武王伐纣时，天降暴雨，军心动摇，但武王是个鼓动家啊，他动员时就一句'天洗兵'，告诉出征的将士，我们是正义之师，天降暴雨，是上天为我们清洗兵器，好用于杀敌，这是上天的恩宠。全军为之一振，局势顿转，原本的不祥之兆成了吉兆，这就是天时。当然好天气总比狂风大雨好，月黑风高时偷袭对方也是好天时，关键在怎么看。

"所谓地利，就是地理环境占优。比如守在山上，地势险要，仰攻自然不利，却有利于守军。打仗做事，熟悉周边环境，山川河流，沼泽平地，进退自如，远胜于不熟悉的人。我到任何地方，都会先观察周边环境，标志性建筑、路况、街道、树木、厕所、商店、空旷之地等，熟悉一个地方或有印象，比初来乍到要有底气，也接地气，精神放松，此为地利。比如，爸爸考大学那年，爸爸的中学是考点，爸爸当然比其他学校来的考生要放松啊，要是你在你们中学考，也一样。

"所谓人和，你考前放松，精神饱满，又有爸爸妈妈给你当后盾，爸爸还帮你梳理了一下课本内容。对于考试结果，我们没啥过分要求，也不给你压力，只要你认真考就行，不像别人家，为了孩子考上好中学，把孩子逼得……对吧？ 这就叫人和。天时、地利、人和都有了，仗已赢了一半。"

考试前姑娘曾跟我谈到听说有些同学走了提前录取的路子，她有些感慨和沮丧。我当时曾问她，要不要我也去找人？她想了想，告诉我说，不要，她还是要自己考。我当时也很感慨，这就像当年我考大学放弃南京大学 20 分加分。毕竟，她也知道她爸爸的人品和对她的要求。我觉得这是最大的人和。

"天时、地利、人和"是孟子讲的："天时不如地利，地利不如人和。"而最大的人和，莫过于一起坦然面对挑战。这是我的立场。

父女俩一起去了考点，虽未进入，但至少知道，明天的行车路线，以及她考完后我会在什么地方等候她。

2018-07

你们都没管过我，我考成这样，
也算不错了

姑娘的中考成绩出来了，比她预估的成绩差了些，而差的这几分，恰好让她不能去她想上的高中。姑娘情绪不太好。

这种沮丧，是所有考砸了的考生的正常反应。但姑娘其实考得不算差。

我觉得无所谓，安慰姑娘。

在姑娘参加考试前，我就跟她说过，考得好不好，无所谓，尽力而已；能不能考上目标高中，也无所谓，朝着方向努力就行。甚至，我告诉她，能不能考上高中，能不能考上大学，对我来说，都不是最重要的，最重要的是要开心，快乐，要依着自己的兴趣去学习，学习是为了求知，而不只是为了考试。只要放松心情，正常发挥，考成什么样，我都没意见。万一上了一个不怎么样的高中，爸爸就陪你，你可以跟爸爸学语文，学历史，学地理，爸爸英语不好，就请英语老师专门教你，你喜欢篆刻，爸爸一定给你找最好的也是最适合你的老师教你……

没有一个家长会在孩子参加考试前这样跟孩子谈话，除了我。尽管我也希望姑娘接受正常的学校教育——至少能够跟同龄人一起成长，但我也知道如今学校的诸多毛病，所以才有"和学校、社会争夺自己的孩子"之说，而我跟姑娘讲的这些话，也是发自内心的。

我跟太座基本上都没有管过姑娘的学习，姑娘如山的作业，都是她自己一个人完成的，在她做作业到午夜哭哭啼啼时，我和太座都曾几次劝她不要理会作业，鼓励她不交作业，但她不敢，怕老师。她的学习成绩也一直不好不坏——她从来不给我看成绩单，我也不问她。中考的时候，我遇到她一同学家长，这位家长告诉我："你们家朱佩玮，到初三的时候，成绩突然间就像坐了火箭似的蹿了上去。"

但考完之后，成绩已是板上钉钉，既成事实，姑娘沮丧的时间不到一天，就把不快抛到了脑后。姑娘的好朋友跟她说，要是考不上心仪的学校，以后就骑车上学，不能叫她爸送了，因为心里会有一种负罪感。

我听闻此言，扭头看了一下自家姑娘，她眼一横，说："看什么？我可不会有这种负罪感。我的状态不就是你们一直教育我希望我这样的吗？"

我哭笑不得，真像好龙的叶公，这叫搬起石头砸了自己的脚。

"其实我这几年都是玩过来的，嘿嘿。"姑娘拿到高中录取通知后，涎着脸跟我和她妈妈说，"不过，这些年你们都没管过我的学习，我能考成这样，也不错了。"

我在惭愧之余，赶紧说，不错不错。

确实不错。除了她自己管理自己的学习，这些年她还自学了橡皮刻，每次刻东西，一连数个小时，非常专注，比做作业认真多了，刻出的作品像模像样，其中一个刻的《四合院》，这个作品还在首都博物馆《读城——发现北京四合院之美》展览中展出过一年。这些，对人生而言，都比考试成绩重要得多。

2018-08

和姑娘谈个人爱好

昨晚（3月30日），姑娘跟我炫耀她的橡皮刻，真的很好。这是姑娘的业余爱好，自学的，我很支持。当初她迷上这个，我不仅没反对，而且还竭力支持，我让我学篆刻的故乡兄弟，给姑娘配了全套工具，并明言，她若想学，我定给她找最好的老师。最近她又在自学弹吉他。

"有爱好真的很好。爸爸很羡慕。你爸爸我这辈子，都不知道自己的业余爱好是什么。小时候就一门心思求吃饱穿暖，结果，所有潜在的天赋都被吃饱穿暖的问题压抑了，唱歌、跳舞、画画啥也不会，连游泳也是野路子狗刨，喝酒还是18岁以后学的。"

我说的是实话。我小时候，温饱是第一要务，我所有的喜好，几乎都与生活有关，捉鱼、摸蟹、钓黄鳝、钓田鸡，乃至攀竹、爬树、折柳为笛，都是野趣，虽然也是心性生发，但登不得大雅之堂。洗脚上岸进课堂后，读书也是为将来谋"皇粮"，除了死读书之外，所有城市孩子和现代孩子具有的潜质情商，都没得到挖掘。后来世人流行的唱歌、跳舞能力，我也不具备。但我相信，我的潜力绝不止于死读书。

我后来特别羡慕能够用文字、音乐、舞蹈、绘画等诸般方法表达自己情感的人，因为自己除了用文字，别无他技，也羡慕自己的孩子有机会去发现自己的所爱，即使是走了弯路——就像姑娘，小时候想学音乐、绘画、跳舞，虽然我要求坚持，但因年少，兴趣容易飘忽转移，都没能坚持下来。虽然遗憾，但我也没有怪罪。她最终喜欢上橡皮刻，并坚持自学了这么多年，即使是在期末考试、中考等关口，她都在刻，我还是很欣慰。姑娘小时候提出想学钢琴、画画的时候，我就告诉过她，能够在文字之外，用声、色、图画、肢体活动表达自己的情感，实在是一件非常了不起的事，它们能让自我释放得更淋漓尽致。

我告诉过她，爸爸的朋友中科院博导著名的吉他手陈涌海的吉他是自学的，但如果找个老师，或许能提升得更快。

"雕刻、绘画、音乐都是一种自我表达，而且很有力量。"当姑娘这次跟我炫耀她的作品的时候，我再次告诉她，并随口给她举了个例子，就是这两天微博上广为流传的美国音乐家戴夫·卡罗的故事——美国著名西部歌手戴夫·卡罗搭乘美国联合航空公司飞机时，托运的一把价值 3500 美元的吉他被摔坏了，戴夫向美联航投诉，但美联航不搭理他。戴夫就把此事的经过编成了一首歌曲《美联航会砸烂吉他》，并制作了 MV 放到网上，这首歌影响甚广，在网络上才传播了四天，美联航的股价下跌严重达 10%，美联航的市值也在这四天之内蒸发了 2.8 亿美元。最终，美联航不仅答应赔偿戴夫一把全世界最贵的吉他，并向戴夫承诺，他可以一辈子免费乘坐美联航的飞机。

"这就是音乐的力量。当然，音乐的力量远不止在此。苏联作家爱伦堡在《人·岁月·生活》中说过：'音乐有一个巨大的优点：它能不提任何事情，却道出了一切。'"我告诉姑娘，在许多时候，尤其遇到悲伤愤怒的事情，却无法公开表达自己的心绪情感时，音乐、诗歌、绘画等，都能够帮助我们倾诉，表达自己真实的情绪，不至于被压抑坏。

　　"爱伦堡所说的，其实跟中国古代诗人讲的异曲同工。那个大家都知道的写'心似双丝网，中有千千结'的宋朝诗人张先，就在《千秋岁》里写下了'莫把么弦拨。怨极弦能说'。这句诗翻译成现代汉语，其实就是爱伦堡的说法，他们俩说的，都是肠断千古之曲。当然，音乐、绘画、诗歌等能表达的，不仅是忧伤愤怒，还有幸福快乐平静。"

　　下午带姑娘到荣宝斋，观看刘少白的美意延年书画篆刻展。我曾跟少白谈到过姑娘喜欢在橡皮上刻些东西，作品《四合院》曾在首都博物馆《读城——发现北京四合院之美》展览中展出一年，但那是小孩玩的，跟真正的篆刻大相径庭。少白说，"朱老师，就让佩佩跟我学吧。"那天，在参观的间隙，少白给姑娘从茴香豆的"茴"字的几种写法，讲到好的篆刻对汉字和古文化的要求。许多我也是第一次听。嗯，姑娘应该听进去了，这跟我对她讲行路、读书、看世界是一个道理。在明了热爱能够给自己带来什么后，这是基础，也是胸襟视野，其余的，都是技法的提高。而只有前述基础，才有后续的提升和自我追求。

2019-03-31

让孩子自己选择未来渴望的样子

红燕写了本与教育有关的书，嘱我为序。我有些诚惶诚恐。一来，孩子的教育问题见仁见智，我也非心理或教育专家；二来，在周围朋友眼中，我对于孩子教育的言论和行为，多有违于主流认知，算"不负责任的"家长，且固执己见。虽然目前父女关系融洽，但毕竟也不像红燕，儿子已收到全英经济学排名第一的剑桥大学经济学系 offer。

我和红燕在教育子女方面，表面上的差异犹如霄壤之别。如她书中所写，她在孩子成长的每一环节，无论是陪伴还是培养孩子学习、独立以及与社会相处交流的能力等，都有着自己的见解和可操作的具体做法，像慈母。而我在孩子的学习教育方面，多少有些放任的意思，像个马大哈——女儿从小学至今高中，我从未问过她的考试成绩，也几乎没有陪她做过作业。我甚至很认真地跟她说，你现在完全可以为兴趣学习，不需要考虑父母的想法，上什么大学之类，上不上大学都无所谓。

虽然红燕和我对孩子教育的具体做法几乎完全不同，但基本理念却是一致的，那就是红燕教育孩子的目标，也是本书的主题，"让孩子长成自己的样子"。于是斗胆为序，顺便借此一浇自己对孩子教育的心中块垒，也供持不同理念的家长、读者批判。

"让孩子长成自己的样子"，这话似乎谁都会讲，也都明白其道理。但是，在现实生活中，在孩子身上托寄父母自己未尽之梦想，

希望孩子成为自己 —— 不是孩子自己，而是父母自己，或者父母曾经渴望的样子的，实在不在少数，无论是否是成功人士。

于是，公务员父母希望自己的孩子成为公务员，企业家父母希望自己的孩子接班成为企业家，艺术家父母希望自己的孩子同样成为艺术家，纵是失意者，也总是逼迫孩子，希望他们帮自己实现青年时的梦想……

望子成龙，望女成凤，在我们今天这个时代，被注入了新的意义，成为所谓父母眼中的成功者模样。这些父母认为，这才是孩子长大理想的样子。父母这样的想法，来自我们这个时代对成功的渴望，以及不想让孩子未来受苦的一厢情愿。真是父母之爱，匪所不至。

每一个孩子的诞生，都包含了人的无穷的可能性。用中国古代哲人孟子的话说："万物皆备于我"；20世纪伟大的德国哲学家雅斯贝尔斯说："每一个个体都具有整个人类的特性。"

不过，因为生命有限，上天所赋予人的无穷可能性，总是只有极少的一部分会被善加挖掘，最终成为他在人世的模样。这个尘世的模样，有依着天性而来的，有依着父母之意而来的，也有更多被社会塑造的。毕竟，如费孝通曾经说过的，孩子们来到世上，碰到的不是一个为他们而设的世界，而是一个为成人而设的世界。因此，孩子的成长过程，首先是与成人世界的冲突。成人世界的影响，所谓教化如是，而最终当他成为成人社会的成员时，身上既带着传统世界的印记，也带着自身新的建设性甚至反叛性的力量。这是任何一个孩子成长，也是任何一个家庭无法躲开的。我们所处的时代，公立学校的教育，常常与父母的期待相去甚远，甚至有些相左的地方。我们需要跟社会争夺自己的孩子，这个时候，家庭教育，尤其是恰当的家庭教育，至关重要。就像红燕选择让大儿子上国际学校，在他需要指导的时候，给予必要的指导和关怀。

蓬生麻中，不扶而直，无非就是两方面的原因，除了蓬本身有直着生长的可能性，所谓潜能，但更重要的是外部环境的形塑，能释放而不是压制其潜能。

红燕说，家是孩子最好的学校。家庭教育，需要遵从孩子的天性，红燕说从不控制做起。她做到了，我亦心有戚戚。但对于我和大多数家长来说，知易而行难。在现实生活中，更多家长不是从孩子的天性和兴趣出发，而是从自己不想所谓"孩子输在起跑线上"的担忧出发，给孩子排满了各种特长课补习班，以至于许多孩子产生逆反心理，渐成"病梅"。

不控制，其实就是要放权，把成长的选择权还给孩子。我自己的经验是，除了游泳等事关锻炼身体和自保技能的训练，我从不为孩子选择才艺特长课程。但只要孩子自己想学的，我都支持，只有一个条件，开始了不能半途而废，要坚持下去。这些年我孩子所选的业余爱好，都是她自己决定的，无论是钢琴还是其他。但小孩兴趣多变，尽管我曾跟她约法三章，但她终究几乎全部半途而废了，即便这样，我也没有强迫她，只是表示理解和支持。如今她自己发现了一个爱好，与篆刻相关，自小学至上高中，她自己一直自学没放弃，初中时稚嫩的作品还参加了首都博物馆年展。我所做的，就是给她配全了工具，并保证，只要她需要，我一定找中国最合适她的老师教她。

大多数家长需要改变的，是越俎代庖强行替孩子选择的做法。如果这个都做不到，又怎么能遵从孩子的天性？有些家长也许会担心，但想想我们自己走过的路，又有多少是家长的选择呢？反正，我连孩子高中选科都是交给她自己决定的，我则告诉她，我尊重她的选择，并会尽力支持。

"父母是孩子最好的老师""父母的习惯里，藏着孩子的未来"——这些习惯，是我们做父母的作为社会中人，既有需要承当的社会责任、职业责任，也有家庭的责任和个人的品性。即如红燕，在职场和家庭两个场域之间不停转换，互不耽误。无论作为尽职的两个孩子的母亲，还是职业女性，同时有自己的生活，红燕都给她的孩子做了榜样，得到了她儿子的肯定。相信她儿子长大后也会和他父母一样有担当有责任感。我相信，那些将家庭职场和个人生活割裂、放弃对孩子教育责任的男女强人，面对红燕这样的家长、职业女性，必然无词可托；如果读到红燕这本书，也会汗颜。

一棵树终究需要经历风雨，而孩子，也早晚都要跳出我们的掌心展开自己的生活。在他们的成长过程中，我们不能任由世界摧残他们，也不能以爱的名义成为摧残他们的合谋者，这是父母真正的责任，是天职。所以，在今天严酷竞争的社会，除了给孩子必要的物质保障外，父母还要认识到家庭教育的重要性。这其实不是要教给孩子生存的技能，更不是让孩子多才多艺，我们需要的是，逐渐认识并了解这个世界，知道这个世界有美丑善恶，有阳光有风雨；让孩子学会爱，学会面对，对苦难有同情心，对世界永远保持好奇心。我想，这些方面，才是我们的孩子面向未来最终成为"自己渴望成为的样子"的真正起跑线。这样，我们就能让自己的孩子健康成长，而不必担心其堕落朽坏（身体及精神世界），并让他们在未来的世界中，明善恶，有良知，能独立，即便在垃圾遍地的世界，也能自由而傲慢地生活。这大概就是鲁迅说的做父母的责任，"肩住了黑暗的闸门，放他们到宽阔光明的地方去；此后幸福的度日，合理的做人"。

"时间永远分岔，通向无数未来。"在孩子的教育上，我相信，让孩子自己选择通向未来之路，比家长强行做主更会让他们成长为自己的模样。

（本文是2019年5月为友人刘红燕女士
《让孩子长成自己的样子》一书所写的序）

托克托古尔湖畔的家书

佩佩：

　　爸爸写这封信的时候，刚刚从吉尔吉斯斯坦第二大城市奥什经过400多公里的跋涉，抵达托克托古尔湖畔。

　　一路上，与北京和江南相比，风景殊异，跟中国的西北也不太一样，既有高山草场，也有山地绿洲，还有青蓝色的纳伦河。纳伦河发源于天山山脉，河水青蓝，是因为冰川雪水融化，带着石灰岩。爸爸回家前在中亚的最后一天，会住在纳伦。

　　一路上人口不多，但遇到的人对我们这些来自异国的游客很热情。路上休息时我们买了两个瓜，一个大西瓜，一个像黄金哈密瓜，特别甜，才20元，老乡请我们吃了一个，临走又送了两个给我们。

　　现在是吉尔吉斯斯坦时间晚上10点，北京时间晚上12点，时差是两小时。时差你地理课上应该学过。此前在塔吉克斯坦的杜尚别和乌兹别克斯坦的撒马尔罕及塔什干，时差都是3个小时。

　　爸爸住在托克托古尔湖畔的度假村，距离爸爸回国入境的口岸——中国喀什大约1100公里。这里一边是高山草场，一边是托克托古尔湖，是个大水库，截流纳伦河而成。1962年苏联时代开始兴建，花了10多年才建成，纳伦河和托克托古尔湖的发电供应了吉尔吉斯最多的用电量。托克托古尔湖风景很美，是夏日疗养地。爸爸入住的度假村门前有两只珍珠鸡，一点都不怕人，湖畔也有牧场，傍晚有很多牛羊在溜达着吃草。说明人不多，环境很好。

但是这里没有 Wi-Fi，甚至连 2G 信号都难找。我们入住的度假村，有一位七八岁的小姑娘，帮着记账、算账，她很愿意跟成年男性交流，哪怕腼腆地待在一起。原来她爸妈离婚了，她爸爸去了遥远的首都比什凯克，她和她妈妈在这里生活，她想念她爸爸，眼里总带着忧郁。

饭菜当然很一般，尽管这里的鱼可能很好，但他们不会做。但这不重要，重要的是，爸爸在这遥远的异国他乡，想起了你和你妈妈。爸爸自豪地向同行的朋友介绍我的姑娘，她在遥远的地方自我成长。

这两天你就要开学，升高二了。爸爸不能送你参加开学典礼，心里有些遗憾，尽管爸爸总共也没送过你几次。

高二，16 岁的花季。除了规定的功课，其实还有更大的世界等待迎接你，就像吉他、篆刻、阅读和行走 —— 今年暑假你短暂地跟着爸爸行走，应该有很深的体会，爸爸希望你有更多独立自我的行走，在确保安全的情况下 —— 这对于你理解熟悉世界之外的世界会有很大帮助。就像此次和爸爸同行的一对夫妻朋友，他们自驾游了135 个国家，喜欢买冰箱贴，因此买了好几个大冰箱。

就如爸爸在书中和现实行旅路上所见所闻一般，更丰富复杂的世界在我们身外，能够接触、了解、理解它们，对我们而言，是很重要的事。它能拓展我们的视野，丰富我们的世界，能帮助我们更好地理解世界的多样性、复杂性，理解生存和生命的意义。

今天中午，爸爸在贾拉拉巴德 —— 吉尔吉斯斯坦第三大城市，一个高山草场下的绿洲，论城市规模，恐怕还没有咱们前黄镇大。这座城市相对比较保守。但是，爸爸在这个传统保守的地方，遇见一个当服务员的漂亮小姑娘，是个高中生，16 岁，跟你同年，在本地高中读书，课余当服务员，她能讲一口还算流利的英语，很大方地用英语跟我们异乡人对话，并说她的理想是去土耳其和美国。

看着她生动的脸，听着她的理想，知道了她的年纪，我突然想起了你，佩佩，我的女儿，我最亲近和心疼的人。你的生活和学习条件肯定好于这个姑娘，但你可能还不能这样大方流利地用英语与异国客人交流。

爸爸写这封信，没有什么要求。只是突然想起，你新的学期要到了。就像过去一样，你要想明白自己想要的东西，并朝此方向努力。所有的事都要付出努力，就像爸爸在贾拉拉巴德遇到的跟你同龄的小姑娘。只有趁年轻时努力学习，多读书，锻炼好身体，将来，你才能走到更远的远方。

朝着自己的梦想努力，爸爸会永远是你最坚强的后盾。

新学期一切如意。爸爸在遥远的异国他乡路上祝福你。

爱你的爸爸

（本文写于 2019 年 8 月 30 日托克托古尔湖畔）

第五部分

女儿眼中的生活与世界

旅行

我爸总想让我和他一起出去玩，说要带我见识不同的地方，品尝不同的美食。

虽然我的确很喜欢去旅行，但是我也确实不是很想在假期出去玩的时候还要在名胜古迹旁一直听我爸讲各种历史故事。

也不能说是没兴趣，就是觉得在放假的时候还要听我爸不停地给我讲这些历史，实在是太头疼太无趣了。而且我爸在我小时候就总在外面出差，和我待在一起的时间实在是少，我也就更不想和他一起出去了。他对此一直感到非常失望。

可能是我抱怨的次数太多了，我爸说教的次数变少了一些（也可能是我承受的能力变强了），我渐渐开始感受到了一些乐趣，听他讲故事确实能够了解到新鲜的东西，而且我爸带我去吃的很多东西，也是我不了解的或是我自己很少去吃的东西。

比如之前他带我在哪个湖边吃过一次清蒸鲈鱼，虽然我们俩都不记得在哪里了，但是后来再听到老师提起类似的菜时，我却突然想到我好像曾经在哪里吃过这样一道菜，能想起当时的味道，而且非常想再次吃到。跟我爸提起，只可惜我爸也不记得究竟是在哪里了，但他跟我讲了一大段张季鹰和鲈鱼的故事，还有其他我没听说过的人的故事，我不好扫他兴，只好听着。

最近一次和我爸妈一起出去就在这个暑假，一起去了溧阳天目湖，虽然只去了一天半，但也确实尝到了甜头。尝到了当地的美食，好好吃；去了网红打卡地一号公路轧了马路；住了蛮贵的酒店，风景很漂亮，小小地奢侈了一把。而且第一次出门时一个人住一间房，熬夜撒欢只能说太快乐。

当然，这次和爸妈一起出来让我感觉更高兴的地方在于，某些景点我不想去的时候，他们居然能同意让我自己留在房间里。按照以前的经验，我一定是非去不可的。现在我的自主选择权变多了，这样的旅行也更有意思了。

这么看来，和我爸一起出去，只要他不是全程都在疯狂输出历史地理故事，好像也没有什么不好的地方。所以，何乐而不为呢?

我的 "坚持"

坚持，百度百科上的解释是：坚持（名词、形容词、动词），即意志坚强，坚韧不拔，持即持久，有耐性。坚持的意思是不改变，不动摇，始终如一。坚持是意志力的完美表现，也是有毅力的一种表现。但对我和我爸来说，却是两种不同的解释。

举一个简单的例子：我从 2011 年开始学习钢琴，学了四年多，放弃了。对于我爸来说，他虽然同意但并不喜欢我的做法。半途而废，他觉得可惜，并且认为我也应该觉得放弃钢琴是很可惜和遗憾的。这是他心中的坚持，可能对很多人来说，坚持也是这样的——选择了一条路就坚持到底，学习一个东西就坚持到底。但对我来说，我认为在那时候放弃并不可惜，我已经不喜欢钢琴了。虽然放弃学了很久的东西看起来或许有些任性，也浪费了爸妈的钱，但我所坚持的是，我想要做自己喜欢的事情，做我自己。如果我已经不喜欢这件事了，还要按照别人眼中的 "坚持" 去继续这件事，对我来说，没有意义。

当然，我能够坚持我的 "坚持"，也是因为父母对我的想法足够支持，才能让我一直尝试我所喜欢的事情，所以也很感谢我的爸爸妈妈。我不知道我的坚持还能持续多久，但我希望能在这段时间里找到那个我喜欢并且能让我一直坚持下去的事情，把我的坚持和我爸心中的坚持一起做到。

手机里的爸爸

第一次有手机好像是在 2012 年或 2013 年的样子，用的是我爸的旧手机。当时微信还没有流行起来，我用手机也顶多就是打个电话，理所当然最开始给我爸的备注名也就是"爸爸"。

手机里家人的备注名第一次发生变化的其实不是我爸，我叔叔的糖醋排骨做得很好吃，所以当在老家又一次吃到糖醋排骨时，我就开玩笑地把手机里的"叔叔"改成了"糖醋排骨"。后来，好像是看到了什么孩子被绑架，绑匪给家人打电话勒索的新闻，觉得手机里的备注实在不安全，要改成别人不清楚我们关系的那种才行。所以在我把妈妈的备注改成了她的英文名后，对着爸爸的电话犯了难。最后因为他当时在《中国周刊》工作，所以干脆改成了"中国周刊"。（虽然我完全不记得我给他改过这个名字，但我爸说他在我以前的手机里看到过，所以就写上了，按照命名方式这个名字应该是没有问题的。）

再后来他从《中国周刊》辞职，到《新京报》工作之后，备注名自然而然地随着他的工作单位改成了"新京报"。

再等我爸从《新京报》辞职，自己在家写稿时，我又对着备注犯了难。我实在不会起名，不然也不会一直用工作单位当名字。如果我没记错，我好像给他改过"专业写稿人"，然后又改成了"码字党"，一直到现在都还在用，这个名字好像还是他自己给自己起的，我实在没有印象我起过这样的名字。

　　虽说名字都是我改的，但有些时候也确实想不起来。有一次要用微信给我爸发东西，突然想不起到底给他改了什么备注，在通讯录把能想起来的备注名首字母都翻了一遍，偏偏就把"码字党"给忘了，最后还是去翻了家庭群才想起来给我爸的备注是什么，也是挺蠢的了。

　　最初只是为了安全改掉的备注名，最终却给生活增添了一点乐趣。

烤鸭

"北京烤鸭"似乎已经成为北京的代名词之一，但对我来说，烤鸭留下的只有阴影。

以前我是喜欢吃烤鸭的，毕竟是肉食爱好者。但也是因为喜欢吃肉，五六岁的时候去吃烤鸭，没把控住吃多了，到家以后我很快就发烧了。

经过我妈和我姥姥的鉴定，应该是食烧，也就是说吃得太多了没法消化，就发烧了。爸爸从广州回来过中秋的时候，我还没好，爸爸带我去医院看病，好像是医生开了无数药，把爸爸惹毛了，在医院里就发飙了。我当时虽然小，但记得爸爸跟医生生气的样子。至于后来这病怎么好的，我也记不起来了。

不过那时候都还小，这件事暂时没对我造成什么具体的影响，所以我又去吃烤鸭了。不出意外的，又发烧了，而且应该也还是食烧。吃两次烤鸭就食烧两次，也真是让我没脾气了，只好放弃了烤鸭。

以前想到那冒着油光的烤鸭，蘸了酱的黄瓜和葱，还有面皮，首先出现的就是分泌出来的口水，而现在却只有反胃了。

实在是怕了一吃烤鸭就发烧。

航班取消

8月9日下午5：30我们去成都的飞机因为雷雨天气取消了，我觉得我可能中了夏天坐飞机出门就会延误的魔咒。

因为高铁越来越方便，我已经很少坐飞机出门了。去年暑假，我和二哥去越南玩，当天也是下了大雨，到机场不久就被告知航班延误了，而且没有起飞时间，就一直等，我都怀疑是不是要睡在机场了。当时我哥还跟我说，他带团的飞机从来没有延误过，我一来就延误了。最后晚了4个半小时才登机。谁能想到这次居然直接取消航班了。

今天早上一起床看到天气预报说要下雨，我就跟爸爸说："今天有雨，下午航班会延误吧。"爸爸跟我说别想这事了，就怕我乌鸦嘴，结果还真是乌鸦嘴了。到了机场我爸就收到短信说航班改到了8：12，没过几分钟又收到短信说改到了8：32。我本来还抱着一丝希望，已经不下雨了，没准一会就起飞了，就跑去买了杯咖啡等着，结果等来的不是起飞通知，而是航班取消的通知。

我爸正好去了卫生间回来，所以知道得晚了，去改签也晚了。我也没听清到底去哪里改签，找路又耗费了一定时间，到那边的时候，已经排了很长的队，等排到我爸的时候，当天晚上的票和第二天上午、中午的票已经都没有了，只能改签了下午3点多的票，然后结束机场半日游回家。

这两年仅有的坐飞机经历都碰上了飞机延误，我觉得，我可能

283

不太适合在夏天坐飞机出去玩。

顺便多说几句，我爸办完手续告诉我，这半日游，我们在这边花费了300多元车钱，还有来回折腾的时间，还打乱了爸爸的朋友在成都原本的安排。

大概是看我脸色不太好，当然，谁遇上这事都不会开心，其实我也没说什么，爸爸又拿出好为人师的架势（听说他还真当过大学教师，后来离开《中国周刊》，本来要去南京大学当老师的，听说是因为我的一句话，我爸最后没去，我没印象了），跟我唠叨了遇到这样的事，不要烦躁，烦躁解决不了问题，经过的事多了，这种事也就习以为常了，唠唠叨叨一大通，说得也对，可我不爱听，尤其在这样的时候。

兴趣爱好

直到现在我还在坚持的不多的事就是刻章和记手账。

想想开始刻橡皮章时还是有点曲折的。最开始是看到同学在刻橡皮章，我看着好玩也想买来玩玩，但基于我之前做什么事都没坚持下来的经验，老妈拒绝了我。

当时我和老妈还有二哥在奶奶家，我就每天唠叨这件事，把我哥都说烦了，于是他跟老妈说：就给她买吧，别让她一直叨叨了。然后老妈就给我买了。

到家以后，第一次刻的时候我在桌前整整坐了4小时。我从来没有不动弹地坐过这么长时间，也没想到能坚持这么长时间。后来我爸问我跟谁学的，我说网上的视频啊。我爸还夸我不错呢。

慢慢地，刻的章装了好几个塑料盒，有好的有不好的，好的在首博展示了一年，但不好的我也舍不得扔掉。不过我的技术还有待提高，还在摸索。其间，我爸把我刻的一些印章发朋友圈，好多人跟我爸说要定制，老爸撺掇我，可以挣钱呢。我拒绝了。我才不要刻不喜欢的东西呢。

然后就是写手账。之前我每天都会写，现在可能一周就写一次吧。把一些有的没的都用笔写下来，既是记录最近干了些什么，也能把不开心的事情写出来，自我缓解。写手账的时候会看到各种好看的胶带，一般来讲，都是用来做拼贴的，但我的拼贴技术实在不怎么样，胶带和贴纸在我手里贴出来大概也不是很美观。不过倒也无所谓，毕竟最后也是给自己看，自己喜欢开心就好了。

对自己三分钟热度有着清晰认知的本人，由衷希望自己在这两项上可以坚持得久一点。

咳嗽

从小到大身体比较壮实的我，在咳嗽上可算是受了不少罪。

当我们还在姥姥家楼下租房的时候，我就有过一次嗓子里卡痰的经历。按妈妈的描述，就是每次咳嗽咳到嗓子眼就咳不出来，一下又给咽回去了，我跟妈妈和姥姥说我不会吐痰。老妈不理解，都到嗓子眼了怎么咳不出来呢？但当时我还真就咳不出来，卡在嗓子里，感觉不管怎么咳都已经到了顶，只能在那儿了，想咽一下口水接着咳的时候，痰也跟着一起又回去了。反反复复，也不知道多久才咳出来。

不过对于因咳嗽受到的这些罪里，我记忆最深刻的还是友谊医院的药。当时喝的是友谊医院自己配置的中草药，装在一个小黑瓶里，上面还贴着签写着是治什么病的。医生要求早上起床吃饭之前就要先喝一次，有一次我刚喝完立刻就反胃得不行，于是抱着马桶把早上喝的药都吐出去了。后来大舅让我早上吃完饭再喝药，才让我的胃不直接受那个药的刺激。

初中的时候我开始喝了一段时间的中药，苦味比起友谊医院的药只多不少，但每次都好好地喝了。姥姥说我真能吃苦药，我估计也是小的时候就喝了那么苦的药，给我的胃都做好了铺垫，后来再喝中药也就没那么难接受了。

毕竟，再苦的药都能用一块糖解决。如果不行，那就多吃几块。